<u>Der Autor:</u>

Axel Brauckmann wurde 1970 in Witten geboren. Seit 2013 ist er schriftstellerisch aktiv und begleitete seinen ersten Ironman in Tagebuchform.
Im Bann der Höllenritter ist sein erster Fantasyroman.

Axel Brauckmann

Im Bann der Höllenritter

Die Abenteuer der Claire Mercier

Fantasy

Bibliografische Information der Deutschen Nationalbibliothek:
Die Deutsche Nationalbibliothek verzeichnet diese Publikation in
der Deutschen Nationalbibliografie; detaillierte bibliografische Da-
ten sind im Internet über http://dnb.dnb.de abrufbar.

Herstellung und Verlag: BoD – Books on Demand, Norderstedt

Coverdesign: Axel Brauckmann

ISBN: 978-3-7526-3001-5

Vorwort

Liebe Leserin, lieber Leser,

eine aufregende Zeit neigt sich dem Ende zu. 2020 bereisten meine Familie und ich die Côte d'Azur in Frankreich. Es reifte die Idee, eine Fantasygeschichte in Frankreich spielen zu lassen. Ich fing an zu schreiben und mein Ziel war es, einen 60 Seiten Roman fertigzustellen. Meine Charaktere entwickelten sich und die Geschichte war viel zu schnell erzählt. Da meine Heldenfiguren viel Potential haben, entschied ich mich dafür, dieses zu nutzen und ein Buch zu schreiben. Für die Geschichte musste ich die Geografie Frankreichs etwas umgestalten, damit meine Ideen umgesetzt werden konnten. Dies ist also mein Erstlingswerk und ich wünsche euch viel Spaß beim Lesen.

Na dann los!

Axel Brauckmann

Kapitel 1

Das Schicksal des Königs

Kommandeur Godric Liovin war mit seinen Männern in der Unterzahl. Zusammen mit dem englischen König Eduard III. rettete er sich mit sechstausend Mann auf eine Erhebung. „Es sind um die zwanzigtausend Franzosen, mein König, was sollen wir tun?" Godrics Stimme klang verzweifelt.

König Eduard beanspruchte seit Jahren den Thron Philipps VI, Frankreichs regierenden Königs, und marschierte in Frankreich ein. Es stand nicht gut um die Engländer. Es war früher Morgen und die Franzosen hatten Godrics Ritterschaft in die Enge getrieben.

„Absitzen und Formieren. Bogenschützen in die zweite Reihe!" Godric dachte, er hätte sich verhört: „Mein König, meine Ritter sollen vom Pferd absteigen?" Es war verpönt, in der Schlacht als Ritter vom Pferd zu steigen. Der Ehrencodex verbot dies. „Godric Liovin, stelle nicht noch einmal meine Befehle in Frage: Absitzen!" Godric gab den Befehl zum Absteigen und murrend befolgten die Ritter den Befehl des Königs. Die Franzosen hatten sich ihnen mittlerweile bis auf sechshundert Ellen genähert. Der Wind frischte auf und die ersten Sonnenstrahlen reflektierten sich in den schon arg ramponierten Rüstungen der englischen Ritter. Godric gab Anweisung, die Pferde als Schutzschild in einem Halbkreis vor ihnen aufzustellen. Seine Ritter waren freiwillige Männer, die ihm treu ergeben waren.

Es war ein ungewohnter Anblick in einer Schlacht wie dieser. In drei Reihen wurden die Pferde vor ihnen positioniert und dann stellten sich je einhundert Bogenschützen in einer Reihe dahinter auf. Alle Ritter waren hervorragende
10

Schützen, die mit einem walisischen Langbogen auf vierhundertfünfzig Ellen Entfernung noch einen Hasen schießen konnten.

Die Sonne stieg weiter am Himmel auf, als ob sie die Schlacht besonders in Szene setzen wollte. Godric schwitzte in seiner gepanzerten Rüstung und sein Atem ging schwer. Noch hatte er sein Visier aufgeklappt und genoss die frische Luft. Die Franzosen gaben mit Trompeten den Befehl zum Angriff. Unter dem Hufschlag zwanzigtausend gepanzerter Pferde und Reiter erbebte die Erde.

Godric klappte sein Visier herab: „Bogenschützen bereitmachen!" Er ließ die erschreckende Übermacht der Franzosen auf dreihundert Ellen herankommen. Die galoppierenden Pferde wirbelten viel Staub auf und hinter den Angreifern formierte sich eine große braune Staubwolke.

„Legt an!" Zweihundertfünfzig Meter trennten sie noch von dem sicheren Tod. „Feuer!" Sechstausend Pfeile wurden gleichzeitig abgeschossen. Ein Surren lag in der Luft, was hundertmal lauter war als ein Heuschreckenschwarm auf Futtersuche. Die Pfeile flogen im Bogen auf die Angreifer zu, die ahnungslos ihren Pferden die Sporen gaben. Hart schlugen die Pfeile ein.

Sie durchbohrten die Panzerplatten der Rüstungen von Mann und Pferd und drangen tief ins Fleisch ein. Die ersten Pferde kamen zu Fall und die Ritter wurden abgeworfen. Die nachstürmende Reiterschaft überrannte sie gnadenlos. Knochen brachen, Körper wurden von der Masse der stürzenden Pferde zerquetscht. Godrics Bogenschützen wurden darauf trainiert, in schneller Folge die Pfeile zielsicher abzufeuern. In wenigen Sekunden hatten über zwanzigtausend Pfeile eine Spur der Verwüstung in der Formation der Angreifer hinterlassen. Die Zahl der Angreifer hatte sich um die Hälfte reduziert und die Männer von König Eduard III. hatten noch nicht einmal persönlichen Feindkontakt. Erst jetzt verstand der Kommandeur die List seines Königs. Eine Schlacht wird normalerweise zu Pferd oder zu Fuß ausgetragen. Dies war das erste Mal, dass Langbogen die Schwerter der Ritter ergänzten.

Die Franzosen hatten keine Chance. Ehe sie die unterlegenen englischen Kämpfer erreichten, wurden sie von weiteren Pfeilsalven tödlich getroffen. Ein Rückzugssignal ertönte auf der Seite der Angreifer und die französischen Soldaten wendeten sofort ihre Pferde. Sie verschwanden in der von ihnen geschaffenen Staubwolke.

Auf dem Schlachtfeld wimmerten schwerverletzte Ritter, die unter ihren Pferden begraben lagen und sich nicht befreien konnten.

„Legt an - Feuer!" Eine weitere Pfeilsalve beendete das flehentliche Wimmern auf der Stelle. König Eduard III. und seine Männer stießen Siegesschreie aus und reckten ihre Langbögen in die Höhe. Der König klopfte seinem Kommandanten anerkennend auf die Schulter und in Godric machte sich Erleichterung breit. Sie hatten überlebt.

Der Wind wehte die gewaltige Staubwolke auf sie zu. Die Pferde der englischen Ritter wurden unruhig und wieherten. Der Staub kam näher und die Pferde bekamen Panik. Sie stiegen und rissen sich los. Innerhalb der braunen Staubwolke waren grünliche Blitze zu sehen und circa hundert Ellen vor ihnen traten berittene Ritter aus der Wolke. Godric stockte der Atem und er ließ vor Entsetzen sein Schwert fallen. Die Reiter waren zum Teil skelettiert und Rüstungsteile verdeckten die verwesenden Körper. In den Händen hielten sie verrottete Schwerter, Morgensterne und halbverrostete Schilde.

Die Pferde galoppierten donnernd über das grüne Gras. Godric und seinen Männern lief es kalt den Rücken herunter. Die Augen der Streitrösser leuchteten glutrot und an ihren Körpern hing halb verwestes Fleisch. Aus den Hufen der Höllentiere ragten Metallspitzen, die alles töten würden, was sich in unmittelbarer Nähe befand. Schockstarre überfiel die tapferen englischen Ritter. Der vorweg reitende Höllenritter erhob den Arm und gab den Befehl zur Attacke. Geistesgegenwärtig schossen einige Engländer ihre Bögen ab, aber sie hatten keine Chance gegen diese Ausgeburt des Bösen. Im Galopp mähten sie die gelähmten Ritter nieder. Sie wurden einfach überrannt. Die Pferde, die als Schutzwall aufgestellt wurden, scheuten und rissen sich los. Sie galoppierten in alle Himmelsrichtungen davon. Der Weg zu den englischen Angreifern war geebnet.

Die Ritter, die nicht ausweichen konnten, wurden von den Hufen der Höllentiere regelrecht aufgeschlitzt. Hatten sie Glück und konnten den Hufen entkommen, dann wurde ihr behelmtes Haupt mit einem Morgenstern oder einem Schwert vom Torso gefegt. Ein ungleicher Kampf entbrannte und innerhalb weniger Minuten stand der Sieger fest.

*

In der Nähe von Trigance
im Jahre 1346
Frankreich

Claire Mercier und ihre Meisterin Adrienne d'Heur durchstreiften die Wälder vor Paris und suchten Beeren und Hülsenfrüchte. Auch ihr Kräutervorrat neigte sich dem Ende. Also beschlossen die beiden, den sonnigen Tag zu nutzen, um ihre Vorräte aufzufüllen. Sie sangen ein Lied in einer geheimen Sprache, welches jeden Zuhörer sofort in seinen Bann gezogen hätte.

Barfuß liefen sie über grüne, saftige Sommerwiesen und pflückten am Waldrand Beeren und Heilkräuter. Die Sonne schien ihnen ins Gesicht und das Rauschen der Bäume stimmte in ihr Lied ein. Sie waren vergnügt und tanzten zwischendurch auf der Wiese. Grashalme kitzelten an den Füßen und die Röcke ihrer schlichten Baumwollkleider wirbelten im Kreis, wenn sie sich bewegten. Es war wunderbar. Der Duft der Bäume in der heißen Sonne, die Blumen auf der Wiese und das Plätschern des kleinen Baches, gleich neben ihnen.

Claire blieb abrupt stehen, weil sie etwas am Bach gesehen hatte. „Adrienne, schau, dort am Bach!"

Augenblicklich verstummte Adriennes Gesang und sie stellte ihren Weidenkorb mit den Beeren und Kräutern ab.

„Claire, bleib hinter mir." Mit vorsichtigen Schritten näherten sie sich dem kleinen Bachlauf. Über einem Felsstein am Bach lag ein Ritter mit ramponierter, blutbespritzter Rüstung. Adrienne rüttelte beherzt an der Schulter des Mannes. Es tat sich nichts. Die weiße Hexe packte die Rüstung des Mannes und wuchtete sie auf den Boden. Aus dem Inneren des Helms war ein Stöhnen zu hören. Der Ritter lag auf dem Rücken und die beiden weißen Hexen konnten jetzt seine tiefen Wunden sehen, die er trotz Rüstung davon getragen hatte. Die Rüstung war im Brustbereich regelrecht aufgerissen worden, ein Wunder, dass dieser Mann noch lebte.

„Alles ist gut. Wie heißt du, Fremder?" Claire gab dem halb verdursteten Mann einen Schluck Wasser aus ihrem Trinkschlauch aus Ziegenleder.

Der Ritter trank und musste husten. Nachdem er wieder normal atmen konnte, sagte er: „Mein Name ist Godric Liovin, ich bin der Kommandant des englischen Königs!" Er musste erneut husten. „Ich suche die weißen Hexen, die hier irgendwo wohnen müssen." „Nun", antwortete Adrienne kühl, „die hast du nun gefunden!" „Ich benötige eure Hilfe!" Godric erzählte in kurzen Sätzen das, was sich in Crécy-en-Ponthieu zugetragen hatte.

„Es war das Grauen pur! Meine tapferen Ritter hatten keine Chance. Sie wurden zerstückelt oder zertrampelt." Godric musste schlucken und seine Hand verkrallte sich in Adriennes Arm. „Ihr müsst mir helfen. Ich hatte Angst, dass man mich gefangen nimmt, deshalb bin ich nur nachts gereist und habe euch gesucht." „Warum sollten wir einem Engländer helfen, der versucht hat, uns das Land wegzunehmen?" „Ich vertraue darauf, dass auch ihr der Meinung seid, dass diese Bedrohung für alle Menschen sehr gefährlich ist! Ich lege mein Leben in eure Hand, aber rettet meinen König. Mein König, Eduard III. wurde von den Höllenrittern entführt!"

*

Jehanne saß vertieft über ein großes, in Leder eingebundenes Buch. Sie studierte die großen Seiten sehr genau, denn wenn ihre Meisterin nach Hause kommt, würde sie Jehanne prüfen. Ihr gefiel es, wenn sie allein in der großen Höhle Adriennes war und sich der Magie zuwenden durfte. Ihre Meisterin und Claire Mercier hatten sie als dreijähriges Kind aufgenommen, da ihr ganzes Dorf durch englische Kreuzzüge vernichtet wurde. Die zwei weißen Hexen spürten, dass auch sie weiße Magie in sich trug, die nur erweckt und gelenkt werden musste. Mittlerweile war sie elf Jahre alt und aus ihr wurde ein schönes Mädchen. Sie hatte ein paar Sommersprossen und eine kleine Stupsnase. Ihre Haut war leicht gebräunt, da sie viel mit ihrer Meisterin draußen war und durch die Wälder streunte. Ihre Meisterin erzählte ihr viele interessante Geschichten, erklärte ihr Bäume und Sträucher, und bereitete sie auf ihre Aufgabe als weiße Hexe vor. Jehanne liebte diese Spaziergänge. Es gab noch so viel zu entdecken. Sie trug ihre schwarzen Haare offen und die Haarpracht reichte ihr bis zu den Schulterblättern. Sie hatte über ihr Leinenkleid eine Schürze gebunden, da sie heute die Behausung noch aufräumen sollte. Doch die Bücher waren viel spannender. Heiltränke waren mittlerweile ihr Spezialgebiet geworden, und Adrienne war sehr zufrieden mit ihren Leistungen. Die junge Schülerin war den beiden weißen Hexen sehr dankbar, dass sie sie aufgenommen hatten. Sonst wäre sie wahrscheinlich an irgendeinen reichen Bauern verkauft worden. Sie durfte sich in der geräumigen Höhle eine kleine Ecke für sich einrichten. Ein Lager aus Stroh und Heu, ein Schemel und ein kleiner Tisch waren die einzigen Gegenstände, die sie benötigte. Der Tisch und der Hocker standen an der ausgewaschenen Felswand. Sie hatte sich zwei Kerzenständer auf den Tisch gestellt und studierte freudig die Zutatenliste eines Wahrheitstranks. Derjenige, der diesen Sud trank, sagte für etwa eine Sanduhr die Wahrheit oder er starb, weil der Trank falsch zubereitet wurde. Sie verzog das Gesicht, Fliegenpilze und Knollenblätterpilzsaft waren noch die harmlosen Zutaten.

Sie hörte ein Geräusch vor dem Höhleneingang und stand leise vom Tisch auf. Adrienne hatte ihr einen kleinen Dolch geschenkt, den sie jetzt in der linken Hand fest umklammert hielt. Sie schlich sich an der Höhlenwand Richtung Ausgang entlang und war bereit, ihr Zuhause zu verteidigen. Vorsichtig schaute sie um die Ecke nach draußen, in den Wald hinein. Ihr Körper war angespannt und sie war bereit, die gelernte Kampfkunst anzuwenden. Aber sie konnte sich entspannen. Ihre Meisterin und Claire teleportierten sich vor den Höhleneingang und hatten einen verletzten Ritter zwischen sich, den sie stützten mussten, weil er sich alleine nicht auf den Beinen halten konnte.

Adrienne und Claire schleiften den schwerverletzten Ritter in die Höhle. Sie hatten Mühe, die verbeulte Rüstung von seinem Körper zu lösen. „Jehanne, schnell, schüre ein großes Feuer unter dem Kessel. Wir müssen einen Trank brauen, der die Wunden verschließt und das tote Fleisch zum Leben erweckt!" Jehanne war aufgeregt. Der fremde Ritter war die erste Person, die jemals die Höhle gesehen hatte. Die Lage der Hexenzuflucht war geheim und davon hing das Überleben der drei Frauen ab.

Sie legte neue, geschlagene Holzscheite in die Glut und es dauerte nicht lange, bis die ersten Flämmchen unter den

Holzstücken züngelten. Die junge Schülerin erinnerte sich sofort daran, welche Zutaten sie für diesen Trank benötigte und schnellen Schrittes sammelte sie die Kräuter, Pilze und Tierextremitäten zusammen und legte sie vor dem Kessel ab. Claire kümmerte sich um den halbtoten Ritter, während Adrienne damit begann, Wasser in den großen Kupferkessel zu gießen und nach und nach die Zutaten in den Sud hineinzuwerfen. Die weiße Hexe bewegte beschwörend ihre Hände und sprach Zauberformeln in einer Sprache, die kein Außenstehender verstand.

Mitleidlos sah Claire dem geschwächten Feind in die Augen und sprach: „Dein König ist uns egal. Ihr wolltet mordend und vergewaltigend durch unser Land ziehen. Er interessiert uns nicht!" „Bitte helft mit. Ihr seid die Einzigen, die ihn aus diesem Höllensumpf retten können!" Die letzten Worte kamen langsam und leise über die Lippen des Ritters, dann wurde Godric bewusstlos.

Als er wieder aufwachte, lag er auf einem Strohlager in der Höhle und sah, dass es draußen schon dunkel war. Ein Feuer brannte in der Mitte des Platzes und ringsum saßen die drei Frauen und diskutierten, ob sie dem Ritter helfen sollten oder nicht. Adrienne bemerkte als Erste, dass Godric wieder bei Bewusstsein war, stand auf und kam auf ihn zu. „Hör zu, wir werden dir unter einer Bedingung helfen. Wir werden deinen König retten. Als Gegenleistung werden eure Truppen sofort aus Frankreich abziehen und nie mehr den Thron Frankreichs einfordern! Schwöre!" Kommandant Godric Liovin brauchte nicht lang zu überlegen. „Ich schwöre, bei Jesus Christus, dass wir sofort das Land verlassen werden und alle Truppen abziehen, wenn er denn befreit wird!" „Schwöre, dass du deinen König tötest, wenn er sich nicht an die Abmachung hält!", zischte Claire. „Sonst werden wir dich finden und dich und alle dir nahestehenden Menschen verfluchen!" Godric schluckte heftig. "Ich schwöre!"

*

Kapitel 2

Sumpf der Höllenritter

Adrienne und Claire fuhren Meter für Meter tiefer in die Sümpfe von Crécy-en-Ponthieu. Mit einer langen dünnen Holzstange stießen sie ihr Boot lautlos ab und glitten immer tiefer in den großen Sumpf. Kommandant Godric Liovin hatten sie zurück an Frankreichs Grenze teleportiert. So war Jehanne in Sicherheit und ihr Versteck blieb geheim. Mit den Hinweisen des Ritters und der blutigen Spur, die die Höllenritter hinterlassen hatten, konnten die weißen Hexen sie bis in dieses Sumpfgebiet verfolgen.

Auf ihrem Rückweg hinterließen die Höllenritter verdorrtes Land, Tod und viel Leid. Den befragten Überlebenden stand das Grauen immer noch ins Gesicht geschrieben. Ihre Spur führte in den Norden Frankreichs, in die Sümpfe von Crécy-en-Ponthieu. Die beiden Hexen waren vor acht Tagen aufgebrochen und hatten ihre magischen Waffen in einem Lederbeutel um die Schulter gehängt. Dieses Moor war verflucht. Seit sie das Boot betraten, war die Sonne am Himmel nicht mehr zu sehen. Langsam fing es an zu dämmern, aber es waren keine Höllenwesen weit und breit zu sehen. So wie es aussah, mussten sie ein Stück trockenes Land finden, um ihr Lager aufzuschlagen. Sie waren auf der richtigen Fährte. Die Bäume und Sträucher waren ausnahmslos verdorrt und aschgrau. Das Wasser war modrig und schmierig dunkel. Im gleichmäßigen Rhythmus stach Claire die Holzstange leise ins Wasser bis auf den Grund und stieß damit das Boot weiter nach vorne. Sie hatten sich ein Einbaum ausgewählt, einen ausgehöhlten Baumstamm, der sehr robust war. Ihren Proviant hatten sie gut verpackt und im Boot festgeschnürt. Sie glitten über das modrige

Wasser. Hier war es totenstill. Man hörte keine Tiere oder andere Geräusche, nur das leichte Eintauchen der Holzstange ins Wasser. Plötzlich hob Adrienne den rechten Arm und Claire stoppte das Boot leise mit der Stange. Links neben ihnen trieb eine Leiche im braunen Sumpfwasser an ihnen vorbei. Anhand der zerfetzten Kleidung mit dem großen roten Kreuz auf weißer Baumwolle auf dem Rücken konnten sie ihn als englischen Ritter identifizieren. Er trieb mit dem Gesicht nach unten im Wasser. Adrienne lehnte sich leicht aus dem Boot und drehte den Engländer im Wasser um. Beide bekamen eine Gänsehaut: „Verdammt!", entfuhr es Claire. Das Gesicht war als solches nicht mehr erkennbar. Das rechte Auge war nicht mehr vorhanden und die linke Wange fehlte komplett, sodass man direkt auf seine Zähne schauen konnte. In der Augenhöhle tummelten sich kleine Fische, die die Gewebereste von den Knochen fraßen. Sie sahen ein großes Loch im Brustbereich der Leiche, ähnlich des Lochs an der Rüstung des englischen Ritters. Sie waren auf der richtigen Fährte. Die weißen Hexen setzten ihre Fahrt fort und suchten einen sicheren Lagerplatz. Mittlerweile war es schon so dunkel, dass man nicht weiter als zwanzig Meter sehen konnte. „Adrienne, schau da drüben!" Claire zeigte mit ihrem ausgestreckten linken Arm auf eine kleine bewachsene Erhöhung im Wasser. „Das könnte ein guter Lagerplatz sein", flüsterte sie ihrer Meisterin zu. Adrienne nickte und Claire steuerte die kleine Insel an. Als der Einbaum auf Grund fuhr, sprang Adrienne leichtfüßig aus dem Boot und zog es weiter an Land. Claire folgte ihr. Sie sammelten totes Holz, was es hier zur Genüge gab, und entfachten ein kleines Lagerfeuer. Ihre Waffen legten sie griffbereit neben ihr Nachtlager und bereiteten in einem kleinen Kupfertopf etwas zu essen. Gut, dass sie

Proviant für mehrere Tage eingepackt hatten. Sie aßen, lie-ßen ihre Umgebung aber keine Sekunde aus den Augen. Sie wollten abwechselnd Wache schieben. Claire übernahm die erste Wache und Adrienne drehte sich in ihrer Decke aus gewebtem Leinen und Schafsfell warm ein und schloss die Augen. Das Feuer erhellte die kleine Lichtung und Claire sorgte dafür, dass es nicht ausging, indem sie regelmäßig Holz nachlegte. Es wurde tiefschwarze Nacht. Nur das Feuer sorgte für etwas Licht. Kein Mondschein, keine Sterne. Claires Sinne waren angespannt. Sie bemerkte, dass es kühler geworden war und dichter Nebel aufzog. Dieser Ort war unheimlich und Claires Nackenhaare stellten sich auf. Der Nebel wurde dichter und Claire konnte sehen, wie der Nebel im Inneren langsam anfing, grünlich zu schimmern. Sie fixierte den Nebel mit ihren Augen so sehr, dass sie ver-gaß, hinter sich zu schauen. Plötzlich wurden ihre Fußge-lenke von mehreren kleinen Händen umfasst. Claire schrie auf und drehte sich um. An der Stelle, an dem ihr Boot lag, tauchten zig Höllenkreaturen aus dem Wasser und betra-ten die Insel. Sie waren maximal eine Elle groß, hatten Bei-ne, Arme und Hände, aber auch spitze Reißzähne. Ihre rot leuchtenden Augen sahen im Feuerschein unheimlich aus und sie gaben eine Art Knurren von sich. „Adrienne, wach auf! Wir werden angegriffen!"

*

Adrienne spürte die Gefahr und hatte die Augen ge-schlossen. Ein Angriff stand kurz bevor und die Meisterin hatte ihren magischen Dolch bereits in der Hand, als Claire die Angreifer bemerkte. Sie sprang auf, wirbelte die Decke zur Seite und sprach die magischen Worte: „O admirabile pugione vos, protegas me!" Der Dolch glühte weiß auf und verlängerte sich zum Schwert. Die weiße Hexe stürmte auf ihre Gefährtin zu, die arg in Bedrängnis war. Mit einem Wirbelzauber schoss sie durch die Reihen der Höllenkreaturen, die Claire festgesetzt hatten. Adrienne selbst wurde zur tödlichen Waffe. Ihr magischer Dolch schlitzte Bäuche auf, trennte Köpfe und Arme von den Körpern der hässlichen Höllenwesen.

Als Claire sich wieder frei bewegen konnte, aktivierte sie ihr Artefakt und mit einem schnell gesprochenen Zauber verwandelte sich das Artefakt in die alt bewährte Lichtpeitsche. Es gab kein Entrinnen für die quiekenden Scheusale. Alle Angreifer vor ihr wurden auf einer Peitschenlänge von sechs Ellen in Sekundenschnelle zu Asche verwandelt. Es stank und knisterte, als die Höllenkreaturen im magischen Feuer verbrannten.

Quälende Schreie hallten durch das Moor und die weißen Hexen arbeiteten sich durch die Reihen der Höllenwesen.

Es stiegen immer mehr aus dem Wasser und Adrienne änderte ihre Taktik. „Claire, halte sie mit der Lichtpeitsche auf Distanz, ich werde uns einen Schutzkreis errichten, wo die Viecher nicht durchkommen!"

„Beeil Dich, Adrienne, ich kann sie alleine nicht mehr lange aufhalten!"

Adrienne zog mit ihrem magischen Dolch einen großen Kreis um die weißen Hexen und ritzte Runen in die morastige Erde. Sie hörte, wenn Claires Lichtpeitsche ihr Ziel getroffen hatte und sah die hellen Feuerbälle, in denen die Kreaturen vergingen.

Adrienne hob beschwörend die Arme und redete wie in Trance Beschwörungsformeln für den Schutzzauber.

Rund um die Markierungen erhob sich eine weiße, durchsichtige Wand und schmorte alle Angreifer, die durch sie durchstürmen wollten, zu kleinen Aschehäufchen. Fünf Höllenwesen hatten es zuvor geschafft, der Lichtpeitsche zu entkommen und standen mit Adrienne und Claire im magischen Kreis. Adrienne setzte deren grausame Existenz in Sekundenschnelle ein Ende.

„Claire, diese Kreaturen sind nachtaktiv, sonst hätten sie uns schon viel eher aus dem Boot geholt." Adrienne schnaufte durch und schaute prüfend zur Schutzbarriere. Da standen hunderte verrunzelte, kleine Ungeheuer, die nur darauf warteten, dass der Schutzzauber zusammenbrach und sie die weißen Hexen töten konnten. Aber der magische Kreis hielt den zaghaften Angriffen der Höllenkreaturen stand. Claire und Adrienne setzten sich ans Feuer. An Schlaf war nicht zu denken. Beide starrten in die Flammen.

*

Als Claire aufwachte, war es schon hell und die Holzscheite niedergebrannt. Kleine Rauchfahnen stiegen von den verkohlten Holzscheiten hinauf in den Himmel.

Sie war eingeschlafen! Sofort sprang sie auf und zog ihre Waffe. Claire Mercier schaute sich um. Die elenden Höllenkreaturen waren wieder abgetaucht. Es schien tatsächlich so, dass sie das Sonnenlicht mieden. Ihr Blick streifte die nähere Umgebung, die Bäume, Sträucher und Moorgewächse. Es roch modrig und der Himmel war verdunkelt.

Neben ihr lag Adrienne, die auch vom Schlaf übermannt worden war.

Claire schürte das Feuer und kochte im kleinen Kupferkessel Wasser für einen Kräutersud. Als Adrienne erwachte, hatte Claire ihr schon einen Becher zubereitet. „Guten Morgen Claire, danke." Sie hielt sich die Tasse unter die Nase und atmete tief ein. „Welch ein Genuss, bei diesem modrigen Gestank hier!" Sie schloss die Augen und nippte am Becher. Die Lebensgeister in ihr wurden geweckt.

Adrienne seufzte und ließ sich zurückfallen. „Was für eine Nacht", sagte sie kopfschüttelnd. „Wir müssen hier schnell wieder raus. Hoffentlich finden wir bald das Versteck der Höllenritter!"

Claire stimmte ihr zu: "Ja, wir hatten heute Nacht Glück gehabt. Wir müssen besser aufpassen!" Sie leerte ihren Becher und schüttete den letzten Schluck ins Feuer.

Die beiden weißen Hexen räumten ihre Sachen zusammen und setzten ihre Reise durch das verfluchte Moor fort.

Der Bewuchs wurde dichter und Adrienne musste mit ihrem magischen Dolch mehr als einmal die Fahrrinne für den Einbaum freischlagen. Leise glitten sie über das Wasser, aus dem die Faulgase in einer Blase vom Grund auf aufstiegen und an der Wasseroberfläche zerplatzten. Aber auch ein anderer Geruch lag in der Luft. Der Geruch des Todes!

*

Jehanne hatte seit Tagen nichts mehr von ihrer Meisterin und Claire gehört. Mittlerweile hatte sie sich daran gewöhnt, aber sie war jedes Mal unendlich froh, wenn beide Frauen nach einem Kampf mit dem Bösen wieder gesund vor dem Höhleneingang erschienen und sie von ihren Abenteuern abends am Feuer berichteten. Es regnete heute schon den ganzen Tag, aber Jehanne sah, dass der Regen nachließ und die Sonne vereinzelt zum Vorschein kam. Sie wollte heute auf der Lichtung vor der massiven Felsenwand ihre Zauberfähigkeiten verbessern, um irgendwann einmal so gut zu sein, wie ihre beiden Vorbilder. Die Magieschülerin war sehr beeindruckt, wie die weißen Hexen es immer wieder schafften, das Böse in die Schranken zu weisen. „Komm Magnus, lass uns üben gehen". Magnus, ein alter verwilderter Kater lag auf ihrem Lager und reckte den Kopf in die Höhe. Er schnurrte und reckte sich.

Jehanne wickelte ihr Artefakt in ein grobes Leinentuch und steckte es sich in die große Tasche ihrer Schürze. Aufgeregt verließ sie die Höhle und stapfte zur großen Lichtung, nahe dem Mondbergmassiv. Magnus sprang vom Strohlager und folgte ihr. Er streifte ihre nackten Beine und schnurrte vor sich hin. Die Sonne hatte sich ihren Platz am Himmel erkämpft und ließ die Regenwolken nach und nach verdunsten.

Die Vögel in den Bäumen zwitscherten vergnügt und Jehanne war gespannt, ob sie sich heute verbessern würde und die Magie zielgerichtet lenken konnte. Claire hatte oft mit ihr geübt und sie verbesserte sich ständig.

Die Hexenschülerin ging zu einem zwei Meter hohen Fels und klemmte einen dicken Ast in eine Aussparung. Dieser sollte ihr Testobjekt sein.

Sie ging fünf Ellen zurück und wickelte ihr Artefakt aus dem Tuch.

Es war ein alter, dicker Zedernholzstab, auf dessen Griff kunstvoll eine Rune eingebrannt war.

Magnus legte sich einen halben Meter vor ihr in das saftige Gras und begann darauf herumzukauen. Dabei hatte er Jehanne im Blick, wie sie ihre Vorbereitungen traf und das Artefakt mit dem rechten Arm ausgestreckt nach vorne, Richtung dicken Ast hielt.

„Baculum magicum lucet, et omnes vias tuas industria ad metam sum intendebant". Jehanne sprach die Zauberformel, und die Rune im Griff des Zedernholzstabes leuchtete kurz auf. Mehr passierte nicht.

„Ok, Magnus, sag jetzt nichts. Ich muss mich einfach mehr konzentrieren. Baculum magicum lucet, et omnes vias tuas industria ad metam sum intendebant!" Mit zusammen-gekniffenen Augen schwang sie den Holzstab Richtung dicken Ast. Als wieder nichts passierte, wollte sie den Arm gerade senken, als plötzlich ein Energiestrahl aus dem Zedernholz schoss und sie von den Beinen riss.

Magnus sprang vor Schreck auf und brachte sich in einem Gebüsch in Sicherheit. Jehanne rappelte sich auf und klopfte ihr Kleid sauber. „Magnus, du bist feige. Komm wieder zurück." Aber der Kater blieb im Gebüsch sitzen und schaute sich das Spektakel lieber aus sicherer Entfernung an.

„Baculum magicum lucet, et omnes vias tuas industria ad metam sum intendebant!" Jehanne hatte ihre Position eingenommen und schleuderte ihren Zauber Richtung dicken Ast. Das Artefakt leuchtete kurz weiß auf und mit unglaublicher Geschwindigkeit verließ eine magische Lichtkugel in der Größe einer Männerfaust den Holzstab und pulverisierte das Ziel. Jehanne schrie vor Glück laut auf und lief zum Felsen. Dort, wo der Ast eingeklemmt war, züngelten die letzten Flammen in der Asche und auf dem Stein hatte sich ein großer schwarzer Brandfleck gebildet.

Jehanne lachte und führte einen Freudentanz auf.

Das Mädchen war zufrieden. Eines Tages würde sie in die Fußstapfen der Meisterinnen treten. Ihre Gefährtinnen hatten ihr gezeigt, wie sie ihre Kräfte bündeln und zielgerichtet einsetzen konnte. So konnte sie seit einigen Wochen schon teleportieren. Zuerst mit Adrienne zusammen, dann auch schon alleine. Und seit heute konnte sie sich mit Hilfe der weißen Magie auch verteidigen. Sie war sich sicher, sie würde Adrienne und Claire nicht enttäuschen.

*

Crécy-en-Ponthieu
Sumpfgebiet
Frankreich

Claire steuerte den Einbaum lautlos durch den Sumpf. Es roch nach Faulgasen und um sie herum platzten immer wieder die Gasblasen an der Wasseroberfläche auf. Sie hielten Ausschau nach dem Versteck der Höllenritter. Vielleicht war es ein Portal zur Unterwelt. Der Himmel war dunkelgrau bewölkt und noch immer keine einzige grüne Pflanze im Sumpf zu sehen. Alles was einmal lebendig war, war jetzt tot. Sie hörten keine Tiergeräusche. Ein verfluchter Ort. Seit dem Angriff der Höllenwesen war ein weiterer Tag vergangen und die beiden Hexen hatten sich der neuen Situation angepasst. Sobald es abends anfing zu dämmern, mussten sie sich einen Lagerplatz suchen und einen magischen Schutzkreis um ihre Schlafstätte ziehen. Die Biester versuchten jede Nacht, sie zur Strecke zu bringen, was aber dank des magischen Kreises nicht gelang. Trotzdem waren die beiden weißen Hexen angespannt. Sie mussten den Eingang zum Versteck finden. Jede kleine Unachtsamkeit konnte ihr Ende bedeuten.

Plötzlich hob Adrienne den Arm und gab so den Befehl, zu stoppen. „Da drüben ist was", flüsterte sie Richtung Claire und zeigte schräg nach vorn. Eine Landzunge kam in Sicht, auf der in hundert Ellen Entfernung eine Felswand zu sehen war. Auch der Fels war schwarz. Claires Herz klopfte schneller. Ihre Augen suchten den Fels nach einem Höhleneingang ab und wurden fündig. „Adrienne, ich habe den Eingang entdeckt. Hier muss ihr Unterschlupf sein!"

„Ja, wir müssen vorsichtig sein. Diese Kreaturen genießen gerade den letzten Tag ihrer erbärmlichen Existenz auf der Erde!" Sie legten an und tarnten den Einbaum mit Buschwerk, damit er nicht entdeckt werden konnte. Mit ihren Artefakten in den Händen schlichen sie seitlich an die schwarze Felswand heran. Claire berührte den Felsen mit der Hand und zog diese sofort wieder erschrocken zurück. Der Fels pulsierte und er war heiß. Mit dem Rücken zum Fels standen sie jetzt links und rechts vom Höhleneingang. Gleichzeitig schauten sie vorsichtig in den schwarzen Schlund, der von großen Pechfackeln an den Wänden erhellt wurde.

Dicke, verrostete Metallhalter hielten die Fackeln in Position. Was sie hier sahen, ließ ihnen den Atem stocken. Im Schein der Fackeln stapelte sich vor ihnen ein Berg mit Menschenknochen. Man sah, dass die unteren Knochen schon älter waren. Aber die, die oben lagen, in fast zwei Meter Höhe, die hatten noch blutige Fleischfetzen an den Knochen. Eine Warnung für alle Eindringlinge! Sie wollten gerade die Höhle betreten, als sie näher kommende Schritte aus dem Inneren hörten. Schnell zogen sie ihr Gesicht zurück und hörten ein Geräusch, als wenn ein großer Trog geleert wurde. Danach entfernten sich die Schritte und Claire konnte noch im letzten Moment die beiden Höllenritter sehen, die einen großen Holztrog trugen, bevor sie in der Dunkelheit verschwanden. Claire sah, dass die beiden Kreaturen neue menschliche Überreste auf den Berg gekippt hatten. Es waren sogar noch Stofffetzen an den Rippen der Männer, die sie als englische Ritter identifizierten. Die armen Teufel. Claire und Adrienne huschten in den Gang, an dem Berg vorbei. Ihre Lederstiefel rollten geräuschlos auf dem Felsboden ab und sie folgten dem Gang. Jede Faser ihrer durchtrainierten Körper war angespannt und für den Kampf bereit. Der Gang verlief vierzig Ellen geradeaus und danach verzweigte er sich in zwei Röhren. Ein Weg führte weiter geradeaus, und der andere Weg knickte rechts ab und verschwand in der Dunkelheit. Adrienne fluchte. „Verdammter Mist, welches ist der richtige Weg?"

„Wir müssen alle Wege erkunden, damit wir wissen, was uns erwartet, und wie wir hier wieder am schnellsten herauskommen", flüsterte Claire. „Einverstanden. Fangen wir mit dem linken Weg an." Adrienne übernahm die Führung.

Aus dem Gang strömte den beiden ein beißender Geruch entgegen. Claire dachte mit verzogenen Mundwinkeln an totes Getier. Der Tunnel war leicht abschüssig und jetzt auch nicht mehr beleuchtet. Claire fluchte innerlich, als sie in der Dunkelheit über einen großen Stein stolperte und hinfiel. Aber ihr Fall wurde gedämpft. Sie tastete und fühlte Fell zwischen ihren Händen. Ehe sie begriff, was das war, schaute sie in zwei leuchtende, dunkelrote Augen, direkt vor ihrem Gesicht. Sie hörte ein Schnaufen und schon schossen die roten Augen auf sie zu. Instinktiv ließ sich Claire zur Seite fallen und rollte sich ab. Sie hörte einen Kiefer zuschnappen. Das war kein Stein, über den sie gestolpert war. Die beiden Hexen befanden sich in den Stallungen der Schlachtrösser.

„Adrienne, Achtung! Wir sind in den Stallungen der Schlachtrösser gelandet! Sie haben uns entdeckt!"

Plötzlich leuchteten im riesigen unterirdischen Stall unzählige rote Augen auf. Die Schlachtrösser hatten sie bemerkt.

"O admirabile pugione vos, protegas me!" Adriennes Dolch glühte weiß auf und verlängerte sich zum Schwert. Claire aktivierte ihrerseits die Lichtpeitsche: „Luminis ipsos custodes! Malorum protexit me tollerent!" Ihre Artefakte erhellten ein wenig den Raum, und sie erkannten, dass sich mindestens einhundert Höllenkreaturen aufrappelten, um die zwei weißen Hexen zu vernichten. Sie stellten sich für den Kampf Rücken an Rücken, sodass sie seitlich zu den Angreifern standen. Es herrschte eine gruselige Atmosphäre in den Stallungen. Auf der einen Seite leuchteten in absoluter Dunkelheit nur die Augen der Schlachtrösser dunkelrot auf und fixierten die weißen Hexen. Auf der anderen Seite wurden Claire und Adrienne durch ihre aktivierten Artefakte schummerig beleuchtet.

Es vergingen Sekunden der absoluten Stille, bevor der ungleiche Kampf durch die Höllenwesen eröffnet wurde. Vier Schlachtrösser kamen auf sie zu, wieherten in einem angsteinflößenden Ton und stiegen vor den Kämpferinnen in die Höhe. Dabei schlugen sie mit ihren metallbespickten Hufen aus. Die Klingen an ihren Hufen zielten auf die beiden Hexen. Claire wich dem Angriff aus und brachte sich mit einem Hechtsprung in Sicherheit. Adrienne duckte sich unter den mörderischen Attacken weg und rannte auf die bedrohlich wirkenden Angreifer zu. Sie unterlief das erste Streitross und stach den Dolch in den Bauch der Höllenkreatur. Ihr Dolch wurde von oben nach unten geführt und schlitzte den gesamten Bauchraum auf. Totes Gedärm quoll aus der Bauchdecke, was innerhalb von Sekunden in weißen Flammen aufging. Das Schlachtross stieß einen lauten Todesschrei aus, bevor es brennend verging. Claire sah das Tier zusammenbrechen und gab ihrer Meisterin Deckung, indem sie sich um 180 Grad drehte und ihre Lichtpeitsche im großen Bogen in Richtung der angreifenden Horde schwang. Der Lichtriemen traf die drei restlichen Streitrösser quer über den Rücken und drang tief in das verfaulte Fleisch ein. Es zischte und brodelte, weiße Flammen schlugen aus den Wunden auf und erhellten das Schlachtfeld. Quälende Schreie hallten durch den Stollen. Längst kamen die nächsten Angreifer auf sie zu. Sie galoppierten an, und kurz vor den weißen Hexen drehten sie sich um 180 Grad und keilten mit der Hinterhand aus. Claire sprang zur Seite und die messerscharfen Klingen an den Hufen der Pferde verfehlten sie nur knapp. Adrienne wurde von zwei Schlachtrössern in die Zange genommen. Dem einen Pferd konnte sie in letzter Sekunde ausweichen, dafür traf sie die Klinge der rechten Hinterhand des zweiten Pferdes umso härter in die linke Schulter. Die Klinge bohrte sich tief in das Fleisch der weißen Hexe und Adrienne wurde durch die Wucht der Attacke nach hinten gestoßen und fiel rücklings nach hinten. Claire gab ihrer Gefährtin Deckung und ließ die Lichtpeitsche erneut in schneller Schlagfolge ihre Arbeit verrichten. Sie sprach einen Wirbelzauber aus und schoss wie ein Blitz durch die Reihen der herannahenden Bestien. Überall wo die Lichtpeitsche im Ziel landete, zischte es und Sekunden später sah man es in der großen Höhle fast an jeder Ecke brennen. Claire war in ihrem Element. Die Schlachtrösser standen zu dicht, als dass sie ausweichen konnten. Sie hatten gegen die wirbelnde Hexe keine Chance. Laute Todesschreie hallten durch den Stollen, bis plötzlich jemand mit einer tiefen, gänsehauteinflößenden Stimme rief: „Wenn du deine Gefährtin lebendig wiedersehen möchtest, ergibst du dich auf der Stelle und legst deine Waffen ab!"

Claire lief es eiskalt den Rücken runter und drehte sich zu der Stelle, aus der sie die Nachricht vernahm. Ihre Augen weiteten sich. Durch die Kampfgeräusche waren die Höllenritter alarmiert worden. Diese standen ihr jetzt mit Fackeln und Morgensternen in den Händen auf der anderen Seite gegenüber. Von Adrienne keine Spur. Claire saß in der Falle!

*

Nähe Trigance im Jahre 1346
In der Höhle Adriennes
Frankreich

Jehanne studierte die alten Aufzeichnungen der weißen Hexen. Sie hatte ein Feuer entfacht, weil es abends mittlerweile kalt wurde, und saß an ihrem hölzernen Tisch vor dem großen, in Leder gebundenen Buch. Das Feuer knisterte und verbreitete eine wohlige Wärme in der Höhle. Der Kater lag schnurrend auf ihrem Lager und putzte sich die

Pfoten. Sie suchte nach einem Trank, der ermöglichte, dass man tausendmal besser riechen konnte als ein Hund. Claire hatte einmal erwähnt, dass sie so einen Trank schon einmal gebraut hatte und mit seiner Hilfe eine Mörderbande quer durch Frankreich jagen konnte und zur Strecke brachte. Mittlerweile war die Sonne schon vierzehnmal auf und wieder untergegangen. Jehanne machte sich ernsthafte Sorgen um ihre Gefährtinnen. „Magnus, wenn ich das Rezept für diesen Trank finde und es mir wirklich gelingt, ihn zu brauen, dann musst du ein paar Tage ohne mich auskommen. Ich muss sie finden. Sie stecken wahrscheinlich in Schwierigkeiten, denn sonst wären sie schon wieder hier." Der Kater schaute sie nur kurz an und putzte dann weiter sein Fell.

Jehanne blätterte das Buch von vorne bis hinten durch, fand aber nicht das gewünschte Rezept. Buch für Buch schleppte sie aus einem einfachen Holzregal auf ihren Tisch.

Die Kerzen im Kerzenleuchter brannten immer weiter herab und Jehanne fielen mittlerweile die Augen zu. Mit dem Kopf auf das aufgeschlagene Buch liegend, schlief sie ein. Als sie wieder erwachte, war es tiefe Nacht. Sie blinzelte müde und musste erst einmal ihre Gedanken ordnen. Ihr war kalt.

Sie ging zur Feuerstelle und legte zwei Holzscheite in die Glut und pustete solange, bis die Glut wieder hellrot glühte, und die Holzscheite in Brand setzte.

Sie ging zurück zu ihrem Tisch, trank einen Schluck kalten Kräutersud aus ihrem selbstgeschnitzten Holzbecher und widmete sich wieder den Büchern. Jehanne musste zweimal genau hinschauen, denn sie konnte erst gar nicht glauben, was sie dort sah. Sie war genau über den Seiten des Vielfachriechertranks eingeschlafen. Was für ein Zufall. Die junge Zauberschülerin war plötzlich hellwach: „Magnus, ich habe es gefunden, ich habe es tatsächlich gefunden!", rief sie laut in Richtung des Katers. Aufgeregt überflog sie die Zutaten, die für diesen Trank benötigt wurden. Es war alles vorhanden und sie konnte sich sofort an die Arbeit machen. Sie legte einige Holzscheite ins Feuer und hing den großen Kupferkessel über die Feuerstelle. Für den Trank war es wichtig, in welcher Reihenfolge die Zutaten in das Wasser gegeben wurden und wie lange welche Zutat mit einer anderen zusammen kochte. Jehanne musste sich konzentrieren - jetzt nur keinen Fehler machen. Sie befolgte die Prozedur im Rezept, aber der schwierigste Teil kam erst noch. Dieser Trank entfaltete seine Wirkung nur, wenn das Gebräu mit weißer Magie aktiviert würde. Dafür musste sie Zauberformeln sprechen, von denen sie noch nie etwas gehört hatte. Es gab leider keine andere Wahl, dies war ihre einzige Chance herauszufinden, wo ihre Gefährtinnen abgeblieben waren. Der Sud köchelte vor sich hin und Jehanne rührte ihn mit einer großen Eisenkelle regelmäßig um, damit nichts anbrannte. Er stank fürchterlich. Der Sand in dem Glaszylinder rann unerbittlich nach unten und sie gab sich große Mühe, alles richtig zu machen. Ihre Zunge wechselte vom rechten in den linken Mundwinkel, ohne dass sie es bemerkte. Ein paar Schweißtropfen bildeten sich auf ihrer Stirn. Jehanne war voll konzentriert und sie arbeitete fleißig.

Magnus schlief mittlerweile tief und fest auf ihrem Strohlager und bekam von den Vorgängen in der Höhle gar nichts mit. Jehanne legte ihr Artefakt auf den Schemel neben sich parat. Die Sanduhr lief unaufhörlich und der Schweiß lief ihr in die Augen. Die hohen Flammen umspielten den großen Kupferkessel und Dampfschwaden stiegen in die Luft. Nur noch wenige Augenblicke. Sie griff ihren Stab und hielt ihn mit der Spitze Richtung Gebräu über den Kessel: „Nares unum milia mille unum nasum. Omnesque odores percipiuntur et ad finem ducere!"

Jehanne sprach die Wörter mit fester Stimme und ein Energiestrahl weißer Magie schoss aus dem geweihten Zedernholzstab in den heißen Sud. Es zischte und blubberte und der Trank wirkte wie von weißem Nebel durchzogen. Auch der Geruch hatte sich schlagartig geändert. Der Trank roch jetzt blumig und es erinnerte Jehanne an Lavendel. Die Zauberschülerin konnte ihr Glück kaum fassen. Ihr war es auf Anhieb gelungen, den Vielriechertrank zu brauen. Morgen früh würde sie sich auf die Suche nach ihren Gefährtinnen begeben.

*

Jehanne hatte schlecht geschlafen. Sie war aufgeregt und hatte auch ein wenig Angst. Als Elfjährige alleine quer durch Frankreich zu reisen war schon gewagt. Es gab genug Halunken, Räuber, Menschenhändler und Mörder, die nur darauf warteten, ein junges Mädchen auszurauben oder noch schlimmere Sachen mit ihm anzustellen. Einfach würde es nicht, das wusste sie, aber sie vertraute auf ihren Verstand und ihre magischen Fähigkeiten. Gewissenhaft legte sie alles, was sie auf die Reise mitnehmen wollte, auf ihrem kleinen Tisch zusammen. Sie wickelte einen Laib Brot, Trockenfleisch und ein paar Äpfel sorgfältig in zwei große Leinentücher ein und band diese mit einem dünnen Seil zusammen. „Magnus, ich muss dich jetzt von da verscheuchen", Jehanne schaute in Richtung Schlafstätte und den darauf liegenden Kater. „Ich benötige die Decke. Tut mir leid, aber mit irgendwas muss ich mich ja zudecken", sagte sie und zog die Decke vom Lager. Magnus sprang auf und rannte aus der Höhle. Sie rollte die Baumwolldecke zusammen und band sie auf die zwei Proviantsäcke. Den Rest der Schnur knotete sie geschickt an ihr Wanderpaket und konnte somit den Proviant und die Decke auf dem Rücken tragen. In den letzten Tagen hatte sie sich aus Hirschfell eine kleine Messerscheide für den Gürtel gefertigt. So war ihr Zedernholz immer griffbereit, wenn sie es brauchte. Mit zwei Trinkschläuchen aus Ziegenleder verließ sie die Höhle und ging in Richtung des kleinen Bächleins, wo sie die Schläuche füllen wollte. Magnus schlich ihr dabei schnurrend um ihre Beine. Als sie sich am Bach niederkniete und die Schläuche füllte, schaute sie den Kater an und sagte mit eindringlichen Worten: „Magnus, du musst hier bleiben und die Höhle verteidigen. Ich kann dich nicht mitnehmen. Das wäre viel zu gefährlich für dich. Da lauern Räuber und Mörder auf mich und du wärst in großer Gefahr." Magnus schmiegte seinen Kopf an ihren Oberschenkel und schnurrte. „Ja, ich weiß, du hast kein Wort verstanden, aber ich muss alleine gehen." Jehanne verschloss die Trinkschläuche mit zwei großen Korken und ging über die wunderschöne Naturwiese zurück zur Höhle. Die zwei Trinkschläuche legte sie zu ihrem Bündel und holte den letzten Trinkschlauch aus einer kleinen Holztruhe.

Diesen füllte sie bis oben hin mit dem Vielfachriechertrank aus dem großen Kessel. Nun hieß es Abschied nehmen. „Magnus, paß gut auf unser Zuhause auf. Sei wachsam und denk mal an mich!" Sie streichelte ihm über seinen Kopf und der Kater schaute sie aus seinen grünen

Augen traurig an. Sie erhob sich, packte ihre Ausrüstung und verließ die Höhle.

*

Die Schritte der Zauberschülerin knirschten auf dem steinigen Weg durch die hügelige Landschaft. Jehanne ging einen ausgetretenen Pfad entlang, quer durch die schönen Wildwiesen Frankreichs. Das Wetter meinte es gut mit ihr. Es war trocken und nicht kalt. Mit ihrem Gepäck auf dem Rücken folgte sie der Spur der zwei weißen Hexen. Sie hatte zwei Schluck vom Vielfachriechertrank zu sich genommen und folgte ihrer Fährte. Jehanne bewegte sich möglichst leise, um die Reise so unauffällig wie möglich fortzusetzen. Die Spur führte zu einem kleinen Dorf. Ungefähr 10 Häuser standen dort. Eine kleine Schmiede war das Zentrum des Dorfes. Ihr glühendes Feuer sah man in der Abenddämmerung sehr deutlich. Der Schmied ließ in schneller Folge seinen Hammer auf das glühende Metall auf den Amboss fliegen. Jehanne schaute sich weiter um. Außer der Schmiede gab es noch eine Gastschänke. Die Hexenschülerin holte tief Luft und witterte. Kein Zweifel, die beiden Hexen hatten die Schänke besucht. Die alte, verwitterte Eingangstür quietschte, als Jehanne sie nach außen öffnete. Im Schankraum war es dunkel und nur ein paar Kerzen spendeten ein schummriges Licht. Es gab einen Tresen, hinter dem der Schankwirt seinen Met ausgab. In der Gaststube waren alle sechs Tische besetzt. Jetzt verfluchte Jehanne den Vielriechertrank.

Die Körpergerüche strömten auf die Elfjährige ein, sodass ihr fast schlecht wurde. Diese Kerle mussten sich unbedingt mal säubern! Sie hatte großen Hunger und ging zur Theke. „Seid gegrüßt, edler Herr, haben sie etwas zu essen für mich und ein Glas Ziegenmilch?" Der Wirt schaute auf und schlug lachend mit der Hand auf den Tresen. „Edler Herr ist gut! Sag mal Kleine, kannst du dir das überhaupt leisten?" Im Schankraum wurde es ruhig und alle Gäste starrten auf das Mädchen. „Ja, ich kann mein Essen bezahlen." Sie hatte in ihrem Kleid eine kleine Innentasche eingenäht, in der einige Livre versteckt waren. Jehanne holte einen Livre hervor und legte ihn auf den Tresen. Mit großen Augen starrte der Wirt sie an. „Das ist doch bestimmt geklaut. Wo hast du so viel Geld her?" Erst jetzt bemerkte Jehanne, dass es ein Fehler war, in die Schänke einzutreten. Schnell nahm sie das Geldstück und verstaute es wieder in der verborgenen Tasche. „Das Geld gehört mir und ist nicht geklaut." Jehanne wollte so schnell wie möglich hier wieder raus. Sie drehte sich um und ging zur Tür. Aus den Augenwinkeln sah sie, wie einige ungepflegte Männer ihren Metkrug absetzten und anfingen, gehässig zu lachen. Sie sahen furchteinflößend aus und Jehanne wollte nur noch nach draußen. Sie öffnete die Tür und ging schnellen Schrittes an der Schmiede vorbei und verließ das Dorf. Sie ärgerte sich über sich selber. Es ist ja auch ganz normal, dass ein elfjähriges Mädchen in eine Gastschänke geht und sich dort alleine an einen Tisch setzt und isst. Wie konnte sie nur so dumm sein. Die Hexenanwärterin lief in die Dämmerung, und erst als sie fast nichts mehr sehen konnte, schlug sie ihr Lager auf. Sie sammelte trockene Äste und entfachte ein kleines Feuer, welches ein wenig Wärme spendete. Sie hatte ja noch genug Proviant dabei. Sie aß ein wenig Trockenfleisch und einen Apfel.

Danach breitete sie ihre Decke aus und drehte sich in sie hinein. Es war angenehm warm und sie schaute auf dem Rücken liegend in den Sternenhimmel. Sie beobachtete einige Sternschnuppen und langsam fielen ihr die Augen zu. Spät in der Nacht wurde sie unsanft wach gerüttelt. Zwei ungepflegte Männer hatten sie jäh aus dem Schlaf gerissen. Der eine stand breitbeinig über ihr und der andere hatte sich direkt auf ihren Oberkörper gesetzt und hielt ihre Arme unter der Decke fest. Sie lachten dreckig. „Na, meine Süße, was machst Du denn so alleine hier draußen? Du musst aufpassen, hier laufen üble Banditen herum, die einen ausrauben!" Wieder lachten die beiden Schurken. Jehanne hatte Angst. Sie konnte sich nicht bewegen. Im Schein des Feuers sah sie, dass die beiden auch in der Schänke gesessen haben, als Jehanne etwas zu essen haben wollte. Sie waren ihr gefolgt. „Laß mich sofort los!", zischte sie dem Banditen ins Gesicht, der auf ihr saß. „Nanana, das ist aber nicht nett. Wir wollen dir nur helfen, damit du nicht unterwegs getötet wirst", säuselte der stehende Mann. Es war ein großer, dicker Mann mit Vollbart und langen, ungepflegten Haaren. Da ihr Trank immer noch wirkte, nahm sie die üblen Schweißgerüche der Ganoven um ein Vielfaches mehr wahr. Der Bandit, der ihre Arme festhielt, war ein Riese. Er war bestimmt zwei Meter groß und strotzte vor Muskeln. Die Kleidung der beiden war verschlissen und hatte Löcher. Aber Jehanne hatte im Moment andere Probleme. „Wir helfen dir dabei, sicher durch den Wald zu kommen. Gib uns all deine Livres und es hat keiner mehr einen Grund, dich zu überfallen!". Der Muskelprotz setzte sich auf und schlug ihre Decke zur Seite, packte Jehanne am linken Arm und zog sie hoch. „Da wollen wir doch einmal sehen, wo du überall das Geld versteckt hast."

Vollbart fing an, sie von den Füßen her abzutasten.

Seine Hände wanderten nach oben und als sie über die Knie strichen und weiter nach oben wollten, rief Jehanne entsetzt: „Hör sofort auf damit! Ihr bekommt mein Geld! Aber lass die Finger bei dir!"

Vollbart lachte verächtlich. „ Sehr vernünftig, kleine Made-moiselle. Wer weiß, wo wir überall gesucht hätten!"

Er ließ von dem Mädchen ab und Jehanne griff in die verdeckte Tasche und händigte schweren Herzens den Banditen die zwanzig Livres aus, die sie für die Reise eingesteckt hatte.

„Siehst du, jetzt wird dich keiner mehr ausrauben wollen, denn das haben wir ja schon erledigt, junge Mademoiselle!" Lächelnd sahen sie das Mädchen an.

Die beiden Banditen nahmen das Geld und verschwanden in die Dunkelheit. Jehanne zitterte am ganzen Körper und setzte sich gedankenverloren an das Feuer und starrte in die Flammen. Sie hatte große Angst und wünschte sich nichts sehnlicher, als dass Adrienne und Claire jetzt bei ihr wären und sie in den Arm nehmen würden. Jehanne fühlte sich allein.

*

Crécy-en-Ponthieu
Im Versteck der Höllenritter
Frankreich

Claire konnte sehen, dass sich um die fünfzig Höllenritter im Eingang des Stollens tummelten. Ihre skelettierten Körper steckten in halb verrosteten Rüstungen. Einige hielten zusätzlich zu ihren Schwertern oder Morgensternen noch Fackeln in der anderen Hand. Unter den Ritterhelmen erkannte man die großen, leeren Augenhöhlen. Sie war umzingelt von blutrünstigen Schlachtrössern und einer kleinen Armee der Höllenritter.

Blitzschnell ging sie ihre Optionen durch. Mit einem Wirbelzauber hätte sie eine Chance, den Ausgang zu erreichen. Auf der anderen Seite wusste sie nicht, wo Adrienne ist und wie es ihr ging. „Ich warne dich, Dämonenjägerin, sollte jetzt einem meiner Ritter oder einem Schlachtross auch nur ein Haar gekrümmt werden, oder solltest du verschwinden, wird deine Gefährtin sterben!" Der Anführer gab mit der linken Hand ein Zeichen, und zwei Höllenritter schleiften die bewusstlose Adrienne herein und ließen sie auf den Boden fallen. Ein langes Henkersschwert wurde ihr an den Hals gedrückt. „ Ergib dich endlich!" Claire hatte keine Wahl. Sicherlich hätte sie die Hälfte der Soldaten in einem Wirbelzauber zur Strecke gebracht, aber dann wäre Adrienne vor ihren Augen getötet worden. Dieses Risiko konnte sie nicht eingehen. Die zwei weißen Hexen waren der Unterwelt ausgeliefert. „Ich ergebe mich." Schweren Herzens ließ Claire die Lichtpeitsche zu Boden fallen und sank auf die Knie. Sie verschränkte die Arme hinter den Kopf und sah, wie sich ihre Waffe deaktivierte. Zwei Höllenritter kamen auf sie zu und legten ihr schwere Ketten an. Um ihren Hals schloss sich ein verrosteter Eisenring, der mit den Ketten verbunden wurde. Mit diesen Ketten war eine Flucht unmöglich. Eine dritte Höllengeburt nahm ihre Waffe auf und man schleifte sie zusammen mit Adrienne tief in den Berg hinein. Im Schein der Fackeln konnte Claire erkennen, dass der Stollen sich verengte. Sie sah morsche Stützbalken links und rechts an den Stollenseiten. Wasser rann an den Wänden hinab. Der Stollen öffnete sich und führte in eine große Höhle.

Claire hörte ein Rauschen. Sie schaute angestrengt in die Richtung des Geräusches und erkannte einen unterirdischen Wasserlauf, dessen Wasser mit großem Druck aus zehn Ellen Höhe aus der Felswand schoss. Unter dem Wasserfall war ein fünf Ellen hohes Wasserrad auf dicke Balken montiert worden, welches sich schnell im rauschenden, fallenden Wasser drehte. Eine geschmiedete Eisenplatte konnte in einer primitiven Führung durch zwei Ketten vor das Austrittsloch am Berg geschoben werden, um den Wasserfluss zu regulieren und das Wasserrad schnell oder langsam drehen zu lassen. In der Höhle gab es eine Art Lagerplatz für die Höllenritter. Alte, vermoderte Eichentische und Stühle standen ungeordnet in der Höhle herum. „Ihr habt wirklich Glück, dass unser Herr und Meister noch nicht hier ist. Es wird ihm sicherlich gefallen, dass wir zwei unserer Todfeinde gefangen genommen haben! Bindet sie ans Rad!" Der Anführer lachte mit kratziger, tiefer Stimme.

Die Eisenplatte wurde vor die Öffnung des Wasserfalls geschoben und das Rad angehalten. Zwei Kreaturen stellten die bewusstlose Adrienne auf eine Schaufel und ketteten ihre Füße an zwei Metallösen, die seitlich an dem Schaufelrad angebracht waren. Ihre Arme wurden auf Schulterhöhe nach hinten geführt und an zwei Ösen an der Rückseite der Schaufel befestigt. Es gab kein Entrinnen. Bewusstlos hing ihr Kopf nach unten. Claire wurde gepackt und auf der gegenüberliegenden Seite ans Rad gekettet. Ihre Rückenwirbel knackten, als man sie streckte und die Kanten der Schaufeln in ihr Kreuz drückten. Vor Schmerz stöhnte sie auf. Mit Ketten wurde der schwere Eisenring am Rad befestigt. Claire konnte nur nach vorne schauen. „So könnt ihr keine Magie einsetzen, um zu fliehen. Ihr braucht eure Kraft, um am Leben zu bleiben!"

Der Höllenritter lachte und gab den Befehl, die Eisenplatte vor dem Wasserfall nach oben zu ziehen. Das Wasser setzte das Rad in Bewegung. Es knirschte und ächzte. Die Wasserschaufeln füllten sich und das Wasserrad fing an, sich langsam zu drehen. Claire wurde nach oben transportiert, um Sekunden später kopfüber in das kalte Wasser zu tauchen. Das Wasser war eiskalt und um sie herum Tausende von kleinen Luftblasen. Sie musste den Atem anhalten, damit sie kein Wasser schluckte und wurde über den Grund des Bachbettes geschliffen. Der scharfe Fels schlitzte ihre Haut an den Schultern und Oberschenkeln auf und Claire drückte ihren Kopf mit aller Gewalt nach hinten in die Schaufel. Das Rad drehte sich weiter und Claire konnte endlich wieder atmen. Hustend spie sie Wasser aus dem Mund und atmete tief durch. Mittlerweile war ihr Körper wieder an der höchsten Stelle angekommen und Claire schoss erneut kopfüber in das kalte Wasser. Der Fels setzte ihr zu und die Schmerzen explodierten in ihrem geschundenen Leib. Endlich war sie wieder aus dem Wasser und hörte den Anführer lachen. "Lasst das Rad schneller drehen!" Zwei Schergen bedienten die Ketten und zogen die Eisenplatte weiter nach oben. Augenblicklich nahm das Wasserrad seine tödliche Fahrt auf und drehte sich unerbittlich.

*

Sumpfgebiet
Crécy-en-Ponthieu
Frankreich

Jehanne hatte es wirklich geschafft, mit Hilfe des Vielfachriechertranks die Spur ihrer beiden Freundinnen bis in die Sümpfe von Crécy-en-Ponthieu zu folgen. Doch jetzt hatte sie ein Problem. Sie hatte den letzten Schluck des Zaubertranks zu sich genommen, stand vor dem brackigen Moorwasser und wusste nicht, wie sie die Reise fortsetzen sollte. Teleportieren kam nicht in Frage, da sie ja nicht wusste, wo sich ihre Gefährtinnen aufhielten. Jehanne spürte nur, dass die beiden Hexen in großer Gefahr waren. Seit zwei Tagen wuchs dieses Gefühl und verstärkte sich immer mehr. Sie musste sie schnell finden.

„Bonjour Mademoiselle, was macht ein kleines Mädchen wie du hier so weit draußen? Das nächste Dorf ist meilenweit entfernt und hier im Moor spukt es!" Blitzschnell zog Jehanne ihr Artefakt und wollte es gerade aktivieren, da sah sie den Jungen, der sie angesprochen hatte. Er war kaum älter als sie selbst und steuerte mit einem kleinen Boot zu ihr ans Ufer.

„Ich bin kein kleines Mädchen! Und du bist auch nicht viel älter als ich." Der Junge grinste sie breit an. „Da hast du wohl recht. Ich bin Almaric und lebe mit meinem Vater hier in der Nähe in einer kleinen Hütte. Warte, ich komme zu dir an Land."

Mit einem langen Ast steuerte Almaric das kleine Boot an Land und sprang heraus. Jehanne schaute ihn an. Ein verdreckter kleiner Junge, mit Sommersprossen auf der Nase und schulterlangen, braunen Haaren. Sie freute sich, endlich einem freundlichen Menschen zu begegnen und lächelte ihn an. „Bonjour Monsieur, mein Name ist Jehanne.

Ich suche meine Freundinnen. Sie sind durch das Moor gereist, aber ich weiß nicht, wie ich ihnen folgen kann. Ich habe kein Boot."

„Hmmm, wenn ich es richtig sehe, habe aber ich ein Boot. Ich könnte dich sicher durch das Moor geleiten. Aber das kostet dich etwas." „Ich habe aber kein Geld, ich bin ausgeraubt worden", erwiderte Jehanne traurig. „Das macht nichts. Hier draußen ist Geld sowieso wertlos. Ich verlange einen Kuss von dir!" Almaric grinste über das ganze Gesicht.

„Das kannst du vergessen, ich küsse keine fremden Jungen." „Das ist sehr schade, dann werde ich jetzt wohl wieder nach Hause fahren müssen." Almaric sprang ins Boot und wollte sich gerade mit dem langen Ast vom Ufer abstoßen, als Jehanne den Ast schnell festhielt. „Ok, du bekommst deinen Kuss, aber nicht auf den Mund. Auf die Wange, ja?"

Almarics Grinsen wurde breiter und er legte den Kopf schräg auf die Schulter. „In Ordnung, auf die Wange."

Jehanne errötete, hielt sich an Almarics Arm fest und stieg zu ihm ins Boot. Ihr Blick war gesenkt und sie atmete schwer. Es war ihr peinlich, aber es gab keine andere Möglichkeit. Almaric grinste immer noch und tippte mit seinem Zeigefinger mehrmals auf seine Wange. Jehanne hob den Kopf und hauchte Almaric einen flüchtigen Kuss auf die Wange.

„Nein, nein, wenn schon, dann einen richtigen Kuss!" Almaric tippte wieder mit seinem Zeigefinger auf seine Wange. Die Schamesröte trieb Jehanne ins Gesicht. Mit hochrotem Kopf küsste sie den frechen Jüngling einige Sekunden auf die linke Wange und wischte sich danach sofort angewidert den Mund ab. „Na siehst du, war doch gar nicht so schwer." Mittlerweile hatte Almaric ein Dauergrinsen aufgelegt und legte vom Ufer ab. Jehanne hätte ihn umbringen können.

*

Almaric steuerte sein kleines Boot zielsicher durch den Sumpf. Er schien zu wissen, wohin er fahren musste. Mit viel Geschick hielt er das Boot mit dem dicken, langen Ast in der Hand auf Kurs. Die unheimliche Gegend hier und diese Stille machten Jehanne Angst. Sie schaute in die Bäume und Sträucher. Alles wirkte wie abgestorben - tot. Das Wasser war modrig und Faulgase stiegen empor. Gut, dass Almaric bei ihr war. „Und hier wohnst du?", fragte sie. „Ja, mein Vater und ich stellen hier im Sumpf Fallen auf. Es gibt hier gefährliche Tiere, die wir in Eisenkäfigen unter Wasser fangen. Sie scheuen das Tageslicht, aber nachts werden sie zu Bestien." Mit offenem Mund folgte Jehanne angespannt den Ausführungen des Jungen. „Essen kann man sie nicht, aber das ist nicht schlimm. Wir handeln mit ihren Köpfen. Sobald es anfängt zu dämmern, leuchten die Augen der Smoraks, so haben wir sie getauft, rot auf. Das ist schon komisch, obwohl der Smorak tot ist, leuchten nachts die Augen dunkelrot weiter." Jehanne war nicht wohl zumute und bekam eine Gänsehaut. „Und die leben hier in diesen Gewässern?", fragte sie zögerlich. „Oh ja. Aber mach dir keine Sorgen, ich kenne mich gut aus. Sie werden uns nichts tun." Irgendwie hatte die Hexenschülerin Zweifel. Trotzdem war sie froh, dass Almaric bei ihr war. Der dunkelgraue Himmel verriet, dass die Abenddämmerung bevor stand. Almaric hielt Ausschau nach einem Lagerplatz. „Wir müssen uns jetzt einen Lagerplatz suchen auf dem hohe Bäume stehen." Jehanne runzelte die Stirn. „Warum denn hohe Bäume?", fragte sie. „Die Smoraks sind nachtaktiv und verlassen nachts das Wasser. Würdest du ganz normal auf der Erde lagern, würden sie dich töten. Mein Vater hat durch Zufall herausgefunden, dass diese Kreaturen nicht klettern können. Wir müssen also auf einen Baum steigen und dort nächtigen, dann passiert nichts." Jehannes Augen weiteten sich. „Ich soll auf einem Baum schlafen? Da falle ich doch herunter!" Ihre Stimme klang entsetzt. Almaric grinste sie an. "Du brauchst keine Angst haben, der schlaue Almaric kennt sich aus!" Jehanne verdrehte die Augen und schüttelte den Kopf. Zusammen hielten sie nach einer kleinen Insel mit großen Bäumen Ausschau. „Schau, dort!" Jehanne zeigte schräg links nach vorne. Sie fuhren auf eine mittelgroße, mit Gräsern bewachsene Insel zu. Mittig darauf stand ein großer, mächtiger Baum. Wie alle Bäume hier hatte er keine Blätter. „ Hey, das ist perfekt!" Almarics Freude war nicht zu überhören. Mit dem dicken Ast drückte er sich vom Grund ab und steuerte auf die kleine Insel zu. Als das Boot landete, sprang er an das Ufer und zog das Boot an Land. Wie ein Gentleman hielt er Jehanne die Hand hin, damit sie eine Stütze beim Aussteigen hatte. „Danke, aber das schaffe ich alleine." Mit einem beherzten Sprung betrat Jehanne die Insel.

„Wir haben noch ungefähr vier Sanduhren Zeit, bis es dunkel wird. Die Zeit solltest du nutzen, um ein Feuer zu machen, damit wir uns aufwärmen und etwas braten können." Jehanne stemmte die Arme in die Hüfte. „Und warum machst du das nicht? Ist sich der schlaue Herr Almaric etwa dafür zu schade?" Das Mädchen schaute den verdutzten Jungen provozierend an. „Das kann ich gerne machen, dann bereitest du unseren Schlafplatz oben im Baum vor, bevor wir gefressen werden...!" Almaric verschränkte die Arme vor der Brust und schaute Jehanne schmunzelnd an. „Ähm, ok. Ich suche dann mal ein paar Äste und Zweige zusammen." Die Zauberschülerin errötete erneut. Almaric fing fröhlich an, ein Lied zu pfeifen und kletterte mit zwei Lederbeuteln hoch in den Baum. Auf einem dicken Ast, in acht Ellen Höhe, legte er einen Beutel ab und öffnete ihn. Ein langes Seil kam zum Vorschein. Dieses wickelte er einmal geschickt um den dicken Stamm und ließ den Rest auf dem Ast liegen.

Das gleiche machte er an einer anderen Stelle im Baum, zwei Ellen höher. Er kletterte wieder hinunter und sprang die letzten zwei Ellen herunter. Almaric landete direkt neben der holzsammelnden Jehanne, die vor Schreck die gesammelten Äste fallen ließ und aufschrie. Sie schubste ihn weg und blaffte ihn an: „Mein Gott, bist du wahnsinnig geworden, mich so zu erschrecken?" Ihre Augen funkelten wütend und sie baute sich vor ihm auf. „Na ja, kann ja jedem mal passieren, dass einem etwas aus den Händen fällt. Aber ich helfe dir gerne, die Äste wieder aufzusammeln", sagte Almaric und fing an, die Äste von dem bemoosten Boden aufzulesen. Fassungslos über so viel Dreistigkeit konnte Jehanne nicht einmal mehr kontern und beobachtete den Jungen, wie er das Holz zusammensuchte und auf einen Haufen legte. „Bitteschön, gern geschehen. Ich helfe dir doch gerne." Almaric legte erneut ein charmantes Lächeln an den Tag, bei dem Jehanne nicht anders konnte, als über die Situation zu lächeln.

Schnell wurde mit Hilfe der Feuersteine das Anmachholz entzündet und schon bald hielten die beiden Maiskolben über das Feuer, die Almaric im Proviantsack dabei hatte.

Sie ließen es sich schmecken, als der junge Charmeur in den Himmel schaute und danach seinen Maiskolbenrest in die Flammen warf. „Komm schnell, wir müssen uns beeilen. Es wird jetzt schon sehr dunkel." Ehe sich Jehanne versah, war Almaric schon am Baum und prüfte sein vorbereitetes Nachtquartier, indem er von unten hochschaute. "Wir müssen jetzt auf den Baum klettern, die Smoraks können jeden Moment auftauchen." Das ließ Jehanne sich nicht zweimal sagen. Im Klettern war sie schon immer gut gewesen und wenige Sekunden später saß sie in luftiger Höhe auf dem dicken Ast.

„Hier, leg dir das unter deinen Po, dann ist es nicht so hart." Almaric reichte der Hexenschülerin den Lederbeutel, in dem das Seil verstaut war. Er war zur Hälfte mit Moos gefüllt. Jehanne schob den Beutel unter ihren Po und war überrascht, wie angenehm sich das anfühlte. „Ich binde dich jetzt fest, damit du nachts nicht aus Versehen herunterfällst." Der Junge nahm das Seil, und wickelte es zweimal um Jehannes Körper und verknotete es. Dabei kam er dem Mädchen ganz nah. Sie genoss seine Nähe, auch wenn er meistens unmöglich war. „So, das hätten wir. Alles klar? Ich klettere jetzt nach oben und binde mich auch fest." Flink ergriff er die Äste in der Nähe und kletterte auf seinen vorbereiteten Schlafplatz. Jehanne hörte ihn werkeln, als er sich das Seil um seinen Körper schlang. Plötzlich wurde sie abgelenkt. Da war doch was im Wasser. Sie kniff die Augen zusammen und fokussierte ihren Blick auf die Stelle, wo sie meinte, etwas gesehen zu haben. Tatsächlich. Die Hexenschülerin hielt die Luft an. Immer mehr rote, leuchtende Punkte wurden unter der Wasseroberfläche sichtbar und sie bewegten sich auf die kleine Insel zu. Grünlich schimmerte die Luft über dem Wasser. Die ersten Kreaturen stiegen aus dem Wasser und Jehanne sah die gedrungenen, kleinen Körper mit den spitzen Reißzähnen im Maul und diese unheimlichen, glühenden Augen. Sie wusste, dass dies keine irdischen Lebensformen darstellte, sondern sie es mit Kreaturen aus der Unterwelt zu tun bekam. "Da sind sie", flüsterte Almaric von oben. „Verhalte dich ganz ruhig. Hier oben sind wir sicher!" Geistesabwesend nickte Jehanne. Sie sah, dass immer mehr Kreaturen aus dem Wasser stiegen und sich um den Baum stellten. Alle Augen waren auf die beiden Kinder gerichtet. Angst kam in Jehanne auf und ihr Herz pochte wie wild. „Sie können nicht klettern, bleib ganz ruhig. Hier oben sind wir sicher." Irgendwie war die Hexenschülerin noch nicht überzeugt. Die Scheusale versammelten sich um den dicken Stamm und schauten nach oben. Ihre Augen funkelten gefährlich und man sah ihre spitzen Reißzähne aufblitzen. Sie standen dort und warteten. Aber worauf? Auf einmal teilte sich die Menge und ein Höllenviech kam mit einer brennenden Fackel zum Baum! Jehanne verstand sofort, was hier geschah. „Almaric, verdammt! Ganz sicher hier oben! Klettern können sie nicht, aber den Baum abbrennen. Wir sind erledigt!" Angst schwang in ihrer Stimme, da hatte sie plötzlich eine Idee. Schnell zog sie ihr Artefakt aus der Lederhülle am Gürtel und zeigte mit der Spitze auf den Fackelträger unter ihr. „Nares unum milia mille unum nasum. Omnesque odores percipiuntur et ad finem ducere!"

Mit allen Sinnen im Höchstmaß konzentriert, schleuderte sie der Kreatur den Zauberspruch entgegen. Ein Energieball reinster weißer Magie schoss in Sekundenbruchteile aus dem Stab und pulverisierte den Angreifer samt Fackel. „Es hat funktioniert!" In Jehanne keimte Hoffnung auf. „Das Feuer, du musst das Lagerfeuer treffen!" Almaric staunte über die Fähigkeiten seiner neuen Freundin. Die Hexenschülerin konzentrierte sich erneut und zielte mit dem Artefakt auf die Feuerstelle. „Nares unum milia mille unum nasum. Omnesque odores percipiuntur et ad finem ducere!" Erneut wurde weiße Magie freigesetzt und zischte Richtung Feuer. Funken stoben und es gab eine kleine Explosion. „Wow!", entfuhr es Almaric. Ein paar Sekunden später waren die letzten kleinen Flammen erloschen und Dunkelheit legte sich über die Insel. Jehanne sah nur noch die rot glühenden Augen unter ihr. Auch einige Zeit später war sie immer noch hellwach und an Schlaf war nicht zu denken. Sie fühlte sich sehr unwohl und hatte Angst, dass diese kleinen Bestien einen neuen Versuch starten würden, sie vom Baum herunter zu bekommen.

„Bist Du eine Hexe?" fragte Almaric leise in Richtung Jehanne, die unter ihm auf dem Ast saß. Jehanne konnte ihn nur hören, denn es war schon dunkle Nacht. „Nein, bin ich noch nicht, aber ich studiere ihren Zauber und meine Meisterinnen heißen Adrienne d'Heur und Claire Mercier. Aber schon bald werde ich eine große Hexe sein, die für das Gute auf der Erde kämpft." Voller Stolz kamen diese Worte aus dem Mund Jehannes. „Das ist ja Wahnsinn, ich kenne eine echte Hexe. Ich dachte immer, mein Vater erzählt mir nur Gruselgeschichten, aber es gibt euch wirklich!" Almaric war fasziniert. „Aber ohne mich hätten die kleinen Monster dich aufgefressen. Ich brauche dafür nur Köpfchen, und keine Hexerei!" Der Junge grinste wieder einmal und Jehanne konnte es in seiner Stimme hören. Tief durchatmend verdrehte die Hexenschülerin die Augen. Jehanne erzählte ihm von ihrer Ausbildung und Almaric hörte interessiert zu, ohne sie zu unterbrechen. Die Nacht verging, aber die beiden Kinder konnten nicht schlafen. Die Kreaturen standen die ganze Zeit über auf der kleinen Insel und schauten sie mit ihren gruseligen Augen an. Sie lauerten und warteten nur darauf, dass die Kinder vom Baum fielen. Erst als die Sonne aufging, zogen sie sich langsam ins Wasser zurück. Nachdem einige Zeit vergangen war, band Almaric sich los und kletterte zu Jehanne herunter. Er half ihr, sie loszubinden und sprang danach auf die Erde. Jehanne folgte. Alles tat ihr weh und ihre Beine waren eingeschlafen. Sie entfachten ein Feuer und kochten sich einen heißen Kräutersud, der ihre Lebensgeister wieder weckte. Nachdem alles im Boot verstaut war, stieß Almaric sie vom Ufer ab und folgte der Spur, die Jehanne ihm vorgab.

*

Die Fahrt führte sie tief in den Sumpf und Jehanne spürte, dass die beiden Hexen in der Nähe waren. Der Vielfachriechertrank wirkte jetzt nicht mehr, aber bis vor einer Stunde konnte sie die beiden Meisterinnen noch riechen. Und zwar intensiver als sonst. Weit konnte es also nicht mehr sein. Das Moorwasser wurde dickflüssiger, und Almaric musste seine ganze Kraft einsetzen, damit er das Boot weiter voran trieb. „Ich glaube, dass sie hier in der Nähe sind. Wir müssen die Augen offen halten." Jehanne war konzentriert und suchte die Umgebung nach einem Hinweis auf die beiden Frauen ab. Almaric stieß den verdorrten Ast tief in die dickflüssige Suppe unter ihnen. Er schwitzte und auf seiner Stirn lag ein dünner Schweißfilm. „Jehanne, schau dort vorne!" Almaric zeigte auf eine Felsformation einige hundert Meter vor ihnen. Jehanne folgte seinem Blick und sah eine große, schwarze Felswand vor ihnen. „Irgendwie passt die Farbe zu dieser toten Landschaft". Die an der Wasseroberfläche zerplatzenden Faulgasblasen unterstrichen ihre Aussage. Jehannes Anspannung stieg. Da mussten sie sein. Almaric steuerte ans Ufer. Leise verließen sie das Boot und tarnten es mit dem, was das Moor ihnen zur Verfügung stellte. Jehannes Augen weiteten sich. Fünf Schritte neben ihr lag ein ebenfalls mit Totholz abgedecktes Boot. „Wir sind richtig!" Sie zog ihr Artefakt aus dem Gürtel und zusammen schlichen sie sich zum Felsen. Schon vom Wasser aus war ein großer Höhleneingang zu sehen gewesen, in dem der Widerschein brennender Fackeln zu sehen war. Jehannes Hände wurden feucht und ihre feinen Härchen auf den Armen stellten sich auf. Ein ekelhafter Geruch wehte ihnen entgegen. Zusammen mit Almaric schaute sie von der Seite in die Höhle und die Kinder erschraken. Ein riesiger Berg Menschenknochen war auf der linken Seite des Höhleneingangs aufgetürmt worden. Schnell ruckten ihre Köpfe wieder zurück und schauten sich mit großen Augen an. „Da willst du rein? Ohne mich! Da werden Menschen gefressen!" Almarics Selbstbewusstsein war komplett verschwunden. Ängstlich schaute er Jehanne an. „Ich verstehe natürlich, wenn du nicht mitkommen möchtest. Das ist nur etwas für starke Nerven. Kleine Jungen würden auch vor Angst ohnmächtig." Jehanne klopfte ihm auf die Schulter.

„Wieso kleiner Junge? Ich bin schon dreizehn Jahre alt und ich bin noch nie ohnmächtig geworden. Ich werde dir schon zeigen, dass ich nicht umfalle!" Erst jetzt bemerkte Almaric, in welche Lage er sich da hineingeredet hatte.

„Oh, ich hätte gedacht, du würdest nicht mit hinein gehen. Vielleicht bist du ja doch nicht so ängstlich, wie ich dachte. Na dann!" Das gewitzte Mädchen lächelte innerlich.

Ohne eine Antwort abzuwarten, schlich Jehanne zurück zum Höhleneingang und betrat die Höhle. Almaric folgte ihr zögerlich. Der große Berg Menschenknochen war widerlich und Almaric konnte vor Angst nicht weitergehen. „Ich habe auch Angst, aber ich spüre, dass meine zwei Gefährtinnen meine Hilfe benötigen." Jehannes Stimme klang ängstlich, aber entschlossen. „Zu zweit sind wir stärker. Komm, Almaric, wir schaffen das!" Almaric sah abwechselnd vom Knochenberg auf die Hexenschülerin. Wenn ihr etwas zustoßen würde, könnte er sich das nie verzeihen. „Also gut." Er fasste Jehannes ausgestreckte Hand und schlich am Knochenberg vorbei. Große Fackeln in Metallgestellen erhellten den Stollen. Nach einigen Metern kam eine Weggabelung. Ratlos schauten sich die Kinder an. „Wir müssen uns für einen Weg entscheiden. Ich würde den rechten Weg nehmen und du?" Auf Almarics Haut hatte sich eine große Gänsehaut gebildet. Eiskalt lief es ihm den Rücken hinunter. Seine Augen suchten die Wände nach irgendwelchen Hinweisen ab. Er sagte dann: „Ja, lass uns rechts weiter gehen." Der Weg führte tiefer in den Berg und es wurde immer wärmer. Der Weg verengte sich und der Fels auf dem Boden und an den Wänden war feucht.

Kleine Rinnsale liefen die Wände runter. Im Schein der großen Pechfackeln schlichen sie weiter ins Ungewisse. Almaric hörte es zuerst und gab Jehanne ein Zeichen stehen-zubleiben. Er legte einen Finger an den Mund, damit Jehanne hören konnte. Ein Rauschen, wie von einem Wasserfall. Aber hier unten im Berg? Vorsichtig gingen sie weiter und nach einem Knick war eine große Höhle zu sehen. Sofort pressten sich die beiden an die Wand und schauten vorsichtig in die Höhle. Sie war groß und überall standen Tische und Bänke verteilt auf dem Boden. Ein unterirdisch fließender Fluss schoss aus großer Höhe mit großer Kraft aus dem Fels und trieb ein großes Wasserrad an. Zwei gruselige Gestalten saßen sich an einem Tisch gegenüber und würfelten. Sie sahen furchterregend aus. Das, was noch von ihrem Körper übrig war, steckte in alten, kaputten Kettenhemden und Rüstungsteilen. Der größte Teil ihrer Körper war bereits skelettiert, doch an manchen Stellen konnte man noch das faule Fleisch am Knochen erkennen. Almaric musste sich fast übergeben und seine Finger bohrten sich in Jehannes Arm. Jehanne ging es ähnlich, wollte Almaric aber gegenüber keine Schwäche zeigen. Sie suchte die Höhle auf Hinweise auf ihre Gefährtinnen ab. An einem Tisch in der Ecke blieb ihr Blick kleben. Da lagen die Artefakte der Meisterinnen. Ihr Puls beschleunigte sich. Aufgeregt hielt sie weiter Ausschau und erschrak zutiefst, als sie die beiden Hexen lokalisierte. Sie waren sich gegenüber ans Wasserrad gekettet worden. Beide Frauen schienen ohnmächtig zu sein. Das Rad drehte sich sehr schnell, aber Jehanne glaubte zu erkennen, dass beide Frauen blutige Wunden an ihren Körpern hatten. Sie musste sie befreien. Jehanne zeigte mit ihrem Zeigefinger auf das Rad und flüsterte zu Almaric: "Wir müssen die Wachen ausschalten, damit wir sie befreien können." Almaric fasste sich als Erster und flüsterte leise: „Ich hätte da eine Idee. Kannst du noch einmal so eine Lichtkugel abschießen, wie im Moor bei den Smoraks?" „Ja, ich glaube schon." „Ich nehme hier einen Stein und werfe ihn nach hinten in die Höhle. Diese Kreaturen werden sich dann umdrehen und nachschauen, was das für ein Geräusch war. So hoffe ich zumindest. Du kannst dann leise in die Höhle eintreten und die beiden mit deinem Hexenzauber erledigen."

Jehannes Herz sprang ihr fast aus der Brust. „Wir müssen es versuchen." Ihr Puls raste und ihre Hände wurden feucht. Es musste einfach klappen. Almaric sammelte mehrere kleine Steine auf und suchte sich die besten zum Werfen aus. „Bereit?", fragte er. Jehanne nickte und hielt die Luft an. Almaric holte weit aus und warf den Stein mit all seiner Kraft nach hinten in die Höhle. Polternd landete er ca. zwanzig Ellen im Höhleninneren. Die zwei Höllenritter schauten sofort auf und schauten in die Richtung des Geräusches. Sie standen auf und gingen mit gezogenen Schwertern in Richtung des geworfenen Steines. Jehanne atmete noch einmal tief ein und sprang in die Mitte des Ganges. „Baculum magicum lucet, et omnes vias tuas industria ad metam sum intendebant!" Eine Kugel aus reiner weißer Materie traf den linken Höllenritter mit voller Wucht in den Rücken. Er wurde nach vorne katapultiert und verbrannte innerhalb von Sekunden zu Asche. Der rechte Höllenritter drehte sich um und sah Jehanne im Gang stehen. Er stürmte mit erhobener Waffe auf Jehanne zu und nutzte dabei die Tische als Deckung. „Baculum magicum lucet, et omnes vias tuas industria ad metam sum intendebant!" Die Lichtkugel schoss knapp am Kopf der Höllenkreatur vorbei und explodierte an der Felsenwand. Es krachte laut und Felsgestein wurde aus der Wand gesprengt. Der Angreifer wich der Kugel aus und sprang auf Jehanne zu. Für einen erneuten Zauberspruch reichte die Zeit nicht. Die Augen der Hexenschülerin weiteten sich.

Almaric sah, wie der Ritter auswich und auf Jehanne losrannte. Ohne zu zögern sprang er aus dem Schatten hervor, in die Flugbahn des Höllenritters. Kurz vor Jehanne prallten die beiden in der Luft zusammen und wurden von Almarics kraftvollem Sprung zur Seite katapultiert. Hart schlug Almaric auf den felsigen Boden auf. Zusammen mit dem Höllenritter kugelte er über den felsigen Untergrund. Sein Rücken schlug brutal an einem massiven Tischbein an. Die Kreatur befand sich über ihm und erhob das Schwert. Sofort rollte Almaric nach rechts und das Schwert sauste in das alte Holz. Der Höllenritter zog das Schwert heraus und setzte zum zweiten Schlag an. Mittlerweile hatte Almaric genug Platz, um den zweiten Streich auszuweichen und eine Gegenattacke einzuleiten. Er hatte Todesangst und rammte mit voller Wucht sein rechtes Bein in den Bauch des Angreifers. Dieser wurde zurückgeworfen und schlug hart auf den Steinboden auf. Das Schwert fiel aus seiner Hand. Der Höllenritter sprang auf, ergriff seine Waffe und setzte zum Todesstoß bei dem wie gelähmt dasitzenden Almaric an. Da schoss eine weiße Lichtkugel an Almaric vorbei und schmetterte den Kopf des Angreifers vom Torso. Der Höllenritter brach sofort zusammen und verbrannte zu Asche. Schwer atmend und voller Entsetzen schaute Almaric auf die Asche seines Widersachers. „Er wollte mich töten!" „Ja, das stimmt. Aber es ist ja alles gut gegangen." Jehanne half dem eingeschüchterten Jungen auf die Beine. „Wir müssen jetzt das Wasserrad so schnell wie möglich anhalten, damit wir sie losbinden können!" Sie entdeckten die an Ketten hängende Eisenplatte. „Wir müssen die Platte herunterlassen, damit das Loch in der Wand geschlossen wird!" Jehanne rannte zu der Vorrichtung und ergriff die Kette. Um sie aus der Verankerung zu lösen, musste sie die Platte aber zuerst ein Stück nach oben ziehen. Mit all ihrer Kraft zog sie an den Kettengliedern, aber die Platte bewegte sich nicht. Almaric kam ihr zu Hilfe und gemeinsam schafften sie es, die Platte ein Stück nach oben zu ziehen, um die Kette von ihrem Anker zu lösen. Mit großem Gepolter sauste die Eisenplatte nach unten und verschloss die Wandöffnung. Das Wasserrad drehte sich immer langsamer, bis es endlich stehenblieb. Jehanne erschrak. Adriennes Gesicht war schwer gezeichnet. Der Fels hatte ihr unter Wasser schwer zugesetzt. Auch ihre Beine und Schultern hatten Schürfwunden. Zu zweit nahmen sie Adrienne die schweren Ketten ab und ihr lebloser Körper sackte zusammen. Gerade noch rechtzeitig fing Almaric sie auf. Mit Jehannes Hilfe legten sie die bewusstlose Hexe auf einen nahestehenden Tisch. Adriennes Brustkorb hob und senkte sich. Gott sei Dank, sie lebt! Mit schnellen Schritten lief die Hexenschülerin zu Claire Mercier. Claire hatte einen Eisenring um den Hals, der zusätzlich an das Schaufelrad befestigt war. Das war wohl ihr Glück. Dadurch konnte der Kopf nicht nach vorne auf die Brust fallen, wenn sie bewusstlos wurde. Ihr Gesicht war im Vergleich zur Meisterin nicht entstellt. Mit Almarics Hilfe befreiten sie die weiße Hexe von ihren Ketten und trugen sie keuchend auf einen anderen Tisch. Auch Claire lebte noch. Ein gutes Zeichen!

„Wir müssen hier raus, Jehanne. Von diesen Mistviechern gibt es sicherlich noch mehr!" „Wir können die beiden aber hier nicht zurücklassen. Tragen können wir sie nicht. Wir müssen warten bis sie zu sich kommen und beten, dass bis dahin keine weiteren Höllenkreaturen auftauchen. Wenn sie bei Bewusstsein sind, kann ich sie hier heraus teleportieren."

Für Jehanne und Almaric verging die Zeit viel zu langsam. Zu groß war die Angst, dass weitere Höllenritter zurück-kommen könnten, was anhand der vielen Tische und Stühle in der Höhle nicht abwegig schien.

Nach einer gefühlten Ewigkeit erwachte Claire. Mit müden Augen sah sie Jehanne an und lächelte erleichtert, als sie die Hexenschülerin erkannte. „Jehanne, was machst du denn hier?", fragte sie geschwächt. „Oh Claire, ich werde dir alles erklären, aber als Allererstes müssen wir hier verschwinden! Bist Du bereit für einen Teleportzauber?" Jehanne strich Claire zärtlich über die Stirn, die schlimme Schürfwunden aufwies. „Wo ist Adrienne? Lebt sie noch?" „Ja Claire, sie ist aber immer noch bewusstlos. Almaric wird sich um sie kümmern, wenn ich dich nach Hause teleportiere." „Almaric? Wer ist Almaric?", fragte Claire argwöhnisch. „Claire, wir haben keine Zeit mehr. Ich werde dir alles in Ruhe erklären, nur lass uns hier verschwinden!" Claire nickte stumm. Jehanne und Almaric halfen Claire aufzustehen. Sie war sehr schwach und konnte alleine nicht stehenbleiben. Jehanne legte Claires Arm über ihre Schulter und teleportierte sich mit der weißen Hexe.

Einige Minuten später war sie wieder in der Höhle der Höllenritter. Sie hatte aus Adriennes Höhle übel riechende Kräuter mitgebracht. Diese hielt sie der bewusstlosen weißen Hexe unter die schwer verletzte Nase. Die Reaktion ließ nicht lange auf sich warten. Adrienne verzog angeekelt den Mund und erwachte. Sie sah Jehanne, die einen Finger vor ihren Mund hielt und ihr damit zu verstehen gab, nicht zu reden. Ein Junge war bei ihr, der ihr half aufzustehen. Auf der linken Seite unterstützte Jehanne gekonnt Adriennes Bemühungen auf die Beine zu kommen. Kaum stand die weiße Hexe, teleportierte Jehanne sie und sich selbst nach Hause.

Almaric war jetzt allein auf sich gestellt und betete, dass nicht ausgerechnet jetzt die Höhlenbewohner nach Hause kamen. Ein Ort des Schreckens. Wie konnte man Menschen nur so etwas antun? Er hatte Angst und versteckte sich in einer Ecke im Schatten der Felsenwand. Nach einer gefühlten Ewigkeit teleportierte sich Jehanne wieder mitten in die Höhle.

Almaric war so froh, dass sie endlich wieder da war und lief auf sie zu. „Nur weg hier, Jehanne!" Die Hexenschülerin lief zum Tisch und sammelte schnell alle Artefakte ein und steckte sie in ihre Tasche. Dann nahm sie seine Hand und ihre Blicke trafen sich. Ihr wurde ganz warm ums Herz, aber sie musste sich darauf konzentrieren, die Höhle zu verlassen. Innerhalb von Sekunden deutete nichts mehr darauf hin, dass die beiden Kinder jemals in der Behausung der Höllenritter waren.

*

In der Höhle Adriennes
Frankreich

Zwei Wochen waren bis jetzt nach der Rettungsaktion vergangen. Jehanne hatte Almaric am Rande des Sumpfes abgesetzt, wo sie sich kennengelernt hatten. Als Abschiedsgeschenk und für seine Hilfe hatte sie ihm einen langen Kuss auf den Mund gegeben. Almaric war sprachlos und auch Jehanne hatte es gefallen. Lange standen sie umarmt am Ufer des Höllenmoores. Mit Tränen in den Augen verabschiedeten sie sich und Jehanne teleportierte sich nach Hause. Dort braute sie mit Hilfe des alten, niedergeschriebenen Hexenwissens mehrere Heiltränke im schweren Kupferkessel über der Feuerstätte. Claire lag auf dem Strohlager Jehannes und Adrienne auf ihrem. Sie erholten sich allmählich und ihre Wunden schlossen sich. Nach zwei Wochen wiesen nur noch ein paar kleine Schrammen in den Gesichtern der weißen Hexen auf ihre schweren Verletzungen hin. Zu dritt saßen sie eines Abends am Tisch und tranken einen heißen Kräutersud. Die weißen Hexen hatten sich erholt und zur alten Stärke zurück gefunden. Das Feuer knisterte und verbreitete eine angenehme Wärme in der Höhle. Magnus schnurrte auf Jehannes Schoß und genoss die Streicheleinheiten in seinem Nacken. „Jehanne, was Du geleistet hast, lässt sich gar nicht in Worte fassen. Du bist erst elf Jahre alt und noch nicht voll ausgebildet. Du hast es trotzdem geschafft, alle Gefahren zu meistern und ohne dich würden wir jetzt immer noch in Gefangenschaft sein." Adrienne nahm Jehannes Hand. „Danke." Claire beugte sich über den Tisch und gab Jehanne einen Kuss auf die Stirn. "Auch ich habe dir mein Leben zu verdanken. Du hast wie eine große, weise Meisterin gehandelt. Ich werde für immer in deiner Schuld stehen." Erneut gab Claire ihr einen zarten Kuss auf die Stirn. „Wie geht es jetzt weiter?", fragte Jehanne. Claire sah Adrienne mit ernster Miene an. „Als ich am Rad gebunden war, habe ich Gesprächsfetzen mitbekommen. Die Höllenarmee wird zusammen mit der französischen Reiterei ausrücken, um England zu erobern. Der französische König hat einen Pakt mit der Hölle geschlossen. Ich habe auch mitbekommen, wer für diesen riesigen Knochenberg im Eingang verantwortlich ist. Sie haben in der Höhle ein Monster groß gezogen, das sich von Menschenfleisch ernährt. Deshalb wurden die englischen Soldaten gefangen genommen." Adrienne und Jehanne lauschten gespannt Claires Ausführungen, die dann fortfuhr: "Wenn also die Höllenritter nicht mehr in der Höhle waren, als Jehanne uns befreit hatte, können wir davon ausgehen, dass sie auf dem Weg nach England sind, um dort zu morden und Gefangene zu nehmen." Adriennes Miene verfinsterte sich. „Wir müssen sie aufhalten!"

Adrienne nahm einen großen Schluck aus ihrem Holzbecher und nickte mit ernster Miene. „Zuerst müssen wir zurück in die Sumpfhöhle und den englischen König befreien, bevor er dort stirbt - wenn er nicht schon gestorben ist oder verfüttert wurde", gab Claire zu bedenken. Jehanne sah sofort wieder die Bilder der Höhle vor ihrem geistigen Auge. Die beiden Gefährtinnen gebunden und gedemütigt am großem Wasserrad. Die zwei Höllenritter, der zerplatzende Schädel und Almaric im Todeskampf. Sie schluckte schwer und Claire bemerkte Jehannes inneren Kampf. „Wir werden dieses Mal besser aufpassen, Jehanne. Jetzt wissen wir, was uns erwartet und können uns darauf einstellen. Aber wir müssen diesem Spuk ein Ende bereiten." Sie nahm Jehannes Hand und schaute ihr in die Augen. „Adrienne und ich sind vorsichtig, versprochen."

*

Sumpfgebiet
Crécy-en-Ponthieu
Frankreich

Adrienne und Claire teleportierten sich vor die Höhle im schwarzen Felsen. Beiden Frauen war es unwohl in der Magengegend. Zu stark waren noch die Erinnerungen an ihre grausame Gefangenschaft. Ihre Artefakte waren aktiviert und die Hexen jederzeit bereit für den Kampf. Noch einmal ließen sie sich nicht überraschen. Draußen dämmerte es bereits und die großen Pechfackeln wiesen ihnen den Weg. Mit geschärften Sinnen betraten sie leise die Höhle. Diesmal nahmen sie sofort den richtigen Weg. Vorbei an dem
64

Knochenberg und dann an der Abzweigung in den rechten Stollen hinein. Sie gingen tiefer in den Berg und es wurde wärmer. Mittlerweile konnten sie das Rauschen des unterirdischen Wasserfalls hören. Jede Faser ihres Körpers war zum Zerbersten angespannt. Sollten sie angegriffen werden, gab es keine Gnade für die Angreifer. Der enge Stollen gab den Blick in die große Höhle frei. Es waren keine Höllenritter zu sehen. Mit Handzeichen gab Claire Adrienne zu verstehen, dass sie durch die Höhle gehen sollten, um den hinteren Ausgang in Augenschein zu nehmen. Die beiden weißen Hexen teilten sich auf. Eine schlich an der linken Höhlenwand entlang und die andere an der rechten. Claires Lichtpeitsche war ausgefahren und jederzeit bereit zuzuschlagen. Auch Adrienne hatte eine Lichtpeitsche mitgenommen und zusätzlich ihren Dolch aktiviert. Claire sah das große Wasserrad und musste schlucken. Ihr Herz schlug schneller und sie musste zweimal tief durchatmen, bevor sie daran vorbeigehen konnte. Das Gefühl, alle paar Sekunden unter Wasser zu tauchen und über den Felsen geschliffen zu werden, war sofort wieder gegenwärtig. Am anderen Ende der Höhle angekommen verjüngte sich der Stollen und führte abwärts in den Berg hinein. Es wurde immer wärmer und die beiden Hexen fingen an zu schwitzen. Nach circa dreißig Ellen machte der Stollen eine Rechtskurve. Schwere Pechfackeln, gehalten von rostigem Eisen, beleuchteten die Stollenwände. Die Luft wurde stickig und das Atmen fiel schwer. Der Geruch von Verwesung lag in der Luft. Mit dem Rücken an die Wand gedrückt schauten sie vorsichtig um die Ecke. Im schummrigen Feuerschein sah Claire in eine große Kammer, die so groß war wie eine große Kirche. Sie dachte sofort an ein Verlies, denn die Gefangenenzellen waren links und rechts in den Stollen gehauen worden. Schwere Eisenstäbe machten jeden Ausbruchsversuch unmöglich. Claire zählte sechs große Zellen auf der linken und vier Zellen auf der rechten Seite. Der Geruch von Fäkalien und verwestem Fleisch ließen die Augen tränen. In den Zellen befanden sich gefangene, halb verhungerte englische Ritter, die wohl alle Hoffnung verloren hatten und teilnahmslos in den Zellen saßen und vor sich auf den Boden starrten. Sie hatten sich damit abgefunden, hier zu sterben. Claire zählte insgesamt zwanzig Ritter. Sie sah drei Höllenritter, die abgestellt wurden, die Gefangenen zu bewachen. Sie saßen am linken hinteren Ende der Kammer an einem Tisch und knobelten. Als Knobelbecher benutzen sie einen dicken, ausgehöhlten Knochen. Zwei waren mit verrosteten Morgensternen bewaffnet, ein Höllenritter trug ein glänzendes Schwert an seinem Gürtel. Wahrscheinlich hatte er es einem Gefangenen abgenommen. Aber sie bewachten nicht nur die englischen Ritter. Verwundert sah Claire Adrienne an, aber die zuckte auch nur mit den Schultern. Was war das? In gut zwanzig Ellen Entfernung pulsierte eine große grünlich schimmernde Energieblase auf einem Steinpodest, in der bestimmt vier ausgewachsene Ochsen Platz gefunden hätten. Dies war auch das Zentrum der Hitze hier im Berg. In der mit grüner Flüssigkeit gefüllten Blase bewegte sich eine Kreatur, die die beiden Hexen noch nie in ihrem Leben gesehen hatten. Sie hatte die Form eines Wolfes, nur mindestens zehnmal größer. An einigen Stellen sah man unter dem zerrupften Fell Metallplatten am Rücken des Tieres durchschimmern. Auch die Krallen waren aus Metall und sahen messerscharf aus. Die Augen leuchteten glutrot. Nach der Größe der Energieblase und der Kreatur zu urteilen, war das Höllentier noch nicht ausgewachsen. Direkt neben der Energieblase war ein ähnlicher Aufbau zu beobachten. Nur, dass diese Energieblase leer war. Keine Flüssigkeit und keine Kreatur waren darin zu sehen. Nur einige Knochen lagen dort auf dem Felsen. Hinter diesem Aufbau sahen sie noch eine schwere, geschlossene Eisentür, die mit Ketten und Schlössern gesichert war. Auf Adriennes Zeichen hin schlichen sich die beiden weißen Hexen in Richtung des Tisches. Die drei Bewacher hörten sie nicht näher kommen. Nur die Bestie in der Energieblase hatte sie bemerkt und wurde innerhalb eines Augenaufschlags aggressiv und fletschte die riesigen Zähne. Aber die Hexen waren schon zu weit vorgedrungen, als dass die Angreifer rechtzeitig reagieren konnten. Claires Lichtpeitsche traf den ersten Wachposten unvermittelt ins Kreuz und mit einem quälenden Schrei verbrannte er zu Asche. Adriennes Lichtriemen traf den zweiten Wachposten, der gerade dabei war, die Würfel einzusammeln. Sein Kopf wurde vom Torso gefegt und flog zischend mit einem Feuerschweif in die Ecke der Kammer. Auch er verbrannte auf der Stelle zu Asche. Geistesgegenwärtig sprang der dritte Bewacher auf und entkam in letzter Sekunde dem tödlichen Dolchstoß Adriennes. Sofort lief er zu der Energieblase und betätigte einen großen verrosteten Hebel, der im Felsen eingelassen war. Die grünliche Energieblase löste sich auf und das ekelerregende Fruchtwasser ergoss sich über den steinigen Boden. Die Bestie starrte die beiden gierig an und ein lautes, bedrohliches Knurren war aus dem Maul zu hören. Sie duckte sich mit ihren Vorderläufen und setzte zum Sprung an. Mit weit aufgerissenem Maul sprang sie auf Adrienne zu. Diese wich aus und ließ ihre Lichtpeitsche kreisen. Die Bestie sprang ins Leere. Der Lichtriemen brannte sich in den Rücken der Bestie. Fell und Haut gingen in Flammen auf. Dann erloschen die Flammen. An der Stelle war Metall zu sehen, was der Bestie unter der Haut implantiert war. Damit hatten die beiden Frauen nicht gerechnet. Claire rannte in Richtung der Bestie und ließ den Lichtriemen mit voller Wucht auf die Höllenkreatur niederpreschen. Normalerweise wäre die Kreatur zu Asche verbrannt, hier aber wickelte sich der Lichtriemen nur um den Vorderlauf der Bestie und verbrannte das Fell an den Kontaktstellen. Instinktiv zog Claire mit beiden Händen ruckartig an der Peitsche und brachte die Bestie damit aus dem Gleichgewicht. Mit einem lauten Krachen kam die Bestie zu Fall. Wild schnappten die riesigen spitzen Reißzähne nach allem, was zu erreichen war. Mit einem Hechtsprung brachte Claire sich in Sicherheit und rollte sich über den Tisch ab. Adrienne beobachtete die Szene und startete ihre Attacke, als die Bestie für einen kurzen Moment auf dem Boden lag. Sie stieß mit aller Kraft den verlängerten Dolch in die Bauchdecke des Ungeheuers, dessen Hinterläufe mit den metallenen Krallen sie um Haaresbreite verfehlte. Aber schon nach wenigen Zentimetern kam der Dolch nicht weiter. An der Eintrittsstelle wurde das organische Material von der weißen Magie vernichtet. Es stank nach Schwefel und verbranntem Fleisch. Auch hier erloschen die Flammen nach wenigen Augenblicken und Adrienne drehte geschickt ab und brachte sich aus der Gefahrenzone. „Wieso können wir die Bestie nicht töten?", schrie die weiße Hexe zu Claire herüber. „Ich weiß es nicht!", rief Claire und startete einen neuen Angriff. Sie stieg mit schnellen Schritten auf den Tisch und sprang auf den Rücken der mittlerweile wieder auf den Beinen stehenden Höllenkreatur. Blitzartig holte sie aus und ließ das weiße Energieband um den Hals des Ungeheuers fliegen. Es zischte und qualmte, als die weiße

Magie versuchte, die Oberhand zu gewinnen. Auch dieser Versuch, das Ungeheuer zu töten, scheiterte. Die Bestie war wie im Rausch. Die Kiefer schnappten unaufhörlich auf und zu. Mit den Pranken schlug es nach den Angreiferinnen. Für ihre Größe war sie enorm wendig und agil. Sie schien überall gleichzeitig zu sein und die beiden weißen Hexen mussten all ihr Können einsetzen, um nicht verletzt zu werden. Claire wurde abgeschmissen und gegen die Zellenstäbe geschleudert. Der Kämpferin blieb die Luft weg und sie fokussierte sich auf die spitzen Zähne der Bestie. Keine Sekunde zu früh rollte sie sich zur Seite. Sie spürte den Luftzug des zuschnappenden Kiefers und wurde vom übel riechenden Geifer bespritzt. Die Zähne rauschten in die Gitterstäbe und bissen ohne Mühe einen Eisenstab in der Mitte durch. Adrienne sprach einen Wirbelzauber und nutzte den Moment des Zuschnappens aus, um auf die Schnauze der Bestie zu springen und ihm den magischen Dolch in das linke, glutrote Auge zu stechen. Der verlängerte Dolch versank bis zum Schaft in der gallertartigen Masse. Die Bestie heulte wild auf und katapultierte Adrienne mit voller Kraft gegen die Höhlendecke. Adrienne konnte ihren Kopf gerade noch mit den Händen schützen, als sie gegen den Felsen geschleudert wurde. Knochen knackten und sie fiel zurück Richtung Boden. Die Bestie wich zurück und kämpfte mit den Schmerzen im verwundeten Auge. Anders als bei den Treffern davor, brannte die Augenhöhle immer noch und lodernde Flammen schossen aus dem Augeninneren. Die Höllenkreatur schrie vor Schmerzen und griff an. Mit weit aufgerissenen Kiefern sprang sie auf Adrienne zu und wollte sie zerfleischen. Adriennes Rippen schmerzten und sie schrie laut auf, als sie sich verteidigte. Fangzähne und Dolch prallten aufeinander und Adrienne wurde durch den Schwung des Angriffs mit der Schnauze des Ungeheuers durch den Raum geschoben. Claire hatte sich von der Attacke erholt und ließ die Lichtpeitsche Richtung gesundes Auge der Bestie kreisen. Der Lichtriemen fand sein Ziel und ließ das Auge zerplatzen. Die Bestie fauchte und explosionsartig verteilte sich die wabernde Masse im Raum. Flammen schossen aus der Augenhöhle und die Bestie schüttelte wie wild den Kopf. Die Kreatur hatte wahnsinnige Schmerzen und die Flammen breiteten sich im Schädel aus. Blindlings tobte sie durch die Kammer, schnappte nach allem, was sie zu fassen bekam. Ihre Krallen schlugen das Inventar kurz und klein. Mit brennendem Schädel rannte sie gegen die Felswand und ihre Fangzähne bekamen den dritten Höllenritter zu fassen, der sich abwartend in eine Ecke gedrängt hatte. Die Zähne zermalmten den behelmten Schädel des Ritters wie Butter und der Torso fiel schlaff in sich zusammen.

Die Höllenkreatur befand sich im Todeskampf. Die Flammen breiteten sich im Inneren der Kreatur weiter aus und sie konnte sich nicht mehr auf den Beinen halten. Der Kampf Gut gegen Böse ließ den Körper der Kreatur glühen, aber die implantierten Metallplatten verhinderten, dass die Flammen durch den Körper nach außen drangen. Dafür heizte sich der Körper immer weiter auf und war kurz davor zu zerplatzen. So schnell es ging liefen Claire und Adrienne zu den Zellen und Adrienne zerschmetterte mit ihrem magischen Dolch die Schlösser der Zellen. Die englischen gefangenen Ritter stützten sich gegenseitig und verließen so schnell es ging die Zellen. Sie brachten sich im Stollen in Sicherheit. Als die beiden weißen Hexen den letzten Ritter untergehakt in den Stollen gebracht hatten, explodierte der Körper der Bestie mit brachialer Gewalt. Eine

Feuerwalze schoss durch den Stollen und der Berg erzitterte in seinen Grundfesten. Adrienne sprach einen Schutzzauber und hielt mit all ihrer Kraft ein magisches Schutzschild aufrecht. Sie lenkte damit die Feuerwalze über die Köpfe der Gefangenen Richtung Ausgang. Felsbrocken lösten sich aus der Höhlendecke und brachten die Kammer zum Einsturz. Auch im Stollen fielen die ersten Steine von der Decke. „Lauft!", schrie Claire. „So schnell ihr könnt!" Aber die Ritter waren zu entkräftet, als dass sie die Höhle schnell verlassen konnten. Sie würden es nicht schaffen. Claire und Adrienne wechselten einen Blick und es war klar, was sie als Nächstes tun mussten. Mit je zwei Rittern in den Armen teleportierten sie sich vor den Höhleneingang. Claire hoffte inständig, dass der Stollen noch nicht eingestürzt war, als sie sich zurück teleportierten. Denn das wäre der sichere Tod der Hexen gewesen. Schnell ergriffen sie die nächsten englischen Gefangenen und als sie sich nach der letzten Aktion vor die Höhle teleportierten, hörten sie im Berg ein gewaltiges Geräusch. Sekundenlang bebte der Boden und aus dem Höhleneingang schoss eine gewaltige Staubfontäne. Sie hatten es geschafft. In letzter Sekunde hatten sie alle Gefangenen aus ihrem Verließ befreit.

*

Kapitel 3

Die Verteidigung des Palastes

*

28. September 1346
Sheen Palace
England

Godric Liovin war erleichtert. Die weißen Hexen hatten Wort gehalten und den gefangenen englischen König Eduard III. mit dem überlebenden Gefolge befreit. Zusammen mit den Heldinnen berieten sich der König und Godric in der großen Kriegshalle des Sheen Palace, dem Hauptsitz von Eduard III. Der Palast lag zwischen Isleworth und Petersham, einem Stadtteil von London Borough. Im großen, steinernen Kamin brannte ein loderndes Feuer. Viele goldene Kerzenständer waren aufgestellt, deren dicke weiße Kerzen den Raum erhellten. An jeder Wand waren drei hochglanzpolierte Ritterrüstungen aufgestellt. An den hohen Bruchsteinwänden hingen Ölgemälde der englischen Könige und Strategiehelden. Alle vier Personen standen in der Mitte der Kriegshalle um einen großen massiven Holztisch. Eduard nannte ihn den Strategietisch. Auf ihm lag eine große Karte Englands, auf der Zinnfiguren seiner Armeen aufgestellt waren. So hatte Eduard immer den aktuellen Überblick über seine Truppen. Aber es sah nicht gut aus. Der schwere, geschmiedete Leuchter über dem Strategietisch erhellte die momentane Situation. England wurde von den Franzosen und den Höllenrittern überrannt. Mit hunderten Schiffen setzten die Franzosen über den Canalites Anglie hinüber und hinterließen eine Spur der Verwüstung und des Todes. Eine Verteidigungslinie nach der anderen fiel und immer mehr Zinnfiguren mussten auf der Karte umgekippt werden.

Adrienne nahm einen hölzernen Zinnfigurenschieber und verlängerte die blutige Spur der Franzosen auf dem

73

Kartentisch. Kein Zweifel. Sie wollten den Palast stürmen. Eduard verschränkte die Hände vor seinem Gesicht und atmete tief durch. Sie hatten keine Chance. Hier war schwarze Magie im Spiel, der sie nichts entgegenzusetzen hatten. Claire zeigte mit ihrem Artefakt auf die nächste Verteidigungslinie, die einen Steinwurf vom Palast entfernt war. „Hier müssen wir sie stoppen. Es darf der Unterwelt nicht gelingen, in den Palast einzudringen. „Ich habe einige Unterhaltungen mitbekommen", sagte Eduard. „Die Franzosen wurden von einem Dämon unterwandert. Sein Name ist Xérias. Er hat den französischen König verhext und steuert seine Reitereien aus dem Königspalast in Frankreich. Seine Horden morden und brandschatzen. Ihre Gefangenen bringen sie in das Versteck des Höllensumpfes. Sie dienen ausschließlich als Nahrung für diese schrecklichen Bestien, solange sie wachsen." Eduard schluckte hart. Schreckliche Bilder spielten sich vor seinen Augen ab. Immer und immer wieder sah er, wie seine treuen Gefolgsleute in die Energieblase geworfen wurden und hinterher nur noch Knochen übrig waren. „Die Unterwelt züchtet Hybriden. Halb Maschine, halb Lebewesen, durch finstere Magie zum Leben erweckt", sinnierte Adrienne. „Es wird immer schwerer, diese Kreaturen zu vernichten. Sie rüsten auf!" Die weiße Hexe sah Claire in die Augen. „Aber wir kennen ihre Schwachstelle: Die Augen!" Claire schlug entschlossen mit ihrer Faust auf den Kartentisch. „Die Kreatur, mit der ihr gekämpft habt, war noch nicht ausgewachsen. Das Höllenvieh, was Dutzende meiner Männer gefressen hat, ist bestimmt viermal so groß." Eduard senkte sein Haupt und blickte zu Boden. „Ich lasse mich nicht von diesem Biest einschüchtern!", entgegnete Adrienne gefühllos. Claire sah den König mit funkelnden Augen an. „Die Höllenritter haben es mit auf ihren Eroberungszug genommen und ich freue mich, wenn ich es ihnen hundertfach heimzahlen kann." Claires Stimme verriet, dass sie kämpfen wollte. „Wie lange brauchen die Franzosen, um den nächsten Verteidigungswall zu erreichen?", fragte Adrienne. Godric Liovin legte einen Maßstab auf die Karte und rechnete. „Spätestens in drei Tagen werden sie in Rochester sein. Danach kommt nur noch unser Palast." „Lasst alle Truppen auf der Stelle dorthin verlegen, König." Adriennes Gesicht verzog sich zu einer Grimasse. „Wir werden ihnen dort eine Falle stellen und sie dort in Empfang nehmen. Mobilisiert eure Truppen! Wir benötigen all eure Bogenschützen!"

*

28. September 1346
in der Höhle Adriennes
Frankreich

Jehanne war überglücklich, dass sich die beiden Gefährtinnen gesund und wohlbehalten wieder vor die Höhle teleportierten. Sie fielen sich in die Arme und standen zu dritt eng umschlungen vor dem Eingang. Magnus schmiegte sich an die Beine der Hexen, als wenn auch er froh war, dass die beiden Hexen überlebt hatten. „Ich hatte so eine Angst um euch!" Jehanne drückte die beiden Frauen noch enger an sich. "Psssst, ist ja gut. Wir haben dir doch versprochen, vorsichtig zu sein." Claires Stimme klang fürsorglich, und sanft strich sie mit ihren Händen durch das Haar der Hexenschülerin. Eine Weile blieben die drei so stehen und genossen die Harmonie und die menschliche Wärme in dieser schrecklichen Zeit. Sie gingen in die Höhle und Jehanne begann das Abendessen vorzubereiten. Sie hatte zuvor zwei Hasen erlegt, die jetzt über dem großen Feuer brutzelten. Einige Zeit später saßen die drei Frauen um den Feuerplatz und schnitten sich mit ihren Dolchen ein Stück Fleisch von den Hasen.

Die beiden Hexen mussten ihre Erlebnisse bis ins Detail erzählen und Jehanne hörte aufmerksam zu und vergaß manchmal sogar zu kauen. Wie die beiden wollte sie auch mal werden. Als Adrienne geendet hatte, wandte sich die Meisterin mit ernster Miene an ihre Schülerin. „Jehanne, du musst uns helfen. In drei Tagen soll England fallen! Der französische König hat sich mit der Hölle verbündet und greift an. Sie stehen kurz vor dem Königspalast. England wird fallen, wenn wir nicht eingreifen. Claire und ich haben einen Plan, wie wir sie stoppen können! Wir werden die nächsten Tage in England an der letzten Verteidigungslinie Vorbereitungen treffen, um die Höllenritter aufzuhalten. Du musst in den Palast des französischen Königs und Ausschau nach Philipp VI halten. Spioniere ihm nach, was macht er, und wo macht er es. Ich vermute, dass es im Palast eine Pforte zur Hölle gibt, die unbedingt geschlossen werden muss. Nimm dir bitte diesen Jungen mit, der dir geholfen hat, uns zu befreien!" „Almaric!", rief Jehanne freudig überrascht und viel zu laut. „Ja, Almaric." Adrienne schmunzelte, als sie Jehannes Gefühlsausbruch sah. „Frag ihn, ob er dich begleiten kann. Du kannst ihm 30 Livre Belohnung versprechen. Damit wäre seine Familie für ein ganzes Jahr versorgt. Ihr ward ein gutes Gespann und du magst ihn ja auch." Jehanne errötete. „Mögen,...naja, also, ..." „Schon gut!", lachte Claire. „Du brauchst darauf nicht zu antworten", und zwinkerte ihr zu.

*

Wie schon in den vergangenen Tagen, regnete es in Strömen. Der Boden war aufgeweicht und nur noch Matsch. Unter Anleitung der weißen Hexen schufteten die treu ergebenen Männer Eduards III. Tag und Nacht. Sie errichteten Blockaden, schaufelten Wehrgräben und ließen in Rekordzeit, und mit der Hilfe der Magie der Hexen, im Innenhof der Festung zwei fünfzig Ellen lange Mauern entstehen, die sich vor dem großen Eingangstor auf 16 Ellen gegenüberstanden. Sie waren fünf Mann hoch und an den Außenwänden waren in drei Mann Höhe Laufplanken angebracht. Bollwerke wurden trichterförmig aufgestellt. So, dass die Franzosen keine andere Wahl hatten, als hier durch zu reiten. Zwischen den Mauern bearbeitete Adrienne den Boden und bereitete sich auf die größte Schlacht ihres Lebens vor. Ihre Füße versanken knöcheltief im Schlamm und ihre Kleidung klebte am Körper. Regentropfen rannen an ihrem Gesicht herab. Claire befehligte ein paar Dutzend Ritter und ließ die Innenwände der Mauern mit Holz verschalen und dieses mit dicken Eisenbändern verstärken. Vier Schmiede bearbeiteten das glühende Metall und brachten es in Form. Ihre geschickten Hände machten aus einem glühenden Stück Eisen ein passgenaues Stück Wehrtechnologie. Die Festung Rochesters stand auf einer kleinen Erhöhung und war schutzlos dem Feind ausgeliefert. Auf Krieg war diese Wehranlage nicht ausgerichtet. Umso wichtiger war es, dass die Anweisungen der weißen Hexen so schnell es ging umgesetzt wurden. Eduard III. hatte alle Truppen mobilisiert und nach und nach trafen immer mehr Reiter ein. Es sollten neben den neuntausend Reitern auch achttausend walisische Bogenschützen unter ihnen sein.

Auf diese Männer kam es an. Sie mussten im richtigen Moment ihre Pfeile auf die Reise schicken. Rund um die Wehranlage entstanden innerhalb eines halben Tages Zeltstädte. Erkundungstrupps hielten in der Umgebung Ausschau nach dem Feind.

Godric Liovin war zufrieden mit der Arbeit seiner Männer. Am Abend ging er die komplette Wehrmauer der Festung ab und prüfte die Vorbereitungen. Er schaute nach draußen vor das große Tor. Damit der Feind sie nicht überraschen konnte, waren überall Pechfackeln aufgestellt worden. Er sah die mit Pech gefüllten Gräben vor der Festung. Immer noch trafen Truppenverbände ein. Die Höllenritter hatten seinen Truppen große Verluste beschert. Dies war der klägliche Rest. Er machte sich keine großen Hoffnungen, die Burg halten zu können. Aber sie waren nicht hilflos. Seine Männer waren gut an den Waffen ausgebildet und die zwei Hexen waren auf ihrer Seite. Eine Ironie des Schicksals, denn die Hexen waren Franzosen. Sie mischten sich normalerweise nicht in irdische Dinge ein. Nur durch die Gefangennahme seines Königs durch die Höllenritter konnte er sie auf seine Seite ziehen. Er lächelte leicht und prüfte eine Steinschleuder auf Standfestigkeit. Die Wachen wurden verdreifacht. Kälte kam auf und Godric fröstelte. Er legte seine Hände auf die kalte Mauer und schaute in den Himmel. Regentropfen prasselten auf sein Gesicht. In maximal zwei Tagen wird entschieden sein, ob England noch ein freies Land ist oder es der Finsternis geweiht wird.

Jehanne war überglücklich, Almaric wiederzusehen. Sie teleportierte sich in die Nähe seiner Hütte und hatte die dreißig Livre in einem kleinen Säckchen dabei. Fröhlich näherte sie sich der kleinen aus Torf gebauten und mit Ried bedeckten Hütte am Rand des Moores. Sie sah Rauch aus dem Kamin aufsteigen und ihr Herz klopfte schneller. Schnellen Schrittes lief sie auf die Behausung zu und freute sich auf ein Wiedersehen mit ihrem neuen Freund. Jehanne betrat die Hütte und fragte mit aufgeregter Stimme: "Almaric, bist du hier?" Es war eine einfache Lehmhütte, in der nur das Nötigste vorhanden war. Aber sie hatte einen gemauerten Kamin über der Feuerstelle, der den Rauch nach draußen transportierte. Zwei Strohlager waren hinten in der Ecke der Hütte hergerichtet und über dem Feuer lag ein großer Rost, auf dem gekocht wurde. Jetzt sah sie ihn an einem kleinen Tisch sitzen und weinen. Der Junge schaute nicht einmal hoch und Jehanne tat es im Herzen weh, ihren Freund so leiden zu sehen. „Almaric, ich bin es, Jehanne! Was ist passiert?" Almaric schaute sie aus verweinten Augen an und sagte: „Mein Vater. Mein Vater ist tot!" „Oh nein, das tut mir so leid." Jehanne war jetzt bei ihm, setzte sich zu ihm und legte eine Hand auf seinen Arm und drückte ihn. „Was ist passiert?", fragte sie voller Mitgefühl. „Wir waren wieder im Moor unterwegs und haben dort auch unser Nachtlager aufgeschlagen. Eigentlich wie immer."

Almaric schluchzte und Jehanne fühlte seine große Trauer. „Mein Vater hat wohl ein morsches Seil erwischt. Er sicherte sich immer am Baum und noch nie hatte er ein Seil benötigt. Aber jetzt hatte es geregnet und die Äste waren glatt. Er rutschte aus und fiel hinunter. Das Seil hat ihn nicht gehalten. Es riss und mein Vater war den Smoraks schutzlos ausgeliefert. Zu Hunderten fielen sie im Fressrausch über ihn her. Er hatte keine Chance. Als ich morgens vom Baum stieg lagen nur noch...", Almaric schluchzte laut auf, „...nur noch ein paar Knochen waren von ihm übrig!" Er begann hemmungslos zu weinen und auch Jehanne hatte Tränen in den Augen. „Ich will hier einfach weg! Nur noch weg! Alles hier erinnert mich an meinen Vater!" Traurig schaute er Jehanne an, die das Wort ergriff und betont sanft zu ihm sprach. "Das tut mir so leid, Almaric, so unendlich leid. Dein Vater war sicherlich ein guter Mensch und er hätte nicht gewollt, dass du hier alleine in der Hütte bist und dich komplett der Trauer hingibst. Adrienne und Claire haben eine Aufgabe für uns. Und so wie es aussieht, kannst du eine Abwechslung gut gebrauchen. Sie belohnen dich sogar dafür." Jehanne legte vorsichtig das Säckchen mit den Livres auf den Tisch. Ungläubig schaute Almaric Jehanne in die Augen. Sein Verstand versuchte die richtige Entscheidung zu treffen, aber sein Herz war um ein Vielfaches schneller. „Mich hält hier nichts mehr, Jehanne. Egal was es ist, lass uns gehen." Die Hexenschülerin war erleichtert und froh, dass Almaric sie in den Palast des französischen Königs begleiten wollte. Aber er musste sich erst einmal beruhigen und deshalb gingen die beiden ein Stück zu Fuß und teleportierten sich nicht sofort zum Palast des französischen Königs. Jehanne erzählte ihm von den jüngsten Ereignissen und von ihrer Aufgabe. Almaric beruhigte sich langsam wieder und war erleichtert, das Jehanne bei ihm war. Diese Ablenkung kam zur richtigen Zeit und er freute ich, mit Jehanne eine spannende Zeit verbringen zu dürfen.

*

30. September 1346
Rochester, England

Claire wachte auf und hatte Schwierigkeiten sich zu orientieren. Sie war es nicht gewohnt, in solch luxuriösen Unterkünften zu nächtigen. Auf Erlass von Eduard III. behandelte man die zwei Frauen wie Königinnen. Nicht nur, dass sie ihm das Leben gerettet hatten, nein, von ihnen war die Zukunft Englands abhängig. Sie schaute auf den Stoffhimmel ihres großen, weichen Bettes. Ein blauer Himmel und blau eingefärbte Bettwäsche. Auch die restliche Einrichtung des Zimmers war in Blautönen arrangiert. Die kleine Waschecke mit dem Zinnkrug und der Kupferschale passte in das sonst farblich abgestimmte Zimmer gar nicht hinein, aber dafür hatte das in Blei eingefasste Fenster wunderschöne, lange blaue Vorhänge. Claire fand Gefallen daran, stünde die Schlacht mit den Höllenrittern nicht unmittelbar bevor. Es herrschte höchste Alarmbereitschaft und der Befehlshaber Godric Liovin hatte schon vor zwei Tagen seinen Soldaten verboten, Met überhaupt nur anzuschauen. Die Truppen waren sehr angespannt, wussten sie doch um die Bedeutung dieser Schlacht.

Endlich hatte es aufgehört zu regnen. Der Boden im Innenhof und im Außenbereich glich einem Acker und Claire seufzte bei dem Gedanken daran, wieder durch den knöcheltiefen Matsch laufen zu müssen. Die Vorbereitungen waren so gut wie abgeschlossen. Godrics Männer hatten Unglaubliches geleistet.

Es war Zeit, sich frisch zu machen und in die Kriegshalle zu gehen. Heute sollte die Verteidigungstaktik mit den Truppenführern besprochen werden.

Sie zog ihr Leinenkleid über den Kopf und schnürte es zu. Danach schlüpfte sie in eine braune Lederhose. Diese Beinkleidung war für sie sehr ungewohnt. Aber Godric bestand darauf. Eigentlich sollte sie noch ein Kettenhemd tragen, das konnte Claire ihm aber ausreden und sie einigten sich auf einen Lederpanzer, der den Oberkörper vor Stichen schützte. Sie schlüpfte in ihre hohen Lederstiefel und legte breite Ledermanschetten an den Handgelenken an. Claire betrachtete sich im großen Hohlspiegel, der in ihrem Zimmer stand, und war zufrieden. Sie steckte ihre Artefakte in den Gürtel und verließ das Gemach.

Sie eilte den mit Fackeln erhellten Treppengang des Turmes nach unten und traf dort auf Adrienne, dich auch auf dem Weg in die Kriegshalle war. Ihre Gefährtin hatte sich für die Kombination Lederhose und Kettenhemd entschieden.

Auch Adrienne trug breite Ledermanschetten um den Unterarm und ihr langes, schwarzes Haar war mit Hilfe einer Lederspange am Hinterkopf verknotet. „Na dann." Mit viel Schwung öffnete Adrienne die großen Flügeltüren zur Kriegshalle Rochesters. Zusammen mit Claire schritt sie in großen Schritten an mindestens fünfzig gerüsteten Männern vorbei zum Strategietisch, wo Godric Liovin und König Eduard III. bereits auf sie warteten. Adrienne nickte den beiden zu und sprang mit der Leichtigkeit einer Raubkatze auf den Strategietisch. Ein Raunen ging durch die Ritterschaft und Adrienne hatte ihre uneingeschränkte Aufmerksamkeit auf sich gezogen. „Ritter Englands! Vor uns liegt eine Schlacht, deren Verlauf in die Geschichtsbücher eingehen wird. Es liegt an uns, ob wir siegreich sein werden, oder ob die Fürsten der Finsternis dieses Land bald regieren!" Adrienne machte eine Pause und schaute in die vielen Gesichter. Sie erläuterte den Plan, sprang zurück auf den groben Steinboden und schob die Zinnfiguren hin und her. Zusammen mit Claire instruierte sie die Befehlshaber. Strategien wurden abgesprochen und Taktiken festgelegt. Jeder Truppenführer kannte nun seine Aufgabe.

*

01. Oktober 1346
Nähe Paris
vor dem Königspalast Philipps VI, Frankreich

Jehanne hatte sich und Almaric in die Nähe des königlichen Palastes teleportiert. Der Junge hatte Freude daran, Jehanne während des Teleportierens zu umarmen und machte daraus keinen Hehl. „Bilde dir bloß nichts ein", war die schroffe Antwort auf sein Grinsen. Sie schlichen zum Waldrand und versteckten sich hinter einem Baum, um den Palast in Augenschein nehmen zu können. Es war später Nachmittag. Aus dem Wald hörte man die Vögel singen. Die Sonne leuchtete dunkelrot und war bereit, vom Mond abgelöst zu werden. Es wurde langsam dunkler und Jehanne war sich nicht ganz sicher, wie viele Wachen auf dem Wehrgang des Palastes patrouillierten. Die französische Flagge war gehisst. Das bedeutete, der König war anwesend. Da sie nicht wusste, wie es in den Räumlichkeiten des Palastes aussah, musste sie in den Innenhof teleportieren, um keine bösen Überraschungen zu erleben. „Wir warten bis es dunkel ist", flüsterte Jehanne und sah Almaric in die Augen. Er sah immer noch sehr mitgenommen aus, aber Jehanne traute ihm zu, die Augen an ihrer Seite offen zu halten. Und außerdem hatte er gute Ideen, aber das würde sie ihm nie direkt sagen. Sie warteten einige Zeit, bis es dunkel wurde. Die großen Pechfackeln erhellten das große eiserne Tor und auf den Wachtürmen waren die Wachposten im Widerschein der Fackeln deutlich zu erkennen. „Jetzt können wir los." Jehanne nahm Almaric an die Hand. Bist du bereit?", fragte sie. „Ja, bin ich." Almaric drückte ihre Hand und Jehanne brachte sie in einem Augenaufschlag in den Innenhof des Palastes. Hier standen Holzkarren rund um einen großen gemauerten Ziehbrunnen, der mit einem Holzdach überdeckt war.

Zwischen den strohbeladenen Karren fanden sie Deckung. Die beiden machten sich ein Bild von der aktuellen Lage. Almaric schätzte, dass der Innenhof um die vierzig mal vierzig Ellen groß war. Er sah einige Stallungen, ein Garnisonsgebäude und das Haupthaus. Noch sind sie nicht entdeckt worden. Sie mussten in das Haupthaus, doch der Eingang wurde gut bewacht. Zwei Wachen flankierten den gut ausgeleuchteten Eingang. Aber das war nicht das einzige Problem. Auch wenn sie an ihnen vorbei kommen würden, mussten sie noch geräuschlos die großen Flügeltüren öffnen. Spätestens hier würden sie geschnappt werden. Es musste einen anderen Weg ins Gebäude geben. Seine Augen erblickten den großen Balkon in der ersten Etage und da wusste er, wie sie in das Gebäude gelangen würden.

„Jehanne, schau...", er zeigte auf den großen Balkon an der Vorderseite des Palastes. „Bring uns mit deiner Magie da hoch!", flüsterte er. Jehanne schaute ihn an und schüttelte ungläubig den Kopf. „Wir hatten schon Glück, dass wir hier im Innenhof nicht entdeckt wurden. Was ist, wenn sich in den Gemächern Menschen aufhalten? Sie würden uns sofort auf dem Balkon entdecken." Um ihr Unverständnis zu untermauern, rollte sie mit den Augen. „Dann müssen wir da an der Seite am Efeu hoch", sagte Alamaric und zeigte auf das Efeu an der Hausecke. Die gesamte Seite war mit Efeu bewachsen. „Wir klettern am Efeu hoch und auf den Balkon. Da gibt es sicherlich eine Tür. Von da aus kommen wir ins Innere des Palastes", überlegte der mutige Junge. „Ja, das könnte funktionieren", stimmte ihm Jehanne zu. Ohne zu zögern, schlich Jehanne im Schutze der Dunkelheit von Karren zu Karren. Almaric nutzte den Moment, in dem die Wachen in eine andere Richtung schauten, und folgte ihr. Jehanne wartete, bis Almaric an ihrer Seite war, packte das Efeu mit beiden Händen und prüfte, ob es auch wirklich geeignet war, um dort hoch zu klettern. Sie nickte ihm zu und kletterte geschmeidig nach oben.

Almaric sah ihr bewundernd nach. Sie kletterte über die Balkonbrüstung und duckte sich ab, um nicht entdeckt zu werden. Almaric griff in das Grün und zog sich leise nach oben. Die Wachen auf den Türmen hatten ihm den Rücken zugedreht und er kletterte über die Brüstung und hockte sich neben Jehanne. Sie schauten auf die großen, in Blei eingefassten Scheiben. Eine in Eisen gefasste Glastür führte ins Innere des Gebäudes. Sie schauten von außen in das Gemach. Große Kerzenständer in den Ecken leuchteten den Raum aus. Es war die königliche Bibliothek. Hunderte Bücher waren ordentlich in große, dunkle Regalen eingeräumt, und der Raum strahlte eine gewisse Gemütlichkeit aus. Drei schwere lederbezogene Ohrensessel waren um einen dunklen, aufwendig mit Schnitzereien versehenen Tisch gestellt, auf dem ein schwerer Kerzenständer mit drei weißen, brennenden Kerzen stand. Jehanne konnte keine Personen im Raum ausmachen, fasste Almaric an die Hand und teleportierte mit ihm in den Raum hinter die Sessel. „Verdammt!", entfuhr es Almaric. „Kannst Du mir bitte nächstes Mal Bescheid sagen, wenn du mich in Luft auflöst!" „Jetzt stell dich mal nicht an...!" Weiter kam Jehanne nicht, denn auf der anderen Seite des Raumes wurde die Tür geöffnet.

*

01. Oktober 1346
Rochester, England

Claire schaute über die Wehrmauer nach Norden. Es regnete schon seit den frühen Morgenstunden und jetzt wurde es kühl. Dicke dunkle Wolken zogen über den Palast hinweg und es begann zu dämmern. Die Erkundungsreiter hatten vor einer Stunde gemeldet, dass die Franzosen kurz vor Rochester ihr Lager aufgebaut hatten. Die Schlacht stand unmittelbar bevor. Adrienne stand auf der anderen Seite des schweren Zugtores. Die Wehrmauer war mit zweihundert Bogenschützen besetzt, die den Feind in Empfang nahmen, wenn er den Palast stürmen sollte. Die Steinschleudern wurden geladen und standen bereit. Lange Zeit passierte nichts. Erst als es richtig dunkel wurde, erreichten die ersten Warnrufe der Wachposten auf den Türmen die Verteidiger auf der Wehrmauer. Die Gespräche verstummten und es lag Totenstille in der Luft. Am Horizont sah man ein grünliches Licht, welches größer wurde und näher kam. Nach und nach wurden Fackeln sichtbar. Tausende Fackeln. Die Franzosen gaben sich keine Mühe, unbemerkt vor die Tore des Palastes zu gelangen.

Claire sprang auf die Wehrmauerzinne und erhob das Wort. „Ihr Ritter Englands. Ihr werdet gleich Zeuge, wie Kreaturen der Unterwelt versuchen werden, diesen Palast zu erobern. Ihr Aussehen ist angsteinflößend und sie haben eine extra gezüchtete Bestie an ihrer Seite. Gegen diese

86

Kreaturen sind eure Waffen nutzlos. Angst zu haben, ist keine Schande, denn Angst lehrt uns vorsichtig zu sein. Aber wir können sie besiegen! Zusammen schicken wir sie zurück in die Hölle! Kümmert euch um die Franzosen und wir erledigen die Höllenwesen! Sie wissen nicht, dass wir sie erwarten. Zusammen haben wir tagelang geschuftet, um ihnen eine Falle zu stellen. Und dieser Zusammenhalt wird ihr Untergang sein! Ihr seid Kämpfer, und England zählt auf euch. Wir werden den Angreifern zeigen, dass wir nicht wehrlos sind!" Das nasse Haar klebte Claire im Gesicht und Regentropfen rannen an ihren Wangen herab. Ihr Brustkorb hob und senkte sich schnell unter ihrem Lederwaffenrock und sie schaute entschlossen in die Runde. Sie zog ihr Artefakt aus dem Gürtel und aktivierte ihre Lichtpeitsche. Ein Raunen ging durch die Reihen. Die weiße Hexe reckte die Lichtpeitsche nach oben in die Luft und schrie mit fester Stimme: „Tod den Angreifern, Sieg für Rochester!" „Tod den Angreifern, Sieg für Rochester!", hallte es tausendfach zurück und die berittenen Ritter klopften mit ihren Schwertern gegen ihre Schilde. Immer wieder und immer lauter! Die Angreifer standen jetzt fünfhundert Ellen vor den Mauern. Claire schätzte sie auf etwa zehntausend Mann. Sie hatten Rammböcke auf schweren Holzrädern dabei, die von mindestens zehn Männern geschoben wurden. Hinter dem Fußvolk und der Reiterei flimmerte die Luft grün. Die Höllenwesen hielten sich noch zurück. Minuten der Stille vergingen und beide Seiten belauerten sich. Bis plötzlich zwei Reiter im Abstand von hundertfünfzig Ellen vor die Reiterei traten und aus zwei großen Hörnern das Signal zum Angriff gaben. Ein tiefer, unheimlicher Ton lag sekundenlang in der Luft und die Angreifer setzten sich in Bewegung. Ritter auf Pferden gaben den Rammbockschiebern Geleitschutz, als die erste Welle Richtung Zugtor rannte. Godric Liovin streckte sein Schwert in die Höhe und seine Stimme hallte über die Mauern. „Bogenschützen bereit machen." Etwa hundertfünfzig Ellen trennten die Angreifer noch von ihrem Ziel. „Feuer!" Godric senkte sein Schwert und zeigte auf das herannahende Fußvolk. Hunderte Pfeile wurden abgeschossen und flogen direkt auf die Angreifer zu. Aufgrund der geringen Schussdistanz bohrten sich die Pfeilspitzen in die Rüstungen der Angreifer. Schreie lagen in der Luft und Pferde brachen im Todeskampf auf die Vorderläufe. Einigen Rammbockschiebern gelang es vor das Tor zu kommen und sie begannen damit, den dicken Baumstamm gegen das Tor zu wuchten. Claire sah konzentriert auf die grüne Lichtwolke im Hintergrund. Die Höllenwesen hielten sich immer noch zurück. Godric blies in sein Horn und die hinter dem Palast wartende Reiterei setzte sich in Bewegung. Sie galoppierten an beiden Seiten der Wehranlage vorbei zum Zugtor. Ihre Schwerter kannten kein Erbarmen. Im schnellen Galopp mähten sie das angreifende Fußvolk nieder. Quälende Schreie und Todesangst lagen in der Luft. Blut spritzte, als Köpfe und Arme mit einem einzigen Schwerthieb abgetrennt wurden. Die begleitenden französischen Ritter erkannten dieses Manöver zu spät und als sie eingreifen konnten, war die Hälfte der ersten Angriffswelle bereits dezimiert. In einem verbissenen Kampf verteidigten die englischen Ritter ihr Territorium. Kurz bevor die letzten französischen Ritter niedergestreckt wurden, ertönte ein weiteres Signal aus den Reihen der Franzosen. Die zweite Welle der französischen Reiterei setzte sich daraufhin in Bewegung und stürmte auf das Tor zu. Donnernd wühlten sich ihre Hufe durch den Matsch. Die englische Reiterei gab ihren Pferden die Sporen und zog sich hinter den Palast zurück. Der Befehlshaber der englischen Truppen gab den Befehl für den Einsatz der Steinschleudern. Große Felsstücke wurden von den Katapulten auf die gegnerische Reiterei geschleudert. Mit großer Wucht schlugen die Steine in den matschigen Boden und begruben alles, was unter ihnen war. Pferde scheuten und warfen die Reiter ab. Ein weiterer Pfeilhagel traf die französische Reiterei schwer. Dennoch gelang es hunderten Reitern auf eine Distanz von achtzig Ellen an das Tor heranzukommen. Claire vernahm, wie Godric den Befehl zum Einsatz der Brandpfeile gab. Hunderte brennende Pfeile wurden an den Pechfackeln entflammt und abgeschossen. Ihre Flugbahn konnte man als Leuchtspur mit einem lauten Surren verfolgen. Die Pfeile setzten das Pech in den geschaufelten Gräben explosionsartig in Brand und der Feind saß in der Falle. Ein Teil der Franzosen war zwischen Feuerwand und Festung gefangen. Der Rest der zweiten Welle stand vor den brennenden Gräben und konnte nicht eingreifen. Pferde stiegen vor Panik und warfen ihre schwer gerüsteten Reiter ab. Die Flammen schlugen hoch und die Ritter vor dem Tor waren auf sich allein gestellt. Claire hielt sich zurück und schaute auf Adrienne, die neben ihr ebenfalls darauf wartete, dass die Höllenkreaturen eingriffen. In schneller Abfolge schossen die Bogenschützen ihre Pfeile auf die eingekreisten französischen Ritter. Ein lautes Zischen lag in der Luft und Schmerzensschreie hallten nach oben. Mit ernster Miene sah Claire, wie die Geschosse Pferde und Reiter zu Fall brachten. Nach wenigen Minuten war der Kampf entschieden. Die englischen Ritter stießen einen Siegesschrei aus und ließen ihrer Freude über den errungenen Sieg freien Lauf. Kein einziger Franzose hatte im Feuerkreis überlebt. Auf der Seite der

Franzosen ertönte ein dumpfes, tiefes Signal, das Claire eine Gänsehaut über den Rücken laufen ließ. Sie beobachtete, wie sich der grüne Schimmer näherte und schon bald sahen sie die Höllenritter durch die Flammen reiten. Ihr Anblick war furchteinflößend. Claire und Adrienne wussten, was da auf sie zukam, aber die englischen Kämpfer verfielen in Schockstarre. Die Höllenritter waren wie bei der ersten Schlacht mit Schwertern und Morgensternen bewaffnet. In ihrer Mitte eine riesige Bestie, die so groß war wie zehn Ochsen. Ihr organisches Fell entzündete sich, als sie durch die Flammenwand schritt. Sie hatte rote, glühende Augen, die durch ein Visier geschützt wurden. Am ganzen Körper sah man jetzt unter dem verbrannten Fell schwere implantierte Eisenplatten, die es Schwertern und Pfeilen unmöglich machten, sie zu durchdringen. Messerscharfe, schwertlange eiserne Krallen wühlten sich durch den Matsch und das Maul war gespickt mit ebenso langen spitzen Reißzähnen. Bei jedem Auftritt der mächtigen Pranken bebte die Erde. Claire spürte die Panik der Männer auf der Mauer. Auch sie musste tief Luft holen, als sie dieses Monstrum sah. Angst lag in der Luft. „Stellung halten, Männer! Wir halten uns an unseren Plan!", rief sie den eingeschüchterten Rittern zu. Sie schaute zu Adrienne, die sich ebenfalls zum Kampf bereit machte.

*

01. Oktober 1346
Nähe Paris
im Königspalast Philipps VI, Frankreich

Jehanne und Almaric duckten sich hinter die Sessel und machten sich ganz klein. Die Hexenschülerin hielt die Luft an. König Philipp betrat den Raum und ging geradewegs auf das große Bücherregal zu. Er bediente sich einer hölzernen Leiter und stieg hinauf, um im obersten Regal nach einem bestimmten Buch zu suchen. Jehanne schwitzte und war jederzeit bereit, sich mit Almaric aus der Bibliothek zu teleportieren.

Sie schaute neben sich auf ihren Freund. Auch er hatte sich ganz klein gemacht und verschwand komplett hinter den großen Sesseln. König Philipp hatte sein Buch gefunden, stieg von der Leiter und ging zu einer großen Anrichte, die den Raum teilte. Hier konnte man die großen Bücher gut auflegen und zwei große Messingkerzenständer an beiden Seiten des Buches erhellten den Lesebereich.

Philipp stand an der Anrichte und suchte anscheinend etwas in diesem Buch. Jehanne konnte sehen, wie er blätterte, etwas las und wieder blätterte. Der Hexenschülerin fielen seine dunklen Augen auf. Sie waren fast schwarz. Jehanne zupfte Almaric am Ärmel und übermittelte ihm über Zeichensprache ihre Entdeckung. Almaric kniff die Augen zusammen und schaute sich den König genau an. Von Kopf bis Fuß maß er fast drei Ellen. Ein langer dunkelgrüner, mit Goldnähten verzierter Brokatmantel schmückte den Oberkörper des Königs und über seinem weißen Rüschenhemd hing eine große goldene Kette. Almaric stutze, denn das große Kreuz an der Kette sah anders aus als gewohnt. Jetzt wusste er, was ihn störte. Das Kreuz hing falsch herum, der Querträger war am unteren Ende angebracht. Almaric schaute in das schmale, bärtige Gesicht und sah die schwarzen Augen.

Er nickte Jehanne angespannt zu. Die Kinder wurden Zeuge, wie der König vom Buch aufschaute und mit tiefer Stimme eine Beschwörungsformel vor sich hin murmelte.

Es klang fast so, als wenn er übte. Nur für was? Er wiederholte immer wieder die gleichen Wörter und variierte mit der Aussprache. Endlich klappte er das Buch zu und stellte es zurück in das Regal. Der König wiederholte immer noch diese Wörter, deren Klangbild Jehanne sehr fremd war. Philipp ging mit großen Schritten und wehendem Mantel zur Tür. Er zog sie an dem großen, geschmiedeten Ring auf und verließ die Bibliothek. Die große Holztür fiel in ihr Schloss und es war schlagartig ruhig im Raum. Die beiden Kinder atmeten laut durch und mussten sich erst einmal von der Aufregung erholen.

Das war noch einmal gut gegangen. „Was war das denn?", fragte Alamaric, der sich als Erster wieder gefangen hatte. „Hörte sich an, als wenn er die Aussprache für einen Zauberspruch oder etwas ähnliches probt. Lass uns mal nachschauen." „Jehanne, komm da sofort wieder runter. Er kann jede Sekunde zurückkommen." Almaric flüsterte leise in Richtung des mutigen Mädchens, die schon auf der Leiter stand und nach dem Buch griff, welches der König gerade in der Hand hatte. Als sie das Buch berührte, explodierten tausend Sterne vor ihren Augen und Jehanne wurde von den Beinen gerissen. Hart kam sie auf den Boden der Bibliothek auf und ein unterdrückter Schmerzensschrei verließ ihre Lippen. „Jehanne!" Almaric war aufgesprungen und eilte der jungen Hexenschülerin zur Hilfe. „Mir ist nichts passiert", flüsterte Jehanne gequält und bemerkte die fürsorglichen Berührungen Almarics. Trotz Schmerzen im Rücken fing ihr Herz an, schneller zu schlagen und in ihrem Bauch flogen hundert Schmetterlinge gleichzeitig los. „Du kannst mich wieder loslassen, mir ist ja nichts passiert", gab sie ihm kokett zu verstehen und Almaric bemerkte ihre plötzliche Gesichtsröte. Grinsend stand er wieder auf. „Ich mache mir ja nur Sorgen, weil du ein Mädchen bist. Einem Jungen wäre das nicht passiert." „Was?" Jehanne blitzte ihn böse an und hätte ihn gerne sofort in ein Warzenschwein verwandelt. „Was, was?" Almaric lehnte sich genüsslich an die Leiter, weil er genau den richtigen Nerv getroffen hatte. „Ich sagte, einem Jungen wäre das nicht passiert." Herausfordernd sah er Jehanne in die Augen. „Ach so, du meinst, nur weil du ein Junge bist, kannst du das Buch herunterholen, ohne dass du dabei verletzt wirst?" „Ja, das meine ich. Du hast das Gleichgewicht verloren und deshalb bist du gestürzt."

„Na wenn das so ist, dann hol du doch das Buch aus dem Regal." Jehanne giftete ihn an und war mittlerweile richtig wütend geworden.

„Nichts leichter als das." Almaric hatte seinen Spass und grinste innerlich in sich hinein. Behände stieg er auf die Leiter und griff nach dem Buch. Nichts passierte. Ungläubig schüttelte Jehanne den Kopf. Almaric sprang die letzte Stufe hinunter und brachte das Buch zum Tisch, wo die Ohrensessel standen. Er legte es auf die Tischplatte und setzte sich in einen Sessel. „Siehst du, Jungs können so etwas besser als Mädchen." Jehanne war kurz vorm Platzen. Almaric blätterte durch das Buch. „Gib her", flüsterte sie grollend in Almarics Richtung und nahm das Buch an sich. Ihr Kopf fühlte sich an, als wäre er ein Amboss, der mit zwanzig Hämmern gleichzeitig bearbeitet würde. Grelle Blitze zuckten vor ihren Augen und sie wurde nach hinten katapultiert. Jehanne stieß mit dem Rücken gegen die Leiter und sackte zusammen. „Jehanne!" Almaric sprang auf und war sofort bei ihr. "Jehanne, was ist mit dir?"

Almaric geriet in Panik. Jehanne lag leblos vor dem Bücherregal und sie blutete aus der Nase. Erst sein Vater, und jetzt noch Jehanne. Das darf nicht sein. Er rollte Jehanne auf den Rücken und tätschelte ihre Wangen. „Wach auf, Jehanne. Lass mich bitte nicht alleine!" Verzweiflung lag in seiner Stimme. Die Hexenschülerin rührte sich nicht.

„Ich hab das doch alles nicht so gemeint. Ich habe dich so lieb und wollte dich doch nur ein wenig aufziehen. Bitte wach auf!" Tränen standen in seinen Augen. Den Verlust seines Vaters hatte er noch längst nicht verarbeitet und jetzt verlor er auch noch Jehanne. Weinend legte er Jehannes Kopf in seinen Schoß und streichelte über ihr Haar. „Das ist zwar schön, aber wir sind ja nicht zum Spaß hier." Jehanne öffnete die Augen und zwinkerte Almaric zu. Sie raffte sich auf und strich ihr Kleid glatt. „Wie lange bist du schon wach, und was hast du gehört?", fragte Almaric scharf in Richtung Jehanne.

„Genug mein lieber Almaric, genug." Jetzt war es Jehanne, die sich ein Grinsen nicht verkneifen konnte. Almaric wusste nicht, was sie gehört hatte und war beleidigt, dass sie ihn so an der Nase herumgeführt hat. Mit dem Ärmel ihres Kleides tupfte sich Jehanne das Blut von der Nase. Benommen ging sie zum Tisch und betrachtete das Buch. „Wenn ich es berühre, fliege ich durch die Luft. Du kannst es berühren und es passiert nichts. Das muss etwas mit schwarzer Magie zu tun haben." Jehanne dachte laut nach und Almaric verstand sofort, worauf sie hinaus wollte. „ Das heißt also, dass du als weiße Hexe dieses Buch nicht berühren kannst, ich aber schon, da ich nicht magiebegabt bin, richtig?" „Ja, so in etwa.", entgegnete Jehanne. Du musst durch das Buch blättern, bis zu der Seite, wo der Spruch steht. Dann können wir vielleicht in Erfahrung bringen, was dieser Zauber bewirkt. Jehanne hatte durch die beiden Kontakte mit dem Buch viel Kraft verloren und ließ sich erschöpft in den anderen Ohrensessel fallen. „Wir müssen uns beeilen, Almaric, wer weiß, wann der König wieder in die Bibliothek kommt. Lies laut vor und ich versuche herauszuhören, ob das der gesuchte Spruch ist." Sie schloss die Augen und konzentrierte sich. Es blieb ruhig im Raum. Sie öffnete die Augen und sah Almaric geknickt im Sessel sitzen. „Ich kann nicht lesen", sagte er kleinlaut. Jehanne wollte nicht, dass er sich schämte und erwiderte: "Das ist nicht schlimm, Almaric. Du blätterst und ich lese." Sie stellte sich neben ihren Freund und sie verspürte im ganzen Körper ein angenehmes Kribbeln. Leise las sie die mit tief schwarzer Tinte geschriebenen Worte aus dem dicken in Leder eingeschlagenen Buch. Aber kein Spruch klang so oder so ähnlich wie der des Königs. Sie wollten schon fast aufgeben, als Jehanne der Atem stockte. Da war er. Sie wiederholte leise den Zauberspruch und Almaric schaute sofort aufmerksam auf. Kein Zweifel, sie hatten ihn gefunden. „Was bewirkt der Spruch?", fragte er. Jehannes Miene verfinsterte sich. „Es ist eine Opferzeremonie. Hier werden Menschen getötet und Satan als Geschenk dargeboten!"

*

01. Oktober 1346
Rochester, England

Fünfzig Ellen vor der Wehrmauer blieben die Höllenritter und die Bestie stehen. Sie schauten auf die Verteidiger hoch oben auf der Mauer. Claire wechselte mit Adrienne einen Blick und nickte ihr zu. Nur das Schicksal selbst wusste, ob sie die heutige Nacht überleben würden. Ihr Herz pochte und sie holte tief Luft. Ihre Lichtpeitsche hielt sie fest in der Hand und wartete auf den Moment des Angriffs.

Es lag Totenstille über dem Schlachtfeld und Claire wollte endlich zuschlagen. Ein Höllenritter ließ sein Schlachtross fünf Ellen nach vorne aus der Reihe treten. Die weiße Hexe vernahm Godrics Befehl zu schießen. In Sekundenschnelle waren die Pfeile der Verteidiger in der Luft und durchbohrten die Rüstung und das Pferd des Höllenritters. Nichts passierte. Stille. Der Getroffene schaute aus seinen leeren Augenhöhlen hinauf und gab ganz plötzlich den Befehl zum Angriff. Ein gewaltiger Urschrei verließ seinen behelmten Schädel und die Höllenritter stürmten auf die Mauer zu. Gordric ließ Pfeilsalven über Pfeilsalven über die Eroberer niedergehen. Sie zeigten keinerlei Wirkung. Die Erde bebte, als die Bestie auf das Tor zurannte. Claire konnte sehen, wie die ersten Höllenritter am Fuße der Wehranlage angekommen waren und vom Pferd sprangen.

Sie erklommen mit bloßen Händen die Mauer und kletterten geschwind an ihr hoch. Die englischen Ritter schütteten brennendes Pech auf die Angreifer, was aber keinerlei Wirkung zeigte. Innerhalb von ein paar Sekunden kletterten sie brennend über die Brüstung. Alles, was sich ihnen in den Weg stellte, wurde vernichtet. Todesschreie der englischen Ritter hallten durch die Nacht. Im vollen Lauf holte Claire mit der Lichtpeitsche aus und zerschmetterte mit ihrem Lichtriemen den Schädel des ersten Angreifers auf der Mauer. Das brennende Pech spritzte auf und zerteilte den Schädel. Magisches Feuer durchflutete seinen Körper und die weiße Magie fraß sich durch seine Innereien. Weiße Flammen schossen aus der Rüstung und er verbrannte innerhalb weniger Augenblicke zu Asche. "Alle runter hier!", gab Claire die Anweisung an die englischen Ritter. Sie konnten jetzt nichts mehr tun, um den Angriff zu stoppen. Die englischen Soldaten liefen schnell zu den Treppen und Leitern und brachten sich im Innenhof in Sicherheit. Claire wirbelte auf der Wehrmauer durch die feindlichen Reihen, nahm Anlauf und landete mit einer Flugrolle direkt vor der nächsten brennenden Höllenkreatur, die die Mauer überwunden hatte. Mit ihrem ausgestreckten Bein gab sie ihr einen Tritt vor das Kinn. Die Wucht katapultierte den Angreifer zurück über die Mauer. Ihre Lichtpeitsche zeichnete leuchtende, weiße Muster in die Dunkelheit und jeder Treffer war tödlich. Die getroffenen Höllenritter schrien vor Schmerzen, als der Kampf Gut gegen Böse in ihrem Inneren begann. Wie leuchtende Fackeln waren sie vom Innenhof zu sehen und die eingeschüchterten englischen Ritter schrien auf. Mit einem gekonnten Tritt vor die Brust brachte Claire Abstand zwischen sich und ihrem nächsten Opfer. Aus der Drehung schickte sie den Lichtriemen auf Reise. Sie schrie ihre Anspannung nach draußen und wütete durch die Welle der Angreifer. Die Höllenritter schwangen Schwerter und Morgensterne. Claire musste aufpassen, wohin sie trat. Immer mehr Angreifer schafften es über die Mauer. Claire wollte gerade einen Wirbelzauber aussprechen, als plötzlich die komplette Wehrmauer in ihren Grundfesten erzitterte und sie aufpassen musste, dass sie nicht von der Mauer fiel.

*

Adrienne sah, wie die brennenden Höllenritter versuchten, die Wehrmauern zu erklimmen. Die Bestie aber machte keine Anstalten zu stoppen und rannte auf das Tor zu. Kurz bevor es den Eingang erreichte, heulte sie auf und brach in eine mit Brettern und Gras abgedeckten Grube ein. „Jaaa!" Adrienne ballte ihre Faust zum Sieg. Pferd und Reiter hatten die Bretter getragen, aber das Gewicht der Bestie hielten sie nicht aus, ganz wie Adrienne es gehofft hatte. Die Bestie rutschte in die sieben Ellen tiefe Falle. Adrienne hatte die Schmiede angewiesen, lange, spitze Eisenspeere zu fertigen. Diese wurden so ausgerichtet, dass die Sperrspitzen alles aufspießten, was in die Grube fiel. Flüssiges Pech spritzte auf, als die Bestie in die Falle trat. Ein dumpfes Grollen kam aus dem Maul der Höllenkreatur. Damit hatte sie nicht gerechnet. Wütend und verletzt versuchte sie, aus der Grube hinauszukommen. Adrienne nahm den Bogen eines englischen Ritters und schickte einen brennenden Pfeil direkt in die Grube. Explosionsartig entzündete sich das Pech und die Grube stand in Flammen. Normalerweise eine absolut tödliche Falle. Aber Adrienne wusste, dass sie damit die Bestie nur schwächte. Qualvolle Laute drangen an ihr Ohr, doch die prallten eiskalt an ihr ab. „Verflucht..." Die Bestie hatte zum Sprung angesetzt und sprang in einem großen Satz aus der Grube hinaus. Die Erde bebte. Mit dem brennenden Pech am ganzen Körper stand sie vor dem Tor und schaute nach oben zu Adrienne.

„Komm nur, hol mich!", schrie sie der Bestie entgegen. Aus dem Augenwinkel sah sie, wie Claire die Höllenritter zurück drängte. Wie ein Orkan schlug sie eine Schneise durch die übermächtigen Angreifer. Doch Adrienne konnte ihr nicht zu Hilfe eilen. Sie musste es irgendwie schaffen, dieses Höllenwesen aufzuhalten, denn sonst wäre England verloren. Die Kreatur brüllte so laut, dass sich einige Ritter mit schmerzverzehrtem Gesicht die Ohren zuhielten. Das Monstrum nahm Anlauf und hielt auf das Tor zu. Adriennes Herz schlug schneller. Sie war bereit. Kurz bevor die Bestie das Tor rammte, drehte sie ab und lief fünf Ellen neben dem Tor in die Wehrmauer. „Was zum Teufel...!" Damit hatte Adrienne nicht gerechnet. Wahrscheinlich rechnete die Bestie mit weiteren Fallen auf dem direkten Weg. Die gesamte Mauer erschütterte und Steinchen und Mörtel rieselten aus dem Verteidigungswall. Erneut nahm die Bestie Anlauf und rammte mit ihrem Schädel die Mauer. Die weiße Hexe wusste, dass es nichts nutzen würde, wenn die Bestie jetzt mit Steinen beworfen würde. „Ihr könnt hier nichts mehr ausrichten. Bringt euch im Innenhof in Sicherheit!", rief sie den Soldaten auf ihrer Seite zu. Wieder bebte die Mauer und Adrienne fürchtete, dass die Verteidigungsvorrichtung diesen Urkräften nicht mehr lange stand hielt. „Öffnet die Tore und lockt die Bestie zum Tor!", schrie sie Godric Liovin entgegen. „Die Kreatur muss durch das Tor kommen, sonst haben wir keine Chance!"

„Öffnet die Tore, lasst das Zugtor aber noch unten", beeilte sich der Befehlshaber, Adriennes Anweisungen umzusetzen. Wieder wurde die Mauer bis ins Mark erschüttert. „Nein, zieht das verfluchte Tor sofort in die Höhe, sonst sind wir verloren"! „Wir sollen was...?" Godric sah entrüstet zu Adrienne auf die Wehrmauer. „Verdammt noch mal, wenn es gleich durch die Mauer schießt, haben wir keine Chance mehr! Tut endlich was ich sage!"

Godric betete innerlich und gab den Befehl, die schweren Holztüren und das mächtige Zuggitter zu öffnen. Der Feind konnte somit ungehindert in die Festung gelangen.

*

Almaric stellte das Buch wieder ins Regal. Er schaute zu Jehanne, die jetzt im Ohrensessel saß und noch von der magischen Reaktion des Buches gezeichnet war. „Sollen wir uns nicht erst einmal wieder hier raus zaubern, damit du dich erholen kannst?", fragte er besorgt. Jehanne erhob den Blick und sprach mit fester Stimme: "Nein, bei einer erneuten Wiederkehr könnten wir sofort entdeckt werden. Das Risiko ist zu groß! Mir geht es gut. Lass uns nachschauen, wohin der König gegangen ist. Claire und Adrienne denken, dass in diesem Palast eine Höllenpforte geöffnet wurde. Diese müssen wir finden!"

Almaric schluckte und schaute sie mit großen Augen an. „Eine...Höllenpforte...?" Angst stieg in ihm auf, wusste er doch, dass sein Vater von Höllenkreaturen ermordet wurde. Sein Herz pochte und er atmete schwer. „Jehanne, ich weiß nicht, ob ich das schaffe! Mein Vater..." „Ich weiß, Almaric, und das tut mir im Herzen weh. Aber ich brauche dich. Das Buch war das beste Beispiel dafür. Ohne dich schaffe ich es nicht!" Sie stand auf und nahm seine Hand. „Bitte..." In Almaric tobte ein innerer Kampf. Schließlich sah er Jehanne in die Augen. „Ich komme mit, aber dafür schuldest du mir etwas!" Jehanne war erleichtert, fragte aber trotzdem nach. „Was denn?" Almaric fing an zu grinsen.

Das reichte Jehanne als Antwort. „Sag mal, hast du nichts anderes im Kopf?" Von jetzt auf gleich blitzten ihre Augen. Wie konnte er nur so unverschämte Forderungen in einer solchen Situation stellen. Ja, Warzenschwein wäre wirklich die richtige Strafe für ihn. „Und?", hakte Almaric nach. „Einverstanden?" Er hielt der Hexenschülerin die Hand hin, um den Pakt zu besiegeln. Jehanne hatte keine Wahl. Immer noch grummelnd schlug sie ein. So schlimm war es ja eigentlich gar nicht…!

Leise schlichen sie zur Tür und lauschten, ob sie hinter der Tür etwas hören konnten. Es blieb still und mit klopfenden Herzen zog Jehanne die wuchtige Holztür auf. Sie schauten in einen langen Flur, der mit vielen Kerzenständern und Ritterrüstungen ausgestattet war. An den Wänden hingen große, dunkle Ölgemälde. Jehanne sah mehrere Türen auf beiden Seiten des Ganges. „Wo sollen wir suchen?" Die Hexenschülerin schaute Almaric fragend an. Der Junge zog die Stirn in Falten und überlegte einen Augenblick. „Wenn der König eine Beschwörungsformel immer und immer wieder aufsagt, dann ist die Opferzeremonie bestimmt heute Abend. Er will es richtig machen. Wenn Blut fließt, wird er sie bestimmt nicht in einer der Gemächer durchführen. Es muss ein Ort sein, wo er ungestört ist und der Boden dreckig werden kann." „Das Verließ!", kam es Jehanne spontan über die Lippen. „Wir müssen runter in das Verließ. Siehst Du eine Treppe, die nach unten führt?" Almaric ging vorsichtig ein paar Schritte weiter und entdeckte eine steinerne Treppe, die sowohl in die zweite Etage führte, aber auch nach unten ging. Leise schlichen sie an der Wand entlang. Almaric blieb vor einer blitzblanken Rüstung stehen und bewunderte diese. „So eine möchte ich auch mal tragen", flüsterte er Jehanne zu. Sie lächelte, als sie sich Almaric in dieser großen Ritterrüstung vorstellte. „Das brauchst du im Moment nicht." Almaric griff vorsichtig nach dem Schwert, das am Gürtel der Rüstung hing.

Betont langsam und leise zog er es aus der Scheide und wog es sichtlich beeindruckt in seiner Hand. „Das nehme ich mit. So kann ich mich wenigstens wehren." Zwar bezweifelte Jehanne, dass Almaric fähig war, so ein großes Schwert zu führen, aber sie nickte ihm anerkennend zu. Der Weg nach unten führte über eine steinerne Wendeltreppe. Entlang an brennenden Fackeln und einigen Schießscharten. Im Erdgeschoss angekommen, schauten sie einmal vorsichtig um die Ecke. Sie sahen ein paar Dienstmädchen in der Empfangshalle, die dabei waren, die großen Kerzen für die Nacht zu entzünden. Die Empfangshalle war wunderschön. Sie wurde kuppelförmig gebaut und an ihrem Himmel waren wunderschöne Wandmalereien zu sehen. So etwas hatte Jehanne noch nie in ihrem Leben gesehen und vergaß einen Augenblick ihre Vorsicht. Sie ging einige Schritte in die Halle und hatte nur noch Augen für die Malerei. In letzter Sekunde konnte Almaric sie zurück zur Treppe ziehen. „Jehanne, pass auf! Die sehen dich doch." Almaric flüsterte und schüttelte den Kopf. „Ich habe so etwas Schönes noch nie zuvor gesehen. Schau dir diese leuchtenden Farben an." Jehanne war ganz verzückt und erst Almaric brachte sie wieder zurück in die Realität. „Ja wunderschön, und was ist das da?" Almaric zeigte auf ein großes schwarzes Kreuz, was verkehrt herum an der Wand hing. „Das ist nicht gut. Ich glaube mittlerweile wirklich, dass wir es hier mit der Unterwelt zu tun bekommen." Jehanne sah ihm an, dass er Angst hatte. Kein Wunder, was konnten die beiden auch schon tun, um das Böse aufzuhalten? „Almaric, ich habe auch Angst. Umso vorsichtiger müssen wir sein und dürfen uns nicht erwischen lassen. Wir beide können das Böse nicht aufhalten, aber Adrienne und Claire schon. Wir müssen die Höllenpforte finden und wenn die beiden aus England zurückkommen, werden sie dafür sorgen, dass diese für immer geschlossen bleibt.

*

01. Oktober 1346
Rochester, England

Die Bestie wollte erneut Anlauf nehmen und die Mauer rammen. Adrienne konnte sehen, wie ein Ruck durch den riesigen Körper fuhr, als das Zugtor und die Schwenkflügeltore geöffnet wurden. Sie änderte die Richtung und mit schweren Schritten, rannte sie auf das geöffnete Tor zu. Jetzt wurde es ernst. „Bogenschützen bereit machen! Sie kommt!" Laut schrie Adrienne die Anweisungen in den Innenhof. Keine Sekunde zu spät. Die Bestie rannte Richtung Innenhof und schrammte mit ihrem Rücken an das hochgezogene Tor. Die eisernen Spitzen des Tores furchten über die Metallplatten auf dem Rücken des Monsters. Ein hässliches quietschendes Geräusch wurde erzeugt. Es rannte direkt zwischen die zwei extra angefertigten Mauern. „Jetzt!", schrie Adrienne. Innerhalb weniger Augenblicke zischten hunderte Pfeile mit angehangenen Seilen an allen Seiten der Bestie vorbei. Sie bohrten sich tief in das massive Holz der verstärkten Mauer. Hunderte Seile, die sich spannten, als die Bogenschützen sie an der anderen Seite durch Eisenringe zogen und verknoteten. Abrupt wurde die Bestie gestoppt. Adrienne hatte wenige Sekunden, bis die Bestie sich befreien würde. Sie riss eine Fackel von der Wehrmauer und warf sie mit voller Kraft zwischen die Mauern. Die Bestie stand auf einem Pentagramm, welches Adrienne so hergerichtet hatte, dass die Symbole eine Elle tief in den Boden ausgestochen und die Hohlräume mit Pech gefüllt wurden.

Das Pech entzündete sich und die magischen Symbole leuchteten im Feuerschein hell auf. Die weiße Hexe sprang auf die mit Eisen verstärkte Mauer und schmetterte der Bestie Beschwörungsformeln entgegen. Zusammen mit den aktivierten Pentagrammsymbolen zeigten diese sofort Wirkung.

Die Bestie heulte auf und schüttelte wild den Kopf. Die ersten Seile wurden zerrissen und Adrienne reagierte sofort. „Feuer!" Die nächsten Seile wurden gespannt und hielten die Bestie wieder ein paar Sekunden auf. Die Bogenschützen zielten so gut, dass die Seile dicht übereinander lagen und es wie eine Barrikade aussah. Diese Zeit nutzte die Kämpferin. Sie sprang von der Mauer direkt auf den Rücken der Bestie und versuchte das Gleichgewicht zu halten.

Sie spürte, dass die Kreatur Schmerzen hatte, welche durch die Runen auf dem Boden vervielfacht wurden. Mit den Armen balancierend arbeitete sie sich Richtung Nacken vor. Die Bestie war außer sich und tobte. Sie ließ sich gegen die Mauern fallen, aber die Mauern hielten stand. Immer wenn sie es schaffte, Seile zu zerreißen, wurden hunderte neue gespannt. Die Bogenschützen kannten ihre Aufgabe. Adrienne war auf Schlagdistanz für die Lichtpeitsche und schlug mit voller Wucht zu. Der Lichtriemen zischte durch die Luft und fand sein Ziel auf dem Visier der Bestie. Funken stobten durch die Nacht. Die Bestie wand sich und stieg auf die Hinterläufe. Adrienne verlor das Gleichgewicht und versuchte sich durch einen Sprung an die verstärkte Mauer in Sicherheit zu bringen. Aber ihre Hände glitten von der Mauerkante und sie fiel vierzehn Ellen nach unten auf den Boden. Hart schlug sie auf.

Die Bestie tobte weiterhin und Adrienne musste aufpassen, dass sie nicht unter die riesigen Pranken kam. Ihr Kettenhemd verhinderte, dass die brennenden Runen ihre Kleidung in Brand setzten.

Sie musste so schnell es geht nach oben auf die Mauer. Die Hexenmeisterin hörte das ständige Reißen der Seile und sofort wurden wieder neue gespannt. Die Kreatur schrie ihren Schmerz in die Nacht hinaus und wurde immer wilder. Adrienne hatte mittlerweile Mühe, den Tritten auszuweichen, weil überall Seile gespannt waren, die die Bestie aber direkt wieder zerriss. Die weiße Hexe nutzte den Moment, in dem die Bestie sich gegen die linke Mauer lehnte und drückte. Sie teleportierte sich auf die rechte Mauer und sah der Höllenkreatur direkt in die Augen. Die Lichtpeitsche hatte das Visier zerfetzt, aber die Augen waren noch intakt. Glutrot leuchteten sie Adrienne zornig an. Das Maul öffnete sich und blitzschnell schnappte die Bestie zu.

*

Claire Mercier bekam nur am Rande mit, wie Adrienne die Bestie in die Falle lockte. Mit einer Übermacht an Angreifern kämpfend versuchte sie, Adrienne den Rücken frei zu halten, damit diese sich auf dieses ungeheuerliche Monstrum konzentrieren konnte. Mit einer Salve von Fußtritten deckte sie den nächsten Höllenritter ein. Sie wirbelte um ihre eigene Achse und ging in die Knie. Der Tritt traf den Untoten direkt ins Kniegelenk. Die Knochen brachen und der Höllenritter ging zu Boden. Claire war bereits wieder auf den Beinen und ließ die Lichtpeitsche das Urteil vollstrecken. Der Höllenritter hatte keine Chance zu entkommen. Das magische Feuer zerfraß seinen Körper und schon bald war er nur noch ein rauchender Berg Asche. Die

Lederspange in ihrem Haar lockerte sich immer mehr und schon bald fielen die nassen blonden Haare über ihre Schultern. Claire keuchte. Drei untote Ritter näherten sich und wollten sie in die Zange nehmen. Der erste ließ mit ausgestrecktem Arm seinen Morgenstern Richtung Claires Kopf schwingen. Im letzten Moment konnte sie der todbringenden, mit Eisendornen gespickten Kugel ausweichen. Zwei Schwerter rauschten auf sie zu. Kurz bevor die Angreifer sie damit durchbohren konnten, rollte Claire sich zur Seite weg und hatte somit alle drei Höllenritter in der richtigen Position. Der Lichtriemen trennte den ersten beiden Angreifern den Kopf vom Torso, die sofort im magischen Feuer zu Asche vergingen. Der dritte Gegner hatte reflexartig reagiert und seinen Kopf weggeduckt. Claire sprach einen Wirbelzauber und fegte ihn von der Mauer. Im hohen Tempo verschaffte sich die weiße Hexe wieder Platz auf der Wehranlage. Die letzten Höllenritter wurden von dem zehn Ellen langen Lichtriemen in der Mitte zerteilt. Überall in der Anlage brannte es. Die sterbenden Untoten, die von der Mauer in den Innenhof fielen, entfachten an vielen Stellen kleinere Brände, die von den englischen Rittern trotz Regens nicht so schnell gelöscht werden konnten. Claire atmete mehrmals tief ein und aus. Die Anstrengung war ihr deutlich anzusehen. Mit einer Hand hielt sie sich an der Mauer fest, während sie nach Luft schnappte. Da hörte sie das Horn der Franzosen. Sofort schaute sie über die Zinnen. Die französische Reiterei blies zum Angriff. Sie galoppierten auf das offene Tor zu. „Schließt das Tor! Schließt das Tor!", schrie sie in den Innenhof. Der Regen tropfte von ihren langen, blonden Haaren und hatte mittlerweile ihre ganze Kleidung durchweicht. Aber das spürte Claire Mercier nicht, zu sehr war sie im Kampfgeschehen verwickelt, als dass sie die Kälte des Regens spüren würde. „Bogenschützen auf Position!" Godric Liovin ließ mit markanter, lauter Stimme die Mauern mit allen Bogenschützen besetzen, die noch als Reserve bereitstanden. Dicht an dicht standen sie auf der Wehrmauer. Bereit, ihre Brandpfeile auf die Reise zu schicken. Claire konnte hören, wie hinter der Bestie das Tor heruntergelassen wurde und mit einem donnernden Krachen auf der Erde aufkam.

*

Adriennes Muskeln waren zum Zerbersten gespannt. Noch bevor die scharfen Zähne der Bestie sie in Stücke biss, sprang sie mit ihrer ganzen Kraft in die Höhe und teleportierte sich auf den Nacken der Bestie. Die Bestie war im Rausch. Immer und immer wieder rissen die gespannten Seile, aber die englischen Ritter passten auf. Mittlerweile war auf der großen Holzverkleidung nur noch wenig Platz für neue Pfeile. Viele Pfeile prallten schon jetzt von der Wand ab und Adrienne musste sich beeilen. Sie hatte sich in die Bewegung der Bestie teleportiert. Als sie sich materialisierte, konnte sie sich gerade noch an dem Rest des Visiers festhalten, sonst wäre sie von der Bestie abgeworfen worden. Das Ungeheuer hatte sie bemerkt und schüttelte wie wild den Kopf, um den Parasit abzuschütten. Im Moment hatte sie alle Hände voll damit zu tun, nicht abgeworfen zu werden. Ihre Hände schmerzten. Ihre Arme wurden schwerer und schwerer. Adrienne schrie ihre Wut nach draußen. Ihr langes schwarzes Haar klebte ihr im Gesicht. So konnte sie den Todesstoß nicht ansetzen.

*

Godric Liovin eilte die Treppen der Wehrmauer hoch. Von hier konnte er den verbissenen Kampf der weißen Hexe gut verfolgen. Einen Teilerfolg hatten sie errungen, aber jetzt sah es nicht gut aus. Aber darum konnte er sich jetzt nicht kümmern. Er sah die heranstürmenden, französischen Ritter, die ebenfalls über eine beachtliche Gruppe Bogenschützen verfügten. „Bogenschützen bereit machen." Der Feind war nur noch zweihundert Ellen weit entfernt. Die schwerbeladenen Streitrösser hinterließen tiefe Abdrücke im Boden und das Donnern der Hufe spürte Godric im ganzen Körper. „Feuer!"

Der durch die vielen kleinen Feuer erleuchtete Nachthimmel verdunkelte sich schlagartig und das Surren hunderter Pfeile war ohrenbetäubend laut.

Der Pechgraben war zwischenzeitlich erloschen und die Franzosen vorbereitet. Fußsoldaten legten türgroße Bretterkonstruktionen über den Graben, damit die Reiterei dieses Hindernis ohne Mühe überwinden konnte. Die Pfeile der Engländer erfüllten ihren Zweck. Ein Großteil der Fußsoldaten wurde getroffen. Die Einschläge waren heftig. Mühelos durchbohrten die Pfeilspitzen Kettenhemden und Lederpanzerungen. Godric behielt den Gesamtüberblick. Eine Pfeilsave der Franzosen lag in der Luft. „Schilde!" Schnell stellten die Bogenschützen ihre Bögen ab und ihre Schilde in die Höhe. Durch die Wucht der Pfeilsalve gingen viele englische Bogenschützen zu Boden, die von den Pfeilen tödlich getroffen wurden. Godric blies das Horn zum Angriff. Sofort machte sich die englische Reiterei auf den Weg, einzugreifen. Von beiden Seiten des Palastes nahmen sie die französischen Ritter in die Zange. Jetzt hatten die englischen Bogenschützen auch wieder Zeit, ihre tödlichen Waffen abzufeuern. Ein gewaltiger Kampf entbrannte vor dem Palast, der von den Bogenschützen so gut es ging unterstützt wurde. Godric lief der Schweiß von der Stirn und vermischte sich mit dem Regen. Für einen Moment schaute er zu der Hexe, die mit der Bestie kämpfte. Seine Männer hatten jetzt alle Seile verschossen und das Ungeheuer hatte freie Bahn. Für einen Moment lag ein lautes Surren in der Luft und Godric sackte zusammen. Ein Pfeil steckte in seiner Brust. Er sah noch, wie Claire Mercier in den Kampf mit der Bestie eingriff, dann fiel er leblos in sich zusammen.

*

Claire Mercier sah Adrienne in Schwierigkeiten. Adrienne versuchte sich verzweifelt am Visier der Bestie festzuhalten, um nicht zertrampelt zu werden. Die letzten Seile rissen und Claire zögerte nicht. Sie teleportierte sich auf die rechte Seite der verstärkten Mauer und war mit der Bestie auf Augenhöhe. Diese setzte sich gerade in Bewegung und wollte in Richtung Palast stürmen. Claire schrie ihre Emotionen in den Abendhimmel und holte bogenförmig aus, um den Lichtriemen auf die Reise zu schicken. Von jetzt an verlief für Claire alles wie in Zeitlupe. Der Lichtriemen fegte die Reste des Visiers vom Kopf der Bestie. Adrienne konnte sich nicht mehr festhalten und stürzte in die Tiefe. Brüllend sackte das Ungeheuer auf die Vorderläufe. Aus den einst glutroten Augen schossen magische, weiße Flammen. Die weiße Magie verbreitete sich im ganzen Körper des Höllenwesens und zwischen den Metallplatten schossen weiße

Flammen in den Nachthimmel. Geschwächt von der magischen Kraft des Pentagramms hatte es diesem Angriff nichts entgegenzuwirken. Zwischen den mit Eisenstäben verstärkten Mauern kippte die Bestie zur Seite und brannte aus. Nur das Metallskelett erinnerte noch an diese furchtbare Bedrohung. Claire starrte wie traumatisiert auf den brennenden Torso der Bestie. Ihr Atmen ging schwer und mit den Händen umklammerte sie eine Zinne der Verteidigungsmauer. Übelkeit stieg in ihr hoch. Ihr Kopf sackte auf die Brust und ihr Puls raste. Adrienne! Wo ist Adrienne? Lag sie begraben unter der Bestie im Pentagrammfeuer? Angst durchflutete ihren athletischen Körper. „Adrienne? Adrienne, hörst Du mich?" Claire kletterte die Mauer hinunter zum Boden. Sie musste darauf achten, nicht in den Bereich des Pentagrammfeuers zu gelangen. „Adrienne! Hörst Du mich?" Ihre Stimme klang verzweifelt. Ihre Augen suchten den Boden auf Hinweise ihrer Gefährtin ab. Claire sah nur die tote Bestie. Von Adrienne keine Spur.

*

02. Oktober 1346
Nähe Paris
Im Königspalast Philipps VI, Frankreich

Es war bereits tiefe Nacht, als die beiden Kinder die Treppe zu den dunklen Gewölben verließen. Nur ein paar kleine Fackeln erhellten spärlich das große Gewölbe. In der Ferne hörten sie Wassertropfen in eine Pfütze platschen. Die Luft war kalt und stickig. Es roch nach Urin, Fäkalien und Tod. Dicke, verstaubte Spinnenweben hingen von den Wänden herab. Schwere Eisenringe waren im Stein befestigt und die Kinder sahen die rostigen Ketten, die mit großen Vorhängeschlössern an den Ringen befestigt waren. Almaric war es unwohl. Er hatte Angst. „Jehanne, was ist, wenn wir erwischt und hier unten eingesperrt werden? Hier findet uns niemand und wir werden elendig sterben." „Reiß dich zusammen. Wir haben einen Auftrag. Ich wette, wenn es die Höllenpforte gibt, dann ist sie hier unten. Wir müssen sie nur finden, und dann teleportiere ich uns hier raus. Einverstanden?" Die Kinder flüsterten und die Sprache wurde hohl von den nassen Steinwänden reflektiert. Almaric fuhr sich nervös mit der Zunge über Lippen. „Ja, aber lass uns schnell machen. Ich will hier raus. Das ist kein Ort für uns!"

Im Schatten des Gewölbes wagten sie sich immer weiter vor. Zellentüren aus rostigen Eisenstäben wurden sichtbar. Jehanne stockte der Atem, als sie hinein schaute und dort in Ketten gelegt die Überreste zweier Gefangener sah.

In dreckigen Lumpen lehnten die Skelette an der Wand. Einige Ratten suchten immer noch nach essbaren Überresten. Almaric schluckte und seine Nervosität stieg weiter an. Von vorne hörten sie ein Stöhnen und Jehanne blieb erschrocken stehen. Angstschweiß bildete sich auf ihrer Stirn. Leise zog sie ihr Artefakt aus dem Gürtel. Vorsichtig und mit wild pochendem Herzen ging sie im Schatten der Fackeln weiter und schaute angestrengt nach vorne. Eine Gruppenzelle kam zum Vorschein und das Stöhnen wurde lauter. Jehanne zeigte mit ihrem Finger auf den Gefangenen, der stehend in der Mitte der Zelle angekettet war. Man hatte ihm die Arme über den Kopf zusammengebunden und über eine Kette so nach oben gezogen, dass er nur noch auf seinen Zehenspitzen stand. Bekleidet war er mit einer dreckigen, zerrissenen Hose. Er hatte schulterlange, graue Haare und einen langen Vollbart, der ihm bis zur Brust reichte. Sein Körper war ausgemergelt. Er bemerkte die Kinder „Verschwindet von hier, es gibt kein Entkommen!", krächzte er. Seine trockene Kehle zwang ihn, zu husten. Jehanne bekam eine Gänsehaut und hatte gleichzeitig auch Mitleid mit dem Gefangenen. Sie sah, dass er schon sehr alt war. Die taffe Hexenschülerin betrat trotz Warnung des alten Mannes die offene Zelle und Almaric wurde panisch. „Jehanne, was machst du denn da? Lass uns weiter, so wie er gesagt hat!" Flehend wandte er sich an die Hexenschülerin. „Almaric, ich kann ihn doch nicht einfach hier lassen. Wir müssen ihm helfen." Almaric war nicht einverstanden und schüttelte den Kopf. Er sah, wie Jehanne dem Gefangenen ihren Ziegenfellschlauch an die Lippen hielt und er gierig das kostbare Nass schluckte. Hustend spuckte er wieder ein paar Schlucke aus und Jehanne konnte sehen, wie die Lebensgeister in ihm zurückkehrten.

Während der Mann gierig große Schlucke Wasser trank, fragte Jehanne nach seinem Namen. Hustend holte der alte Mann Luft. „Mein Name ist Wobrac. Ich lebe in den Bergen. Eines Nachts kamen die Soldaten des Königs und verschleppten mich hierher." Er musste eine Pause machen und Luft holen. „Ich kann nur ahnen, wieso. Ihr müsst hier weg!" „Wir können dich nicht hier lassen!" Jehanne zielte mit ihrem Artefakt auf das Kettenschloss an den Händen Wobracs. „Baculum magicum lucet, et omnes vias tuas industria ad metam sum intendebant!" Eine Lichtkugel weißer Magie sprengte das große Schloss und Wobrac fiel auf die Erde. Jehanne wurde von einer großen Druckwelle nach hinten katapultiert. Hart krachte sie mit dem Rücken gegen die Zellenwand. Wobrac schrie vor Schmerzen auf. Der Boden unter ihm fing an, grün zu leuchten. Jetzt war es Almaric, der den alten Mann von der grün leuchtenden Fläche am Boden wegschleifte. Er griff dem alten Mann unter die Arme und zog ihn in die dunkle Ecke der Zelle.

Jehanne ächzte schwer und ihr Rücken tat höllisch weh. Der alte Mann hatte auf einem magischen Kreis gestanden. Schwarzmagische Symbole leuchteten grün auf und Jehanne verstand jetzt diese heftige magische Reaktion. Ähnlich wie in der Bibliothek gab es eine Reaktion zwischen der weißen und der schwarzen Magie. Almaric war sofort bei ihr. „Alles in Ordnung?", schaute er sie fragend an. Die Hexenschülerin versuchte aufzustehen und Almaric half ihr dabei.

Mit wackelnden Knien gingen sie zu Wobrac, der mittlerweile alleine aufgestanden war und Jehanne von oben bis unten musterte. „Hier, der wurde dir gerade aus der Hand gerissen."

Wobrac gab ihr das Artefakt zurück, das ihr bei der heftigen magischen Reaktion aus der Hand gerissen wurde. Der alte Mann sah sie erstaunt an. Jehanne bemerkte seine fragenden Blicke. "Ich bin eine weiße Hexe und magiebegabt", sagte sie in die Richtung des Mannes, der anerkennend nickte. „Jehanne, wir müssen weiter", drängte Almaric. Er war wütend, jetzt hatten sie noch einen alten Mann im Schlepptau, der sie nur aufhalten würde.

*

02. Oktober 1346
Rochester
England

„Hier oben", hörte Claire die erlösenden Worte Adriennes. Ihre Stimme klang schwach, aber erleichtert. Adrienne lag hoch oben an der Wehrmauer der Festung angelehnt und atmete schwer. Der Dauerregen hatte ihre Kleidung mittlerweile komplett durchnässt und der Schlamm haftete an ihrem ganzen Körper. Claire rannte zu ihr auf die Wehrmauer und kniete sich neben sie. Sie war unendlich erleichtert, dass ihre Gefährtin überlebt hatte. Vor den Toren wütete die Schlacht weiter. Englische Bogenschützen ließen ihre Pfeile in großen Schwärmen über die Festungsmauer auf die feindlichen Truppen niedergehen. Die Truppenverbände setzten dem Feind schwer zu. Die englische Reiterei ließ nicht zu, dass französische Bogenschützen sich neu formieren konnten. Abwechselnd griffen sie in die Schlacht ein und die vorher zahlenmäßig überlegenen Franzosen wurden empfindlich geschwächt. Sie waren demoralisiert, denn die Bestie und die Höllenritter waren besiegt. Zu spät erkannten sie, dass die Engländer eine bessere Taktik anwandten. Vor den Toren des Palastes stapelten sich die Leichen. Claire konnte zwischen den Mauerzinnen sehen, wie der französische Befehlshaber in sein Horn blies und den Rückzug anordnete. Ein weiterer Pfeilhagel ging auf die sich zurückziehenden Angreifer nieder und riss Ross und Reiter in den Tod.

Die englische Reiterei setzte nach und die Schlachtrösser wühlten sich durch den matschigen Boden. Die englischen Reiter hatten leichtes Spiel, denn der Gegner geriet in Panik und leistete kaum noch Gegenwehr. Laut brüllten die Ritter von den Mauern ihren Sieg in die Nacht. Im Feuerschein sah man die englische Reiterei zurückkommen, die mit erhobenen Schwertern ihrer Freude über den Sieg freien Lauf ließen. Claire beugte sich zu Adrienne und lächelte sie an. Mit ihrer Hand wischte sie eine lange schwarze Haarsträhne aus dem Gesicht ihrer Meisterin. „Bist Du verletzt?", fragte sie und schaute in das mitgenommene Gesicht Adriennes. An einigen Stellen war die Haut aufgerissen und das Blut lief in kleinen Rinnsalen über ihr Gesicht und vermischte sich mit dem Regen auf der Haut der weißen Hexe. Adrienne sah Claire mit ernster Miene an. „Haben wir gesiegt?" „Ja, Adrienne, mit deiner Strategie konnten wir die Höllenritter und die Bestie vernichten. Auch die Franzosen wurden aufgehalten. Nachdem sie sahen, dass die Höllenwesen von uns vernichtet wurden, haben sie den Angriff abgebrochen. Claire lächelte und streichelte Adrienne über die Wange. „Ich habe mir große Sorgen um dich gemacht. Ich dachte, du liegst unter dem Ungetüm begraben. Wie bist du entkommen?" Adrienne nahm die Hand ihrer Gefährtin und lächelte sie an. „Es war ein harter Kampf mit der Bestie und ich hätte sie nicht mehr länger in Schach halten können. Gott sei Dank warst Du zur Stelle und hast die Bestie abgelenkt. Nachdem die Lichtpeitsche das letzte Stück Visier vom Kopf des Ungetüms gefegt hatte, konnte ich mich nirgends mehr festhalten. Ich fiel. Bevor mich das Vieh zertrampeln konnte, teleportierte ich mich auf die Mauer hier." Adrienne wollte aufstehen und Claire zog sie an der Hand hoch. Zusammen schauten sie über den Kriegsschauplatz. Im Innenhof und vor der Festung brannten immer noch kleine Feuer. Das Zugtor wurde geöffnet und die englischen Soldaten bahnten sich ihren Weg an der Bestie vorbei nach draußen, um die verletzten englischen Ritter zu bergen. Feindliche, schwerverletzte Soldaten wurden mit einem wuchtigen Schwertstreich für immer zum Schweigen gebracht. „Was für ein Wahnsinn. Warum müssen sich die Menschen immer gegenseitig abschlachten?" Claire Mercier schüttelte den Kopf. Im Innenhof waren mittlerweile alle Feuer gelöscht. Wie durch ein Wunder hörte der Regen auf einmal auf und die dicken Wolken am Nachthimmel verzogen sich. „Wir haben gesiegt, Claire, und du hast einen großen Anteil daran." Adrienne sah ihr in die Augen „Aber es ist noch nicht vorbei. Ich hoffe inständig, dass es Jehanne und ihrem jungen Freund gut geht. Wir müssen die Höllenpforte schließen, und zwar für immer. Denn sonst wird das hier nie aufhören und wer weiß, welche Wesen noch auf die Menschheit losgelassen werden." Adrienne nahm die Hand Claires und drückte sie fest. „Danke!" Sie umarmten sich und blieben so einige Momente erschöpft stehen. „Jetzt will ich aber in den Palast und aus den nassen Sachen raus." Claire löste sich und gab Adrienne das Zeichen zum Aufbruch. „Halt, wo ist Godric Liovin? Er war hier oben auf der Mauer." Schnellen Schrittes ging Claire zu der Stelle, wo sie den Befehlshaber das letzte Mal gesehen hatte. Der Platz war leer. Die letzten Bogenschützen hatten mittlerweile den Wehrgang verlassen und begannen damit, die Überreste der Bestie zu beseitigen. „Er ist nicht hier. Nur sein Signalhorn und sein Schwert liegen noch hier!" „Vielleicht ist er über die Brüstung gestürzt", sagte Adrienne nachdenklich. „Seine Männer werden ihn schon finden. Wir müssen uns jetzt ausruhen, denn für uns geht es morgen früh sofort weiter. Wir müssen Jehanne finden. Und jetzt bin ich einfach nur müde." Adrienne ging die Treppen der Wehrmauer hinunter und steuerte auf den Palast zu. Auch Claire war froh, wenn sie die durchnässten Kleider ablegen und saubere, trockene Kleidung anziehen konnte.

*

03. Oktober 1346
Im Königspalast Philipps VI
Frankreich

Jehanne, Almaric und Wobrac tasteten sich immer tiefer in das Gewölbe. Die Luft wurde stickiger und Jehanne hatte das Gefühl, dass man sie schon schneiden könne. Je tiefer sie in das Gewölbe vordrangen, desto intensiver wurde der Gestank. Verwesungsgeruch gepaart mit dem Gestank der Exkremente der Gefangenen lag in der Luft. Sie gingen an den einzelnen Zellen vorbei und sahen schreckliche Bilder. Gefangene, die mit Ketten an Armen und Beinen in die Höhe gezogen wurden. Die toten Körper wiesen schwerste Folterspuren auf. Aufgeschlitzte Bäuche, aus denen das Gedärm auf den Boden quoll. Almaric konnte nicht hinsehen und musste sich übergeben. Der Gestank war unerträglich. Als sie weitergingen hörten sie ein Knurren aus einer der Zellen. Jehanne hatte Herzklopfen, und ihr Artefakt angriffsbereit gezogen. Beiden Kindern schlug das Herz bis zum Hals. Trotzdem schaute die Hexenschülerin in die Zelle. Was sie sah, verschlug ihr den Atem.

Die Zelle war abgeschlossen. Dort hatte man einen älteren Mann mit weißen Haaren und einem langen Bart mit Ketten in die Höhe gezogen. Die Ketten wurden über eine Rolle vor der Zelle aufgerollt. Von hier konnte man den Gefangenen in die Höhe ziehen, aber auch stückweise runterlassen. Das war hier der Fall. In der Zelle waren drei wolfsartige Hunde gesperrt, die den Mann bei lebendigem Leib auffraßen. Schmerz und blankes Entsetzen lagen auf seinem leblosen Gesicht. Bis zu den Knien hatten sich die Hunde schon vorgearbeitet. Der Mann war mittlerweile verblutet und sein Kopf hing leblos auf der Brust. Jehanne wurde blass im Gesicht und Schweißtropfen sammelten sich auf ihrer Stirn. Die Meute hatte Hunger und knurrte die drei Eindringlinge bedrohlich an. Gott sei Dank versperrte die Zellentür den Bestien den Weg nach draußen. Endlich gelangten sie an eine große, massive Holztür. Die wuchtigen Eisenbeschläge verhinderten, dass Unbefugte eintreten konnten. Das Schloss war groß, aber der Schlüssel war nirgends zu sehen.

Jehanne und Almaric versuchten, die Tür durch Drücken und Schieben zu öffnen. „Lasst mich mal sehen." Wobrac schob die Kinder zur Seite, um blitzschnell seine Hände nach vorne zum Schloss schießen zu lassen. Blaue Blitze schossen aus seinen Fingerkuppen und die Energie entlud sich. Wo einst das Schloss gesessen hatte, klaffte jetzt ein großes Loch. Kleinere Flammen züngelten am Holz und der Rauch hing wie eine Glocke über ihren Köpfen. Jehanne und Almaric sahen Wobrac mit großen Augen an. „Das warst du?", stotterte Almaric in Richtung des alten Mannes. „Oh ja, das war ich." „Warum hast du uns nicht gesagt, dass du auch ein Magier bist?", fragte Jehanne, immer noch beeindruckt. „Ihr habt mich nicht gefragt und außerdem muss man ja damit nicht so prahlen." Wobrac kniff Jehanne ein Auge zu und lächelte. Die Hexenschülerin wollte gerade entrüstet antworten, da unterbrach Almaric das Gespräch. „Ihr könnt weiter diskutieren, wenn wir hier wieder raus sind. Aber jetzt müssen wir uns konzentrieren und leise sein." Er ging zur Tür und drückte sie auf. Jehanne sah den Magier beleidigt an und widmete sich dann ebenfalls der Tür.

Sie betraten ein großes, kuppelförmiges Gewölbe. Die Decke war mindestens zwanzig Ellen hoch und in der Mitte stand ein wuchtiger Altar aus Stein. Hunderte aufgestellte Kerzen erhellten den Raum taghell und Jehannes Augen mussten sich erst an die Helligkeit gewöhnen. Nach und nach erkannte sie immer mehr Details.

Ein großes umgekehrtes, schwarzes Holzkreuz war an der Stirnseite des Altars angebracht und die Wände waren voller magischer Zeichen. Auf dem Tisch lag eine Frau. Sie war noch jung. Ihr Gesicht war sehr hübsch, aber vom Schmerz verzehrt. Nackt und gefesselt lag sie auf dem Steintisch, die Arme abgespreizt, so dass sie an beiden Seiten des Tisches herunterhingen. Man hatte ihr die Pulsadern aufgeschnitten und das Blut wurde in zwei großen Holzschalen aufgefangen. Wobrac eilte zu ihr.

„Mein Kind, was haben sie mit dir gemacht?" Tränen schossen ihm in die Augen. „...Vater, Du musst verschwinden, ...sie sind zu stark..." flüsterte die junge Frau kraftlos. Sie lag im Sterben. Das viele Blut in den Schüsseln zeugte von ihrem nahen Ende. „Ellinor, ich bin bei dir." Tränen liefen dem alten Mann über das Gesicht. Mit einem Opferdolch, der auf dem Steinaltar lag, durchtrennte er die Fesseln seiner Tochter. Er hielt ihre Hand und war sich bewusst, dass er sie nicht retten konnte. Er strich seiner Tochter über das Haar und mit tränenerstickter Stimme fragte er leise: „Hast Du die Tür der Welten gesehen? Ist sie hier?" Ellinor öffnete die Augen und ihre Stimme war kaum zu verstehen. „Der König hat mich dem Dämon Xérias opfern wollen, aber irgendwas ging schief..." Ellinor hatte Mühe weiterzusprechen. Jehanne und Almaric standen am Altar und versuchten, ihre Worte zu verstehen. „...Er hat... er hat mich auf den Altar gebunden und danach fing er an,... Beschwörungen zu murmeln. Dabei schnitt er meine Arme auf... Xérias sollte erscheinen,... aber nichts passierte. Ich hörte ihn nur noch fluchen... Er sprach von der neuen Pforte... der Pforte,... bei den Benediktin... Mont Saint-Mich..." Ellinors Stimme verstummte für immer und ihre Hand lag kraftlos in der ihres Vaters. Wobrac weinte hemmungslos und drückte den Körper seiner toten Tochter fest an seinen eigenen. „Das darf nicht sein, das darf nicht sein." Immer wieder wiederholte er die Worte. Almaric verstand jetzt, warum der alte Zauberer mit ihnen gegangen war und nicht geflohen ist. Er musste seine Tochter finden.

„Wir müssen los." Gefühlvoll nahm Jehanne die linke Hand des Mannes in ihre rechte und schaute ihm traurig in die Augen. „Wobrac, kannst du teleportieren?" Ohne ein Wort nickte der verzweifelte Zauberer.

„Wir treffen uns im Wald vor dem Palast." „Ich kann meine Tochter nicht hier lassen. Sie muss ein ordentliches Begräbnis bekommen", schluchzte Wobrac, völlig in sich zusammengefallen." „Ja natürlich, aber jetzt müssen wir hier raus. Ich teleportiere mich mit Almaric und du dich mit deiner Tochter. Schaffst du das?" Jehanne sah Wobrac fragend in die Augen. Er nickte, nahm seine Tochter in die Arme und innerhalb eines Augenaufschlags waren sie verschwunden. Jehannes und Almarics Blicke trafen sich.

„Wobrac und seine Tochter wollten auch die Höllenpforte finden und zerstören. Er muss uns einiges erklären." Jehanne nahm Almaric an die Hand und teleportierte sich und ihren jungen Begleiter nach draußen.

*

03. Oktober 1346
Vor dem Königspalast Philipps VI
Frankreich

In den Wäldern vor dem Palast halfen die beiden Kinder Wobrac dabei, Steine zu sammeln, um seine Tochter würdig beerdigen zu können. Sie betteten die Tote auf eine Moosschicht und bedeckten sie mit den Steinen. Während der ganzen Zeit sprachen sie kein einziges Wort. Jeder hing seinen Gedanken nach. Der Wald war voller Leben. Man hörte die unterschiedlichsten Vögel singen. Auch andere Tiere waren zu hören, aber Wobrac nahm nichts davon wahr. Die Trauer erstickte ihn fast. Er kniete vor dem Grab seiner Tochter und ließ seinen Tränen freien Lauf. Almaric hatte in der Zwischenzeit ein Holzkreuz gefertigt und stellte es am Kopfende des Grabes auf. Jehanne tat der alte Mann leid. Sie war selber sehr traurig. Sie sammelte Holz für ein Feuer, denn sie wusste nicht, wann Claire und Adrienne hier auftauchten. Sie hatten vereinbart, dass Jehanne und Almaric in dem Wald vor dem Palast abtauchen sollten, bis die beiden Hexen ihren Auftrag in England erledigt hatten. Danach wollten sie zu den Kindern stoßen. Jehanne säuberte den Platz für das Feuer und legte einen Steinkreis aus. Das Holz stellte sie hochkant auf und nahm ihr Artefakt in die Hand. In der anderen hielt sie einen fingerdicken Ast. Mit der Spitze ihres Zauberstabes zielte sie auf den Ast und ihre grünen Augen fixierten das Ende des Stabes. „Baculum magicum lucet, et omnes vias tuas industria ad metam sum intendebant!" Die Rune auf dem Zauberstab begann zu leuchten und die erzeugte Energiekugel streifte den Ast und setzte ihn in Brand. Schnell steckte sie ihn in das Zundermaterial unter dem aufgeschichteten Holz, das sofort Feuer fing. Sofort weiteten sich die Flammen aus und strahlten Wärme nach außen.

Almaric wollte etwas Essbares suchen und kam schon bald mit einem großen Feldhasen über der Schulter zurück. „Wow, Almaric, das ging aber schnell." Jehanne war sichtlich beeindruckt. „Ja, ich habe das Jagen bei meinem Vater gelernt. Er war ein sehr guter Jäger."

Almaric weidete den Hasen fachmännisch aus und schon bald briet er über dem offenen Feuer. Die beiden Kinder saßen sich gegenüber und endlich kam auch Wobrac zu ihnen. Er sah schlecht aus. Seine Augen waren von den vielen vergossenen Tränen gerötet und sein Herz zerrissen. Kraftlos ließ er sich zwischen den Kindern nieder. Ohne die beiden anzuschauen fing er an, zu berichten. „Ellinor und ich bekämpften seit Monaten finstere Wesen aus der Hölle. Wir dachten immer, dass es Zufall sei, dass sie hier auftauchten. Bis wir eines Tages sahen, wie der französische König mit ihnen von einer Schlacht heimkehrte und in die Festung ritt. Wir vermuteten, dass im Palast eine Höllenpforte geöffnet wurde, aber wir lagen falsch." Mit einem Ast stocherte er in der Glut herum. „Eins ist ganz klar. Die Höllenpforte wurde am Mont Saint-Michel geöffnet und zwar im Kloster der Benediktiner. Wir lagen falsch und Ellinor musste dafür mit ihrem Leben bezahlen. Sie haben gewonnen." Seine Augen füllten sich mit Tränen. „Das tut mir so leid, Wobrac. Ich kann nur erahnen, wie groß dein

Schmerz ist." Mitleidvoll sah Jehanne den Zauberer an. „Aber gewonnen haben sie noch nicht. Meine zwei Gefährtinnen haben auch den Höllenwesen den Kampf angesagt und sie werden Ellinor rächen! Das verspreche ich dir!" Jehanne sah mit entschlossener Miene zu Wobrac, der den Kopf schüttelte. „Und was bringt mir das? Ellinor wird davon auch nicht wieder lebendig." „Was wirst du jetzt tun?", fragte Almaric den gebrochenen Mann. „Ich weiß es nicht. Im Moment weiß ich gar nichts."

Die Stunden vergingen und die drei hatten sich auf ihr Nachtlager zurückgezogen. Das Feuer spendete wohlige Wärme und knisterte gemütlich vor sich hin. Die nachtaktiven Tiere waren auf Futtersuche und ihre Rufe hallten durch den Wald.

Ein Käuzchenschrei ließ Jehanne aufhorchen. Sie richtete sich auf und erwiderte den Ruf des Nachtvogels. Zwei Sanduhren später rief das Käuzchen erneut und Jehanne erwiderte den Ruf. Sie weckte Almaric und Wobrac. Jehanne war ganz aufgeregt. „Adrienne und Claire sind angekommen!" Sie freute sich sehr und hielt Ausschau nach den beiden Kämpferinnen. Ihre Augen schauten in den nachtschwarzen Wald und endlich sah sie die beiden näherkommen. Jehanne rannte los und fiel den beiden weißen Hexen in die Arme. Die Wiedersehensfreude war groß! Claire ließ Jehanne überhaupt nicht mehr los. „Ich bin so froh, dass ich euch hier sehe. Wie geht es euch? Geht es euch gut, seid ihr gesund?"

Jehanne genoss die körperliche Nähe und ihr fiel ein Stein vom Herzen, dass beide Hexen lebendig vor ihnen standen. „Ja, uns geht es gut, aber lasst uns zum Feuer gehen." Sie nahm die beiden Hexen an die Hand und ging mit ihnen zu dem Rest der Gruppe am Feuer. Almaric hatte

Holz nachgelegt und schon bald hatte Jehanne Wobrac den Hexen vorgestellt. Wobrac berichtete mit gedämpfter, trauriger Stimme und die beiden Hexen hörten interessiert zu. „Frankreich versinkt im Chaos. Ellinor und ich wollten es so nicht hinnehmen und wir hatten gedacht, wir könnten den König mit seiner Höllenbrut aufhalten. Das ging auch eine Zeit lang gut. Immer wieder konnten wir Nachschubtrupps von diesen Höllenwesen in die Falle locken und besiegen. Ellinor war eine starke Magierin und zusammen haben wir hunderte Untote unschädlich gemacht. Doch wir hatten Xérias unterschätzt." Wobrac schaute in die Runde und schluckte. „Er ließ zwei Trupps aussenden. Mit einem sollten wir in die Falle gelockt werden, und der andere sollte uns überwältigen und gefangen nehmen. Man lockte uns in die Falle und der Plan des gehörnten Dämons ging auf. Man betäubte uns und brachte uns in das Verließ des Palastes. Angekettet und über einem schwarzen Magiekreis hängend mussten wir mit ansehen, wie sie für jede gefallene Höllenkreatur einen Dorfbewohner auf bestialische Art und Weise umbrachten, nur um uns zu demütigen. Dann vergingen sie sich an meiner Tochter." Wobrac fing wieder an zu weinen. „Immer und immer wieder wurde sie von den Soldaten des Königs genommen, und das in meiner Zelle, damit ich alles mit ansehen musste. Ellinor wurde schwer gefoltert und für jeden getöteten Höllenritter musste sie die zehnfachen Schmerzen ertragen." Wobrac versagte die Stimme. Er weinte bitterlich. Vor seinen Augen spielte sich das ganze Szenario immer und immer wieder ab.

Claire und Adrienne hörten mit versteinerter Miene zu. Zu frisch waren die Gedanken ihrer eigenen Gefangennahme. Auch magiebegabte Menschen konnten in eine Falle geraten, der sie nicht alleine entkommen konnten.

Adrienne stand auf und setzte sich neben den Magier. Sie legte eine Hand über seine Schulter und tröstete ihn. „Ist ja gut. Lass deinen Tränen freien Lauf. Ich verspreche dir, Claire und ich werden diesem Alptraum ein Ende bereiten. Wir werden deine Tochter rächen." Adrienne war klar, dass ihnen Wobrac in dieser Verfassung keine große Hilfe sein konnte. „Jehanne, habt ihr die Höllenpforte gefunden?", fragte Claire in Richtung der beiden Kinder. Jehanne und Almaric berichteten in allen Einzelheiten, was sie erlebt hatten. „… und wir konnten nur Bruchstücke verstehen, was Ellinor noch flüstern konnte. Sie sagte etwas von einem Benediktinerkloster am Mont Saint-Michel. Die Höllenpforte befindet sich dort." Mit großen Augen sahen sich die beiden Hexen an. „Was ist?", fragte Jehanne. Claire hatte sich als Erste gefangen und antwortete mit ungläubigen Worten: „Der Platz, auf dem das Kloster jetzt steht, war früher ein Hexentanzplatz. Die Überlieferungen gehen davon aus, dass dort die weiße Magie ihren Ursprung hatte. Es kann doch kein Zufall sein, das die Höllenpforte ausgerechnet neben dem weißmagischen Zirkel des Hexenplatzes geöffnet wurde!" Claire hielt den Atem an.

*

Kapitel 4

Das Jesivahatemassiv

Die kleine Reisegruppe durchquerte die großen Wälder Frankreichs auf dem Weg zum Benediktiner Kloster vor der Küste. „Warum müssen wir noch einmal laufen und können uns nicht dahin zaubern?", fragte Almaric, der wenig amüsiert darüber war, dass sie jetzt durch halb Frankreich zu Fuß laufen mussten. Er folgte den drei Frauen in drei Ellen Abstand und hatte keine Lust zu wandern. Jehanne hätte sich doch mit ihm direkt vor das Kloster zaubern können. Am liebsten wäre er mit Wobrac gegangen, der jetzt schon sicherlich Zuhause angekommen war und im Trockenen saß. Es regnete bereits seit den frühen Morgenstunden und die Kleidung war mittlerweile durchnässt. Claire, die mit Adrienne vorweg ging, musste schmunzeln. So missgelaunt hatte sie den Jungen noch nie gesehen. Jehanne versuchte es ihm zu erklären. „Almaric, ich hatte das doch schon einmal versucht, dir zu erklären." Beim Erzählen wischte sie sich eine nasse Haarsträhne aus dem Gesicht zur Seite. „Unsere Magie ist nicht unendlich. Claire und Adrienne haben sehr viel magische Energie in der Schlacht am englischen Königspalast verbraucht und die muss sich nun regenerieren. Leider dauert das ein paar Tage. Aber diese Tage können sie nutzen, damit ihre Wunden verheilen und sie sich wieder erholen können. Sie lieben den Wald."

„Da hat Jehanne recht. Wenn wir im Kloster tatsächlich eine Höllenpforte vorfinden, benötigen wir all unsere Kräfte, damit wir sie schließen können. Wir hatten in England nur mit den Soldaten zu tun. Ihren Anführer, den Dämon Xérias, haben wir dabei noch gar nicht kennengelernt. Er wird sehr stark sein und sicherlich weiß er auch, wie man die schwarze Magie nutzt." Claire drehte sich um und sah Almaric an. Ihre langen blonden Haare waren so nass, das die Wassertropfen von ihnen hinunter auf die Erde tropften. Der Lederharnisch und die Ledermanschetten an den Armen ließen sie wie eine große Kriegerin aussehen. Der Regen schien ihr nichts auszumachen. In Almaric vermehrte sich der Gedanke, dass sie den Regen sogar liebte. „Das verstehe ich, Claire. Und ich, als normaler Mensch, der keine Magie beherrscht, kann euch bei den Sachen helfen, die ihr nicht anfassen könnt. Schon verstanden." Er lächelte. Also war er genauso wertvoll für diese Mission, wie die drei Hexen. Claire nickte zustimmend und schenkte ihm ein freundliches Lächeln. Während sie weitergingen stimmte Adrienne ein Lied an. Almaric kannte diese Sprache nicht, aber es hörte sich wunderschön an. Claire stimmte mit ein und auch Jehanne beherrschte den Text. Almaric merkte, wie sich seine Stimmung änderte. Sein Herz war voller Freude und er fühlte sich so leicht, auch wenn seine Schuhe durch den dicken Matsch des Waldes stapften. Sie marschierten bis zum frühen Nachmittag. Endlich ließ der Regen nach. Auch der Wald lichtete sich und gab den Blick auf die atemberaubende Bergwelt Frankreichs frei. Almaric staunte. So einen Anblick hatte er noch nie gesehen. Die hohen Bergspitzen steckten noch in den abziehenden Wolken fest, aber durch ein paar Wolkenlöcher hatte die Sonne sich schon vorgekämpft und strahlte das Gebirge rötlich an. Bis zum Fuße dieser Pracht war es sicherlich noch ein Tagesmarsch. Jetzt erst registrierte Almaric die drei Hexen, die ihn alle drei schmunzelnd anschauten. Er wurde aus seinen Gedanken gerissen „Ist irgendetwas? Warum starrt ihr mich so an?", fragte er vorsichtig in die Runde. Adrienne lächelte ihn an „Die Berge sind wunderschön, oder? Wir lieben sie und es ist schön zu sehen, dass du auch genauso fühlst. Man sieht es dir an." Adrienne zwinkerte ihm zu. Almaric wurde rot im Gesicht, als fühlte er sich ertappt. Jehanne bemerkte es und boxte ihm freundschaftlich in die Rippen. „Komm, Almaric, lass uns weiter zu den Bergen gehen." Sie packte Almaric an den Ellenbogen und wollte sich gerade in Bewegung setzten, als Claire sie stoppte. „Wir müssen hier eine Rast einlegen. Seit heute Morgen sind wir ohne Pause unterwegs. Schon bald kommen wir zu den Stromschnellen von Jesivahate. Diese müssen wir durchqueren, da der einzige Weg über den Fluss zerstört wurde. Eine Schneelawine hatte im letzten Winter die Brücke mit fortgerissen. Nur ein altes Seil wurde in Brusthöhe gespannt, an dem man sich langhangeln kann. Wir sollten ausgeruht sein, wenn wir dort ankommen. Adrienne nickte zustimmend. Schnell sammelten die Kinder am Waldesrand Totholz und wenig später entfachte Claire Mercier das Lagerfeuer.

Die Sonne schien und trocknete die Kleidung der drei Reisenden. In England hatte Adrienne das schwere Kettenhemd gegen eine Lederrüstung getauscht, damit sie leichter unterwegs war. Diese schnallte sie jetzt ab und setzte sich auf einen kleinen Felsen. Almaric wollte etwas Essbares jagen und verschwand in den Wald. Das Feuer loderte und Adrienne öffnete ihre langen schwarzen Haare, damit sie besser trocknen konnten. Claire und Jehanne taten es ihr gleich. Claire legte ihre Lederrüstung ab und atmete durch. Sie fühlte sich frei. Die letzten Wochen hatten Spuren hinterlassen. Die Gefangennahme und die schwere Folter am Mühlrad wogen schwerer als die Schlacht am Königspalast in England. Sie fühlte sich ausgebrannt und es wäre schön gewesen, wenn die Pforte schon geschlossen wäre. Aber das war nicht der Fall und Claire Mercier schaute ihre beiden Begleiterinnen an. Sie beobachtete Adrienne, wie sie in geschmeidigen Bewegungen ihre langen Haare kämmte. Sie war wunderschön anzuschauen und Claire würde ihr Leben für sie geben. Dann schaute sie zu Jehanne, die eifrig dabei war, Holz nachzulegen. Ein tolles Mädchen. Mittlerweile hatte auch sie ihre magischen Fähigkeiten enorm ausgebaut, aber Claire überlegte des Öfteren, ob sie ihr nicht zu viel zumuteten. Jehanne war trotz ihres Talents erst elf Jahre alt und noch ein Kind. Aber Jehanne hatte sie auch im Höllensumpf vor dem sicheren Tod bewahrt. Eine unglaubliche Leistung. Kinder sollten behütet aufwachsen und zuhause bei der Haus-oder Feldarbeit helfen. Jehanne musste in ihren jungen Jahren schon töten und viele gruselige Sachen sehen, die die Mehrheit der Menschheit nie im Leben sehen würden. Ein unglaubliches Mädchen, auf das man sich verlassen konnte. Auch für Jehanne würde Claire ihr Leben geben, wenn es darauf ankommen würde. Die Hexenschülerin bemerkte Claires Blicke und lächelte ihr zu. Die weiße Hexe könnte nicht damit leben, wenn ihre Gefährtinnen getötet würden. Almaric kam zurück und riss die weiße Hexe aus ihren Gedanken. Er hatte mit einem improvisierten Speer ein junges Reh erlegt, das er über beide Schultern trug. Adrienne übernahm das Auslösen und Jehanne baute eine Vorrichtung aus starken Ästen, die das Gewicht der Rehkeule über dem Feuer tragen konnte. Schnell war das frische Fleisch aufgespießt und garte über den Flammen. Jetzt hieß es warten. Claire summte eine eingängige Melodie. Erst leise, dann immer lauter. Adrienne wog ihren Oberkörper zur Musik und ließ ihre Stimme sanft in die Melodie mit einfließen. Almaric verstand wieder einmal kein Wort, aber es musste ein trauriges Lied sein. Es erinnerte ihn an seinen Vater, der viel zu früh von ihm gegangen war. Almaric hing seinen Gedanken nach. Sein Kinn lag auf der Brust und eine Träne rann über sein Gesicht. Könnte sein Vater doch das hier alles miterleben.

Er konnte seinen Gedankengang nicht beenden, denn plötzlich hörte er Flötenklänge, passend zum Lied. Jehanne hatte aus einem hohlen, dünnen Ast mit ein wenig Schnitzkunst eine kleine Flöte gefertigt. Sie passte sich gefühlvoll den Sängerinnen an. Almaric spürte es wieder. Sein Kopf wurde so leicht, seine trübsinnigen Gedanken verschwanden, und er war gefesselt von den wunderschönen Tönen. Er vergaß seine Umwelt und verschmolz mit der Melodie. Wunderschöne Erinnerungen kamen zum Vorschein. Er sah sich mit seinem Vater auf einer grünen, saftigen Wildwiese. Sie rannten um die Wette und sein Vater ließ ihn gewinnen. Eine neue Erinnerung zeigte die beiden am Fluss sitzend, wie sie versuchten, kleine runde Steine über die Oberfläche flitschen zu lassen. Vater und Sohn waren glücklich. Sie unterhielten sich und sein Vater fragte ihn gerade: „... Almaric, wach auf ...! Almaric? Das Fleisch ist gar, wir können essen." Eine Hand rüttelte ihn sanft an der rechten Schulter. Verstört öffnete Almaric seine Augen. „Wo bin ich?" Er konnte keinen klaren Gedanken fassen. Nach und nach kehrten seine Sinne zurück. Er hatte geschlafen und Jehanne saß neben ihn und weckte ihn gerade. „Oh, ich muss wohl kurz eingenickt sein."

Die drei Hexen schmunzelten. „Was denn?", fragte Almaric. „Du hast zwei Stunden geschlafen. Wenn du nicht ausgeruht bist, wer dann", lachte Jehanne. Almaric rappelte sich auf und setzte sich aufrecht hin. Es war ihm unangenehm. Aber als er sah, dass Adrienne und Claire ein leckeres Stück Fleisch am Stock abnagten, war dieser Gedanke ganz schnell verschwunden. Er hatte Hunger. Riesenhunger. Man hatte ihm bereits ein saftiges, großes Stück Rehbraten abgeschnitten und auf einem Stock gespießt. Gierig langte er zu und seine Lebensgeister kehrten zurück.

*

05. Oktober 1346
An den Stromschnellen Jesivahates
Frankreich

Die kleine Reisegruppe stand vor den tosenden Stromschnellen Jesivahates. In aller Frühe waren sie aufgebrochen und standen jetzt im strömenden Regen vor dem reißenden Fluss. Jehanne schluckte. Der Fluss war mindestens zehn Boote breit. Sie standen an den Ausläufern des Gebirges. Die Felswände vor ihnen konnten sie nicht erklimmen. Sie waren zu steil und boten nicht genug Halt. Der einzige Weg verlief über den Fluss und dann den direkten Aufstieg durch das Jesivahatemassiv. Das aufgewühlte, klare Bergwasser donnerte laut und mit großer Wucht an ihnen vorbei. Jehannes Augen folgten dem Strom und sahen, dass zehn Ellen weiter hinten das Wasser in die Tiefe stürzte. Sie standen auf der Kopfseite eines großen Wasserfalls. Über Tausende von Jahren hatte sich das Wasser seinen Weg durch den Fels gebahnt, um hier durch die Stromschnellen ins Landesinnere zu gelangen. Der Regen wurde dichter und der Wind frischte auf. Ein altes morsches Seil war ihre einzige Chance, das Ufer wechseln zu können. Es hing gespannt über den reißenden Fluten und ging Jehanne bis zum Kinn. Die Seilenden waren jeweils um einen Felsbrocken geknotet. „Ich werde als Erste gehen und schauen, ob das Seil uns tragen kann", entschied Adrienne. „Danach kommen die Kinder, und dann du, Claire." Die drei Angesprochenen nickten und hielten die Luft an, als Adrienne sich das Seil schnappte und sich über das Wasser hangelte. Nach einigen Ellen zog sie ihre Beine nach oben und kreuzte sie über das Seil. Sie schob sich immer weiter über das reißende Wasser und das Seil knartschte altersschwach. Vorsichtig wie eine Raubkatze beim Anschleichen erreichte sie die Mitte des Flusses. Sie schaute kurz zu ihren Gefährten, die am Ufer standen und teilweise eine Hand vor den Mund hielten. Adriennes Nerven waren zum Zerreißen gespannt. Mit allen Sinnen schob sie sich weiter Richtung gegenüberliegendem Ufer. Ihre Hände schmerzten, da sie fest zupacken musste. Der Regen machte das Seil nicht unbedingt griffiger. Plötzlich rutschte eine Hand vom Seil ab und griff ins Leere. Blitzschnell reagierte Adrienne und fasste in einem neuen Versuch nach. Wie eine Eisenfaust umklammerten ihre Hände das Seil und sie atmete durch. Der Wind sorgte dafür, dass das Seil mit seinem Ballast ordentlich schaukelte. Konzentriert schob die weiße Hexe sich weiter zum rettenden Ufer. Jetzt konnte sie endlich die Beine vom Seil nehmen und die restlichen Ellen mit den Händen am Seil durchs Wasser waten. Geschafft! Adrienne hörte die Jubelrufe vom anderen Ufer nur schwach, aber auch sie war froh, es überstanden zu haben. „Jetzt die Kinder!", rief sie zu den Wartenden rüber. Jehanne umarmte Claire ganz fest und blieb einige Sekunden an den Körper der weißen Hexe gedrückt. Sie hatte Angst. Was passiert, wenn das Seil reißt? Claire löste die Umarmung, ging vor Jehanne in die Knie und fasste sie an den Armen. „Du schaffst das Jehanne. Du bist leichter als Adrienne. Das Seil wird dich tragen! Viel Glück, mein tapferes Mädchen!"

„Danke, Claire!" Jehanne löste sich und umarmte kurz Almaric, der ihr auch viel Glück wünschte. Sie griff das morsche Seil und machte das, was sie sich bei Adrienne abgeschaut hatte. Die Beine über das Seil geschwungen hangelte sie sich vorsichtig über die Stromschnellen. Sie hatten ihre Haare zu einem langen Zopf geflochten, der mit seinem Ende jetzt durch das Wasser gezogen wurde. Das Seil war nass und moosig. Jehanne konzentrierte sich darauf, immer einen festen Griff zu erlangen. Mittlerweile war sie mittig über den Stromschnellen und Jehanne traute sich nicht, nach unten zu schauen. Der Wind wurde immer stärker und ließ sie am Seil hin und her schwingen. Die Hexenschülerin konzentrierte sich so, wie sie es von den beiden weißen Hexen gelernt hatte. Sie war im Hier und Jetzt. Keine anderen Gedanken wurden zugelassen und nur ihre Aufgabe zählte. Nur noch wenige Ellen bis zum rettenden Ufer. Jehannes Hände zitterten mittlerweile vor Anstrengung, als sie plötzlich Adriennes Hände an ihren Hüften spürte. Sie war so konzentriert auf das Vorankommen gewesen, dass sie gar nicht merkte, dass sie schon festen Boden unter den Füßen hatte. „Gut gemacht, Liebes!" Adrienne küsste sie auf die Stirn. Jehanne schwang sich vom Seil und musste sich erst einmal setzen. Ihr Herz raste und sie rang nach Luft.

„Jetzt Almaric", rief Adrienne zum gegenüberliegenden Ufer.

Sie sah, wie Claire ihm letzte Instruktionen gab und ihn danach in die Arme schloss. Almarics Puls raste. Er hatte den drei Frauen verheimlicht, dass er nicht schwimmen konnte. Wenn alles gut ging, brauchten sie es auch nicht erfahren. Entschlossen griff er das Seil und versuchte sich, wie die beiden Vorgängerinnen, vorwärts zu bewegen. Der

Regen peitschte ihm ins Gesicht und das Seil schaukelte sich durch den starken Wind auf. Mittlerweile blies er so stark, dass Almaric Angst hatte, sich nicht mehr festhalten zu können. Mittig über den Stromschnellen gab es für ihn kein Vorankommen mehr. Almaric musste sich darauf konzentrieren, das Seil nicht loszulassen. Von beiden Seiten des Ufers hallten Schreie zu ihm herüber. Da das Wassergetöse und der Wind so laut waren, verstand er nicht, was die Frauen ihm zuriefen.

Er wurde zum Spielball der Elemente und seine Kraft schwand zunehmend. Das Seil ächzte und knarrte. Almaric hielt sich verbissen fest. Lange konnte er sich so nicht mehr halten. Panische Angst stieg in ihm auf, als das Seil anfing zu spleißen. Faser für Faser riss und mit jeder gerissenen Faser kam sein Rücken den Stromschnellen näher. Almaric schaute wie hypnotisiert auf das reißende Seil. Keiner konnte ihm helfen und der Wind schaukelte ihn hin und her. Mit einem peitschenden Knall und einem Aufschrei Almarics riss das Seil komplett und der Junge fiel in das tosende Wasser. Die Strömung war so stark, dass Almaric sofort an die Kante des Wasserfalls mitgezogen wurde. Kurz konnte er sich noch festhalten und Jehanne am Ufer anschauen. Er dachte an seinen Vater, als ihn die Kraft verließ und er loslassen musste. Er stürzte unter donnernden Wassermassen in die Tiefe.

*

Adrienne und Jehanne standen wie gelähmt am anderen Ufer und schauten auf die Stelle, an der noch vor einigen Sekunden Almaric an einem Fels geklammert hing. Nur das ohrenbetäubende Geräusch des tosenden Wassers war zu hören und sie konnten nicht fassen, was da eben passierte. „Almaric? Nein! Nein, das kann nicht sein!" Jehanne rannte zu der Wasserfallkante und schaute in die Tiefe. Mit großen Augen versuchte sie, Almaric auszumachen, aber sie sah nur die sprühende Gischt, die einen Blick auf das untere Ende des Wasserfalls verhinderte. Tränen rannen ihr über das Gesicht und sie sackte auf die Knie. Jehanne war am Boden zerstört. In ihrer ersten Reaktion wollte sie sich gerade bereitmachen zum teleportieren, da legte sich eine Hand auf ihre Schulter. „Jehanne, es tut mir so unendlich leid. Ich weiß gar nicht, was ich sagen soll. Aber du kannst dich da nicht runter teleportieren, du siehst nicht, wo du landen willst. Der feine Wassernebel verhindert, dass man nach ganz unten schauen kann. Es kann tödlich enden, das weißt du!" Gefühlvoll redete Adrienne d´Heur auf ihre Schülerin ein. Jehanne weinte und laute Schluchzgeräusche verrieten, was die Hexenschülerin gerade durchmachte. „Ich wollte ihm helfen und ihn aus der Gefahrenzone bringen, aber auch ich muss mich dabei irgendwo festhalten. Wir wären beide hinuntergerissen worden. Zweimal in so kurzer Zeit zu teleportieren ist unmöglich!" Sie nahm Jehanne in den Arm und auch Adrienne weinte. Regungslos blieben sie so einige Zeit sitzen. Wo ist eigentlich Claire? Abrupt hob Adrienne ihren Kopf von Jehannes Schulter und schaute ängstlich zur anderen Seite. Nein, das kann nicht sein. Wo ist sie? Fieberhaft suchten ihre Augen das Ufer nach ihrer Gefährtin ab. Sie befreite sich aus der Umarmung Jehannes und lief das Ufer ab. Keine Spur von Claire. Auch Jehanne hatte mitbekommen, dass etwas nicht stimmte. Mit beiden Händen wischte sie sich die Tränen aus den Augen, um besser sehen zu können. Erneut stieg große Angst in ihr auf. „Hast Du sie gesehen?", fragte sie

Adrienne ängstlich. „Nein, mein Schatz, hab ich nicht." Adrienne schluckte und machte sich große Sorgen. Wenn Claire Almaric nachgesprungen wäre, um ihn zu retten, müsste sie schon längst wieder mit dem Jungen hier oben sein. Aber von den beiden fehlte jede Spur. Jetzt erst begriff Adrienne, was das bedeutete. Adrienne ließ sich auf ihre Knie fallen und starrte fassungslos auf das Wasser. „Adrienne, was ist. Was ist los? Sprich mit mir. Wo ist Claire?" Jehannes Stimme zitterte. Sie nahm die Hand Adriennes und schaute ihr ängstlich in die Augen. Adrienne d´Heur konnte ihren Blick nicht erwidern. Die weiße Hexe riss sich los, stand auf und wanderte rastlos die Kante des Wasserfalls ab. Verzweifelt versuchte sie, ihre Gefährtin auszumachen, doch mehr als die peitschende Gischt war nicht zu sehen. Sollte sie es wagen, zu teleportieren? Was aber, wenn der Versuch schiefging und sie dabei getötet würde. Sie hatte Jehanne gegenüber eine große Verantwortung. So gerne sie es auch gewagt hätte, desto mehr appellierte sie die Vernunft, diesen Versuch nicht zu starten. Sie konnte nichts machen, um ihre Gefährtin zu retten. „Neeeeeeeeeeein!" Adrienne schrie ihre Verzweiflung laut heraus und ballte die Fäuste. Ihr Herz wurde zerrissen und sie hielt sich beide Hände vor das Gesicht. Jehanne konnte so viel Schmerz nicht verarbeiten. Der kalte Schweiß strömte aus ihren Poren, sie verdrehte die Augen und sackte zusammen.

*

Jehanne kam zu sich. Sie spürte die Wärme eines Feuers und in der Stille hörte sie die Äste knacken, während die Flammen gierig das Holz verschlangen. Sie öffnete die Augen und für einen Moment dachte sie, dass sie nur einen

Albtraum gehabt hätte. Aber Adrienne saß alleine neben ihr und streichelte ihr über die Stirn. „Psscht, bleib liegen Jehanne. Hier kann uns nichts passieren." Zärtlich streichelte die Hexenmeisterin den Kopf ihrer Schülerin. „Wo sind wir?", fragte das Mädchen benommen. „Wir brauchten einen Unterschlupf, um aus dem Dauerregen zu kommen. Ich habe eine Höhle gefunden. Und sogar etwas Essbares." Sie zeigte mit einer Hand zum Feuer. Jehanne folgte ihrem Blick und sah einen Hasen offen über den Flammen braten. Jehanne zog die Knie an und machte sich klein. „Ich habe keinen Hunger. Wie kannst du jetzt nur ans Essen denken? Ich will zu Claire und Almaric!" „Pssscht, ist ja gut." Adrienne setzte sich so, dass Jehannes Kopf auf ihrem Schoss lag. Mit einer Hand streichelte sie den Kopf und den Rücken ihrer Schülerin. Mit tränenerstickter Stimme summte sie ein altes Lied. Man konnte Adriennes Schmerz schon fast greifen. Jehanne hörte zu, ihre Augen füllten sich mit Tränen und weinend schlief sie wieder ein.

Als sie wieder aufwachte, war es früher Morgen. Adrienne hatte ihr Nachtlager bereits aufgeräumt und Jehanne beobachtete sie. „Was machst du?", fragte sie Adrienne. „Ich bereite unsere Heimkehr vor. Wir werden nach Hause gehen." „Moment, was...?" „Ich werde dich keiner weiteren Gefahr aussetzen, Jehanne. Wir haben nur noch uns beide. Und da gehe ich keine unnötigen Risiken ein." Hart platzten die Worte aus Adrienne heraus. Endlich war es gesagt. Jehanne schaute sie verstört an. „Aber Adrienne, lass uns das doch noch einmal in Ruhe besprechen." Jehanne war sehr irritiert und ihre Trauer ließ keinen klaren Gedanken zu. Traurig blickte sie zu Adrienne auf „Wenn wir jetzt aufgeben, ... dann haben unsere Freunde umsonst ihr Leben gelassen." Sie setzte sich auf und schüttelte den Schlaf ab. Sofort rannen ihr wieder Tränen über das Gesicht. „Ich möchte jetzt nicht heimkehren, ich möchte das hier beenden." Schluchzend fuhr sie fort. „Ich kann jetzt nicht einfach nach Hause und so tun, als wäre nichts gewesen. Könntest du damit leben, dass wir es nicht versucht hätten?" Prüfend sah sie ihrer Meisterin in die Augen.

Adrienne atmete tief durch. Mit dieser Reaktion hatte sie am wenigsten gerechnet. Ihre Gedanken wirbelten in ihrem Kopf wild durcheinander. „Aber, Jehanne, jetzt sind nur noch wir zwei übrig. Wir haben das Glück zu oft herausgefordert. Wenn du stirbst, könnte ich mir das nie verzeihen." Adrienne kam auf Jehanne zu und setzte sich zu ihr. Sie umarmte die Schülerin und Jehannes Kopf lag auf ihrer Brust. Leise appellierte Jehanne an Adriennes Gewissen.

„Wir alle wussten, dass diese Reise gefährlich ist und ihr habt einen großen Sieg in England errungen. Ohne euch wären die letzten Verteidigungswälle Englands durchbrochen und das Böse würde ins Land strömen. Das habt ihr verhindert. Almaric und Claire waren sich bewusst, dass sie sterben könnten, haben aber trotzdem all ihren Mut und ihr Können in diese Mission gesteckt, weil sie wussten, dass es das Richtige ist. Wir haben eine Chance sie zu stoppen, Adrienne. Bitte versprich mir, dass wir nicht aufgeben." Adrienne konnte nicht sofort antworten. Für ein elfjähriges Mädchen waren das unglaubliche Worte. Worte, die ihr Inneres tief berührten. In der weißen Hexe tobte ein Kampf. War es nicht vernünftig, hier einen Schnitt zu machen? Aber Jehanne hatte recht, sie könnte wahrscheinlich nicht damit leben, es nicht doch versucht zu haben. Die Menschen können den Dämon nicht stoppen, sie aber schon. Sie streichelte Jehannes Kopf und wiegte mit ihrem Oberkörper hin und her. Ihre Gedanken rasten und sie wünschte sich Claire an ihrer Seite, um die Strategie besprechen zu können. Mit ihr war immer alles so klar, so eindeutig. Was sollte sie jetzt tun? Sie wusste es nicht und vergrub ihr Gesicht in Jehannes Haaren. „Bitte Adrienne, lass es uns versuchen. Das sind wir den beiden schuldig." Jehanne spürte Adriennes kräftigen Herzschlag. Die Hexenmeisterin focht einen großen innerlichen Kampf aus. Minuten der Stille vergingen und nur das Knistern des brennenden Holzes gelangte an ihre Ohren. Dann erhob Adrienne den Kopf und schob Jehanne an den Armen von ihrem Oberkörper weg. Fokussiert schaute sie ihre Schülerin an: „Jehanne, wir werden die beiden rächen, das verspreche ich dir. Unsere Reise geht weiter!

*

05. Oktober 1346
Der Wasserfall Jesivahates
Frankreich

Langsam kam Almaric zu sich. Er hörte hinter sich das Donnern der hinabstürzenden Wassermassen. Als er die Augen öffnete, sah er seine Hände auf nassem Sand liegen. Er bewegte seine Finger und schob den Sand darin zusammen. Sein Kopf lag seitlich im nassen Sand und er versuchte sich zu orientieren. Er sah Felsenwände auf der rechten Seite und als er das Kinn zur Brust schob, konnte er hinter sich die gigantische Wasserwand sehen. Er rappelte sich stöhnend auf. Große Schmerzen in seinem Körper machten ihm bewusst, dass er noch lebte. Ächzend schaffte er es, sich auf die Knie zu setzen. Er schaute in die Runde und versuchte sich zu erinnern, was passiert ist. Das Seil war gerissen und er trieb im strömenden Regen bis zur

Kante des Wasserfalls. Er konnte sich an ein Stück Fels klammern. Almaric erinnerte sich an seine Gefährtinnen am Ufer. Dann verlor er den Halt und stürzte ab. Er fiel tief und schlug in ein wild schäumendes Wasserbecken. Der Sog war so stark, dass er sofort nach unten gezogen wurde. Er bekam keine Luft, um ihn herum tobte das nasse Element. Das Wasser ließ nicht zu, dass er zur Oberfläche gelangen konnte. Almaric konnte nicht schwimmen und so war er Gefangener der Elemente. Hier endeten seine Erinnerungen und er musste würgen. Kaltes Wasser ergoss sich aus seinen Lungen direkt vor ihm auf das rettende Ufer. Sein Körper krümmte sich und eine zweite Wasserfontäne kam aus seinen Lungen geschossen. Völlig entkräftet ließ er sich auf die Seite fallen. War das möglich? Seine Augen weiteten sich und seine Schmerzen waren für den Augenblick vergessen. Claire! Neben ihm lag Claire Mercier.

So schnell es ging, stand er auf und drehte die mit dem Gesicht im Wasser liegende weiße Hexe auf den Rücken. Sein Puls raste. Hoffentlich hatte sie es auch geschafft. Claire war noch bewusstlos und hatte eine kleine Platzwunde an der linken Schläfe. Ihre Kleidung war wie die von Almaric an einigen Stellen zerrissen, aber der Lederharnisch hatte ihren Oberkörper optimal geschützt. Almaric tätschelte ihre Wangen „Claire, wach auf, komm zu dir." Mit seinen Händen drückte er ihren Brustkorb nach unten. Immer und immer wieder. Bis plötzlich mit einem Würgegeräusch ein großer Schwall Wasser aus Claires Mund sich über ihren Oberkörper ergoss. Claire musste husten und richtete sich dazu blitzschnell auf. Nach mehrmaligem Würgen war der Rest des Wasser aus ihrer Lunge und sie atmete tief und schwer. Abgestützt auf ihren Händen sah sie zu Almaric und lächelte. „Hey, schön, dich zu sehen. Geht es dir gut, bist du verletzt?" Almaric war überglücklich und lächelte sie an. „Ja, außer ein paar Schrammen und Prellungen habe ich wohl nichts abbekommen. Wie geht es dir und was machst du hier?", fragte er verdutzt. „Als das Seil riss, bin ich dir sofort hinterher gesprungen. Meine Hoffnung war, dass ich dich im Wasser greifen und uns dann nach oben, ans andere Ufer teleportieren könnte. An mehr kann ich mich nicht mehr erinnern. Wahrscheinlich ist mein Kopf auf einem Felsen aufgeschlagen und ich wurde bewusstlos. Erst jetzt bemerkte sie die Platzwunde an ihrer Stirn und ihren heftigen Brummschädel. „Gib mir noch einen Augenblick, dann bringe ich uns zu den beiden nach oben." Mit dem Rücken zum Wasserfall saßen sie auf dem Sand und schauten in die Höhle. Sie ging wohl weiter in den Berg hinein, nach einigen Schritten wurde es aber pechschwarz. „Claire, siehst du das auch da vorne?" Almaric deute mit seinem Zeigefinger nach schräg vorne. „Ja, ich sehe es." Claire stand auf und ging ein paar Schritte nach vorne. Ihre Luftröhre brannte von dem eiskalten Wasser. Almaric folgte ihr und schaute neugierig auf seinen Fund. Es war eine Leiche. Sie lag wohl schon sehr lange dort. Haare, Bart und Fingernägel waren sehr lang weitergewachsen, aber auf den Knochen fehlte das Fleisch. Die Leiche hatte wie Claire ein Lederwams übergezogen und im Gürtel steckte noch sein Schwert und ein Dolch. „Armer Mann, er hat keinen Ausweg gefunden. Wir aber schon. Almaric, nimm meine Hand." Claire stellte sich mit dem Gesicht zum Wasserfall und nahm Almarics Hand in die ihre. Sie konzentrierte sich auf das Ufer, oben an der Wasserfallkante. Sie murmelte ihren Teleportzauber, aber nichts geschah. Verwundert schaute sie Almaric an, dann versuchte sie es erneut. Aber wie beim ersten Versuch standen sie noch immer hinter dem Wasserfall. „Verflucht, warum klappt das nicht?" Claire war in Sorge. Bis jetzt hat jeder Teleportzauber funktioniert. Warum klappt es nicht. „Vielleicht bist du noch nicht genug zu Kräften gekommen", sagte Almaric. „Nein, ich fühle mich stark genug und der Zauber müsste funktionieren. Irgendetwas blockiert die Magie." Das tosende Wasser vor sich ging Claire zu der rechten Felswand und betrachtete den Stein. Sie strich mit ihrem Finger über das Gestein und führte ihre Fingerkuppe an die Lippen. Nachdenklich probierte sie. „Verflucht, so wie es aussieht, ist das ein sehr eisenhaltiges Gestein. Das Eisen im Gestein wirkt wie ein Schutzwall gegen die Magie. Wir können nicht teleportieren. Wir müssen etwas anderes versuchen, um hier heraus zu kommen. Claire sah Almaric dabei an, der ängstlich wirkte. „Claire, ich kann nicht schwimmen, wie sollen wir hier je wieder herauskommen?" Die weiße Hexe überlegte einen Moment. „Indem wir den Gürtel von dem Toten verwenden, und ihn mit meinem verknoten. Ich werde dich im Wasser hinterher ziehen." Claire Mercier wusste, dass dies ein gewagter Schritt war, aber es gab keine andere Option. Sie ging zu der Leiche und öffnete den Waffenrock. Sie zog den Gürtel unter der Leiche hervor und testete, ob dieser noch stabil war, indem sie mehrmals fest daran zog. Das Leder hielt. Danach nahm sie ihren Gürtel ab und schob ihre Waffen in den Lederharnisch. „Almaric, du musst jetzt ganz tapfer sein. Ich werde ein Ende des Gürtels um mein Fußgelenk binden und das andere um dein Handgelenk. Wenn wir es schaffen, gegen die Strömung ein wenig hinauszuschwimmen, versuche ich, uns zu teleportieren. Das ist unsere einzige Chance." Almaric hörte aufmerksam zu und nickte widerwillig. Er hatte große Angst, dass er ertrinken würde, sagte aber nichts. Claire befestigte den Gürtel an ihrem Fußgelenk und prüfte, ob sie gut geknotet hatte. Danach nahm sie Almarics Arm und band den Gürtel fest um sein Handgelenk, so stramm, dass es schmerzte und er aufstöhnte. „Tut mir leid, aber das Wasser ist sehr kraftvoll und ich möchte dich nicht verlieren." Sie sah dem Jungen in die Augen. „Es wird alles gut, Almaric!" Mit ihrer freien Hand streichelte sie über seinen Rücken. „Wenn ich „jetzt" sage, holst du ganz tief Luft und dann rennen wir in das Wasser. Alles klar?" Claire bekam nur ein stummes Nicken als Antwort. Sie atmeten gemeinsam noch einige Male tief durch. „Jetzt!" Mit angehaltenem Atem rannten sie in das sprudelnde Wasser. Claire versuchte, nicht die Orientierung zu verlieren, doch sie sah nur Tausende von Luftbläschen, die wild um sie herumtanzten. Kraftvoll stieß sie sich mit Schwimmbewegungen nach vorne, hatte aber das Gefühl, nicht weiterzukommen. Sie merkte Almarics wilde Bewegungen hinter sich. Der Gürtel schwang hin und her. Plötzlich geriet sie in Fahrt und wurde von der Strömung mitgerissen. Immer und immer wieder wurde sie herumgewirbelt. Der Gürtel schwamm lose und im nächsten Moment spannte er sich so sehr, dass Claire das Gefühl hatte, dass ihr der Fuß ausgerissen würde. Die Luft wurde knapp und die weiße Hexe hatte jegliche Orientierung verloren. Sie waren den Elementen ausgeliefert. Das Wasser donnerte über ihr mit Urgewalt vom Berg in die Tiefe. Mit letzten Kräften versuchte sie noch, den Gürtel zu lösen, damit wenigstens Almaric noch die Chance aufs Überleben hätte. Aber dazu kam es nicht. Sie glitten aus der Hauptströmung und bevor Claire das Bewusstsein verlor, schaffte sie es, an die Oberfläche zu schwimmen. Mit viel Kraft zog sie ihr Bein an und packte Almaric unter die Achseln. Der Junge war bereits bewusstlos. Claire Mercier schaute sich um, sie waren wieder hinter dem Wasserfall gelandet, da wo sie gestartet waren. Ihre Kräfte schwanden und unter Stöhnen und Ächzen zog sie Almaric an das rettende Ufer. Sofort drehte sie ihn auf den Rücken und drückte mehrmals kräftig auf seinen Brustkorb. Almarics Körper begann zu zucken und er erbrach das kalte Wasser mit würgenden Geräuschen. Instinktiv richtete er sich auf und holte tief Luft. Dabei musste er husten. Claires Kraftreserven waren aufgebraucht und erschöpft fiel sie neben den Jungen in den nassen Sand. Almaric und Claires pumpten die frische Atemluft in ihre Lungen und der Junge musste einige Male würgen, um den letzten Rest Wasser aus seinem Atemorgan zu pumpen. Mittlerweile lagen sie nebeneinander auf dem Bauch, auf den Unterarmen abgestützt. Aus ihren nassen Haaren tropfte das Wasser in den Sand. Laut hallten ihre Atemzüge durch die Höhle. „Claire, was ist passiert? …Warum hat das nicht geklappt?" Almaric redete abgehackt. Zu sehr war er damit beschäftigt, Sauerstoff in seinen Körper zu pumpen. „Ich kann nur erahnen, was… da… passiert ist." Claire hatte dieselben Probleme wie der Junge. Die weiße Hexe ließ sich auf den Rücken fallen und atmete schnell. Almaric tat es ihr gleich. „Der Wasserfall erzeugt durch sein in die Tiefe stürzendes Wasser eine Walze, die sich unaufhörlich dreht und das Wasser anzieht. Sie dreht leider in die falsche Richtung. Nicht vom Wasserfall weg, sondern hier hinein." Claire starrte an die Höhlendecke und ihr Verstand suchte fieberhaft nach einer Lösung. Almaric drehte sich zu ihr. „Wir sind verloren, oder, Claire?" Die weiße Hexe drehte ihren Kopf zu ihm und flüsterte leise: „Solange wir leben gibt es immer eine Hoffnung. Wir dürfen jetzt nicht aufgeben, Almaric." Sie suchte seine Hand und drückte sie fest. Beide schauten sich in die Augen. Die eine mit ein bisschen Hoffnung und der andere mit großer Angst.

05. Oktober 1346
Im Gebirgsmassiv
Frankreich

Jehanne hatte Mühe, ihrer Meisterin zu folgen. Adrienne d´Heur bewegte sich wie eine Gemse. Kraftvoll waren ihre Schritte und sie stieg stetig höher. Zum Glück hatte es aufgehört zu regnen und die Sonne erkämpfte sich einen Platz am wolkenverhangenen Himmel. Der Fels war sehr griffig und hier unten konnte man noch gut laufen. Weiter oben wurde die Felswand steiler. Aber jetzt hieß es erst einmal aufpassen, wohin man trat. Langsam riss die Wolkendecke auf und die Sonnenstrahlen schafften es bis zum Erdboden. Es wurde wärmer und Jehanne begann zu schwitzen. Ihre Schuhe waren für solch einen Untergrund nicht geschaffen und schon bald taten ihr die Füße weh.

Auch Adrienne hatte Schmerzen. So gut die leichten Ledersohlen im flachen Gelände auch waren, hier versagten sie. Die kleinen spitzen Felsvorsprünge bohrten sich langsam durch die dicke Ledersohle. Die ersten Stunden waren sie gut vorangekommen, aber jetzt wurde es steiler. Adrienne bemerkte, dass die Luft dünner wurde, denn ihre Atemfrequenz verdoppelte sich. An einem kleinen Plateau blieb sie stehen und setzte sich auf eine Felskante. Die weiße Hexe schaute nach unten und sah den Wasserfall, deren Überquerung ihre treuen Freunde mit dem Tod bezahlt hatten. Adrienne d´Heur hatte einen Kloß im Hals. Sie schaute hinab zu Jehanne, die jetzt zu ihr aufschloss. Der

Wind nahm zu und es wurde kühler. Jehanne hatte sie erreicht und setzte sich neben sie. Die Meisterin öffnete den Trinkschlauch und nahm einen großen Schluck, danach reichte sie ihn hinüber zu Jehanne. Die Schülerin hatte Durst und trank mit großen Schlucken. Mit einem lauten Schmatzgeräusch setzte sie den Trinkschlauch ab und holte tief Luft. Auch ihr machte die Höhe zu schaffen. Hier oben war der Wind recht frisch und ließ die langen Haare schweben. Sie waren jetzt auf einer Höhe angelangt, in der die Sonne es nicht mehr schaffte, die Luft zu erwärmen. Der Himmel zog sich wieder zu und es sah nach einem Unwetter aus. Jehanne begann zu frösteln. „Bist du dir immer noch sicher, dass du das wirklich willst?" Prüfend sah Adrienne ihren Schützling an. Jehanne schaute zum Wasserfall hinunter. Ihre Fäuste ballten sich, sie schluckte und nickte stumm. Sie standen auf, schnürten ihre Kleidung am Hals zu und wagten sich weiter an den Aufstieg. Die beiden Hexen passierten die ersten Schneefelder. Vorsichtig prüfte Adrienne deren Trittfestigkeit. Ihr Fuß hatte einen guten Halt gefunden und vorsichtig holte sie das andere Bein nach. Auch dieser Fuß stand sicher. Sie entspannte sich ein wenig und ging vorsichtig weiter. Jehanne folgte ihr. Nur noch wenige Schritte, dann hatten sie das Schneefeld überquert. Jehanne hielt die Luft an. Adrienne, die auf der sicheren Seite angekommen war, reichte ihr die Hand. Dankbar nahm sie das Angebot an und ließ sich hinüberziehen. Auch Jehanne gelang sicher auf die andere Seite. Es begann zu schneien. Dicke Flocken wirbelten im Wind. Der Felsen wurde steiler und die Schneefelder wurden größer. Mit ihren bloßen Händen klammerten sie sich an den nackten Fels. Längst spürten sie ihre Finger nicht mehr. Die Kälte kroch in ihre Körper und ließ sie steifer werden. „Wir müssen einen Unterschlupf finden, Jehanne. Bei diesem Wetter können wir nicht weiter. Schau, ob du irgendwo eine Höhle siehst!" Adrienne rief dies Jehanne hinunter und mit den Augen suchte sie ebenfalls die Steilflanke nach einer Unterkunft ab. In der ersten Stunde gab es keinen geeigneten Rastplatz. Der Neuschnee bedeckte das Gestein mittlerweile eine halbe Elle hoch und die beiden Frauen mussten sich jeden Griff, jeden Schritt erst einmal frei wischen. Jehanne spürte ihren Körper nicht mehr und ihre Lippen waren blau angelaufen. Sie zitterte am ganzen Körper. „Da schau. Ungefähr zehn Ellen über uns. Sieht so aus, als wenn das eine kleine Höhle sein könnte." Adrienne zeigte nach oben. Jehanne folgte ihrer Hand und entdeckte auch das kleine dunkle Loch in der Felswand über ihr. Hoffnung kam in ihr auf. Die Eiskristalle an ihren Augen machten es schwer, konzentriert nach vorne zu schauen. Die Kälte arbeitete hartnäckig an ihr. Ihre Haare, Augenbrauen, Wimpern und der Mund waren von Eiskristallen bedeckt. Es wurde Zeit, dass sie sich aufwärmen konnten. Adrienne erreichte als Erste die kleine Höhle, kletterte hinein und streckte Jehanne die Hand entgegen. Dankend nahm die Hexenschülerin das Angebot an und stand ein wenig später neben Adrienne. Da der Wind von der Seite kam, waren sie geschützt. Dadurch wurde die Situation sofort ein wenig erträglicher. Erschöpft ließen sie sich an der windabgewandten Seite nieder und lehnten mit dem Rücken am Felsen. Der Wind hatte sich mittlerweile zum Sturm entwickelt und es pfiff laut an dem Höhleneingang hinein. Immer mehr Schnee wurde hineingeweht. Die beiden Frauen froren und klapperten mit den Zähnen. Adrienne umarmte Jehanne ganz fest und sie wärmten sich gegenseitig. Der Sturm heulte den ganzen Nachmittag und zwischendurch hatte sich so viel Schnee im Höhleneingang angesammelt, dass die beiden daraus eine Schutzmauer bauen konnten. Sie dichteten den Eingang mit den Schneemassen ab. Sofort wurde es ruhiger in der kleinen Höhle, aber auch dunkler. Adrienne aktivierte ihre Lichtpeitsche, die Licht und ein wenig Wärme ausstrahlte. Erschöpft schliefen die beiden Frauen ein.

*
06. Oktober 1346
Höhle am Wasserfall Jesivahates
Frankreich

Claire Mercier und Almaric gingen erneut zu der Leiche. Almaric legte den Gürtel des Fremden um und steckte den Dolch und das Schwert hinein. Die brauchte der Tote nicht mehr. Claire zog den Toten aus. Die Lederrüstung war für Almaric zu groß, aber die Unterkleider waren noch zu gebrauchen. Almaric konnte nicht mit ansehen, wie die weiße Hexe die Knochen aus dem Hemd schüttelte.

Sie zerriss die Kleidung in lange Streifen und wickelte einen Teil davon um einen dicken Ast, der als Strandgut am Ufer lag. Mit ihren Feuersteinen steckte sie die ausgerissenen Fäden in Brand und hielt in ihrer Hand eine hell leuchtende Fackel. Almaric staunte und nickte anerkennend. „Wir müssen versuchen, durch die Höhle ans Tageslicht zu gelangen, komm!" Claire ging mit der Fackel voraus und der Junge folgte ihr. Eine ganze Weile liefen sie einen großen Stollen entlang, der so hoch war, dass man bequem darin stehen konnte. Almaric fiel auf, dass der Fels nicht einfach grau war. Er war rötlich, mal gelb und dann wieder pechschwarz. Auch Claire bemerkte dies. „Das Gestein ist sehr mineralhaltig und zwischendrin verläuft eine dicke Schicht Kohle. Siehst du?" Mit dem Finger zeigte sie auf den beindicken Kohleflöz. „Das verfeuert doch immer der Schmied, wenn er am Amboss arbeitet, oder?" „Ja, genau", erwiderte Claire. Sie liefen den nie enden wollenden Stollen entlang immer bergauf. Claire bemerkte, dass er vom Durchmesser immer gleich groß war. Almaric bemerkte dies auch. „Meinst du, diesen Gang haben Menschen geschaffen? Er ist so gleichmäßig." In Claire kam ein Verdacht auf, wollte den Jungen aber nicht beunruhigen. In der Mythologie wurde von einem Fabelwesen berichtet, das unendlich alt wurde und im Laufe eines Jahrhunderts ein ganzes Bergmassiv unterhöhlen konnte. Sie erinnerte sich gelesen zu haben, dass dieses Wesen „Tatzelwurm" genannt wurde. Es hatte zwei unabhängige Kiefer, die so angeordnet waren, dass sie das Gestein vor ihnen in Kopfbreite zermalmen konnten. Die Zähne sollten hart wie Diamanten gewesen sein. Angeblich sollte der Wurm blind sein und bis zu zehn Ellen lang werden. Aber das waren nur Mythen. Gab es sonst noch eine Erklärung, für so einen exakten Gang? „Ja, es kann schon sein, dass hier früher Menschen gegraben haben", schwindelte sie ihn an. „Claire, ich brauche eine Pause. Wir sind schon Stunden unterwegs. Wer weiß, wie lang der Gang noch ist." Tatsächlich hatte Claire ihr Zeitgefühl verloren. „Dann legen wir eine Pause ein. Ich habe nur noch ein paar Stoffbahnen für die Fackel. Lass sie uns löschen. Ich aktiviere die Lichtpeitsche, damit wir nicht ganz im Dunkeln sitzen." Claire aktivierte ihr Artefakt und trampelte mit den Füßen das Feuer aus. Sie ließen sich an der Stollenwand nieder und rasteten. Die Lichtpeitsche leuchtete sie in absoluter Dunkelheit an. „Meinst du, wir schaffen es hier raus?", fragte Alamaric ängstlich. Claire legte einen

Arm um den Jungen und sagte: „So lange wir leben, haben wir eine Chance. Und wir leben doch noch, oder?" Sie drehte ihren Kopf zu ihm und lächelte ihn zuversichtlich an. „Und damit das so bleibt, müssen wir viel Wasser trinken." Sie löste den Trinkschlauch aus ihrem Gürtel und reichte ihn Almaric herüber. Dankend nahm der Junge einige große Schlucke und gab ihn dann wieder an Claire zurück. Durch die Anstrengungen im Wasser und des ewigen bergauf Laufens waren beide sehr müde geworden. Sie schliefen ein. Als Claire erwachte, konnte sie nicht sagen, wie viel Zeit vergangen war. Diese Dunkelheit machte ein Zeitgefühl unmöglich. „Almaric, wach auf, wir müssen weiter." Sanft strich sie ihm über seinen Kopf. Mittlerweile hatte sie den Jungen sehr lieb gewonnen. Almaric brummelte etwas vor sich hin und öffnete verschlafen die Augen. Claire half ihm auf die Beine und dann gingen sie weiter. Höher und höher in den Berg hinein. Nach einer gefühlten Ewigkeit endete der Gang und sie kamen in eine große Höhle. Wie groß sie wirklich war, konnten sie nicht sehen, da der Lichtschein der Peitsche sehr begrenzt war. Sie legte die Peitsche auf den Boden. „Almaric, hier nimm einmal die Fackel." Claire hielt dem Jungen die Fackel hin, und als dieser sie gegriffen hatte, legte Claire eine Stoffbahn nach, und entfachte das Feuer. „Bleib bitte mal hier stehen." Sie nahm ihr Artefakt wieder auf und tastete sich weiter mit der Fackel im ausgestreckten Arm vor sich an der Wand der Höhle entlang. Plötzlich blieb sie stehen. Almaric beobachtete, wie Claire sich immer weiter entfernte und dann abrupt stehen blieb. Was machte sie da? Der Junge sah, wie sie die Fackel zur Wand schwenkte und erschrak, als plötzlich eine große Flamme empor schoss und einen Teil der Höhle beleuchtete. Danach ging Claire fünfzig Schritt weiter. Dort wiederholte sie die Prozedur und wieder erhob sich eine große Flamme aus einer Art Gefäß. Jetzt begriff er. Das waren Petroleumlampen mit einem großen Docht. Claire fand in der Höhle noch drei weitere Wandlampen und entzündete diese ebenfalls. Beide schauten sich erstaunt um.

Die Höhle war mindestens so groß wie zwei Kirchen. Aber sie ist nicht natürlich entstanden. Hier wurde nachgeholfen. Alte Spitzhacken und Schaufeln standen an den Wänden und Claires Augen weiteten sich, als sie in die Höhlenmitte schaute. Dort verliefen Schienen. Der Schienenstrang endete kurz vor Almaric an einem Prellbock. Drei Lorenwagen standen hintereinander auf den Schienen. Almaric stand noch am Ende des Ganges im Eingang der Höhle. Dort war der höchste Punkt. Claire verstand jetzt, was hier passierte. Die Loren wurden mit Erzen gefüllt und dann rollten sie bergab den Gang weiter in den Berg hinein. So wie es aussah, waren sie am höchsten Punkt des Tunnelsystems angelangt.

＊

„Claire, was ist das hier?" Almaric sah Claire fragend an. Auch er hatte die Loren gesehen, wusste aber nicht, was man mit ihnen machen sollte. „So wie es aussieht, war das mal ein Bergwerk, Almaric. Hier wurde das Gestein abgetragen, um zu dem Eisen und zur Kohle zu gelangen. Das lose Gestein wurde in diese Wagen dort gefüllt und dann zur weiteren Verarbeitung gebracht." Claire zeigte auf die Lorenwagen. Almaric hatte so etwas noch nie gesehen und war von dieser Technologie total überwältigt. „Das ist... das ist großartig. Wow, wer hat denn hier gearbeitet?" Claires

Miene verfinsterte sich. Ja, wer hat das hier geschaffen? Ist es ein friedliches Volk? Was passiert, wenn sie noch hier im Berg sind? Ihr fiel der Tote am Wasserfall ein. War er vielleicht ein Minenarbeiter oder eine Wache gewesen? Sie mussten auf der Hut sein.

Die Höhle hatte einen Innenhof. Und auf dessen Umrandung standen die beiden. Ein drei Ellen breiter Weg lief an den Felswänden entlang und dann ging es in die Tiefe. Eine Rampe brachte die Schienen bis wenige Ellen vor ihnen von dem Höhlenboden nach oben zu ihnen. Dort standen die Loren hintereinander aufgereiht. Claire ging zu ihnen und untersuchte sie. Die ersten zwei Wagen hatten eine Bremse. Durch einen Holzhebel wurde ein Stück Stahl auf die vorderen beiden Räder gedrückt. Je nach Hebelstellung bremste man oder die Räder konnten sich frei drehen. Claire ging um die Wagen und prüfte den festen Sitz der Metallräder. „Was tust du da?" Almaric kam näher und berührte eine Lore mit seiner Hand und schaute Claire dabei fragend an. Sie schaute auf, legte eine Hand auf den Bremsgriff und grinste ihn an. „Werter Herr, bitte einsteigen und gut festhalten. Wir müssen nicht mehr laufen, wir fahren!" „Claire, wie bitte? Das verstehe ich nicht. Was haben die drei Wagen mit uns zu tun?" Almaric schaute sie mit großen Augen an. Die weiße Hexe nahm eine Petroleumlampe von der Wand und schwang sich in die erste Lore. Sie blickte ihn erwartungsvoll an. „Wir werden unsere Reise in diesen Loren fortsetzen. So sind wir schnell und haben Schutz, wenn wir angegriffen werden. Jetzt steig auf!" Völlig überrascht kletterte Almaric zu ihr in die Lore. „Sollen wir die anderen zwei Wagen nicht hier lassen?" Prüfend schaute er nach hinten. „Nein, die brauchen wir eventuell noch, falls die erste Lore kaputt geht. Festhalten!"

Claire löste die Bremse und Almarics Herz klopfte laut. Zuerst langsam und dann immer schneller nahm der Zug Fahrt auf. Claire spürte den Fahrtwind im Gesicht und sie verengte die Augen zu Schlitzen. Sie hielt mit der rechten Hand die Lampe nach vorne und die linke Hand lag einsatzbereit auf der Bremse. Die Fahrt ins Ungewisse begann.

*

06. Oktober 1346
Im Jesivahatemassiv
Frankreich

Jehanne erwachte als Erste und es dauerte einen Moment, bis sie sich orientiert hatte. Sie befreite sich vorsichtig aus den Armen Adriennes, die ebenfalls gerade erwachte.

Die aufgetürmte Schneewand schimmerte bläulich und wurde von den Sonnenstrahlen durchflutet. Jehanne krabbelte auf allen Vieren zum Ausgang und drückte die Schneemauer nach außen ein. Sofort musste sie die Augen schließen, denn die Sonne schien direkt auf den Höhleneingang. Wärme breitete sich in Sekundenschnelle aus und die beiden Gefährtinnen genossen gemeinsam das Sonnenbad. Jehanne überprüfte ihre Schuhe. Die Ledersohlen hatten bereits Löcher. Das war nicht gut. Sorgevoll zog sie den Schuh aus und betrachtete ihren Fuß. Der kleine Zeh war fast schwarz. Er war seit gestern erfroren und das war erst der Anfang. Sie würden noch einige Zeit hier in den Bergen verbringen. „Wären wir Zuhause, könnte ich einen Heiltrank brauen." Prüfend schaute sie auf ihren Fuß. Adrienne wurde aufmerksam und untersuchte Jehannes Fuß.

„Jehanne, du musst unter allen Umständen deine Füße warm halten." „Das würde ich gerne, aber meine Sohlen sind mittlerweile durch das spitze Gestein durchgescheuert. Die dünne Sohle geht hier sofort kaputt." Adrienne begann damit, ihre Schuhe auszuziehen und hielt sie ihrer Schülerin hin. „Hier, nimm meine. Die haben eine dickere Sohle als deine Schuhe." „Und was ist mit dir?", fragte Jehanne ihre Meisterin. „Ich friere nicht so an den Füßen, ich ziehe solange deine Schuhe an. Wir haben ungefähr die gleiche Größe. Die sollten dir passen." „Bist du dir wirklich sicher?", fragte Jehanne unsicher. „Ja, ganz sicher." Adrienne nahm Jehannes Schuh und zog ihn sich über ihren Fuß.

„Schau, passt doch. Gib mir bitte auch den anderen." Zögerlich zog die Meisterschülerin ihren anderen Schuh aus und hielt ihn Adrienne hin. „Der hat auch Löcher in den Sohlen." „Das macht nichts, Jehanne. Gib ihn mir." Sie zog Jehannes Schuh über ihren zweiten Fuß und schaute auf den nackten Fuß des Mädchens. „Dein linker Fuß ist noch nicht betroffen. Hoffen wir, dass es so bleibt." Jehanne nickte und schlüpfte in die Kampfstiefel der Meisterin. Sie waren deutlich wärmer und robuster als ihre einfachen Lederstiefel. Adrienne schob sich zum Eingang und schaute die Felswand hinauf. Sie waren kurz unterhalb des Gipfels. Die Baumgrenze lag schon lange hinter ihnen, und die Sonne strahlte am blauen Himmel. Adrienne ist in den Bergen groß geworden. Sie wusste, dass Tauwetter extrem gefährlich werden kann. Lawinen lösen sich in Sekundenschnelle und begraben alles, was sich ihnen in den Weg stellt. Jehanne sagte sie aber nichts. Sie wollte das Mädchen nicht noch mehr beunruhigen. „Kannst du laufen?", fragte sie Jehanne. Die Hexenschülerin stand auf und belastete probeweise den Fuß. Sie verzog das Gesicht. „Es tut weh, wird aber gehen." Entschlossen sah sie ihre Meisterin an. „Nun gut, dann gehen wir weiter." Der Schnee taute, war nass und schwer. Adrienne musste jeden ihrer Tritte oder den Halt für die Hände freiwischen. So wie es aussah, hatte es die ganze Nacht geschneit. Der Schnee lag mindestens eine Elle hoch.

Sie stiegen weiter auf und Jehanne bemerkte, dass die Luft noch dünner wurde. Sie bekam hämmernde Kopfschmerzen und musste sich auf jeden Schritt höllisch konzentrieren. Sie klammerte sich mit den bloßen Händen an den kalten Fels. Ihrer Meisterin schien es nichts auszumachen. Weder die Höhe, noch die Kälte. Jehanne schwor sich, auch wie Adrienne und Claire zu werden. Immer öfter musste die Hexenschülerin eine Pause einlegen, da ihre Beine bleischwer wurden und ihre Lungen versuchten, den nötigen Sauerstoff aufzunehmen, der in dieser Höhe nicht vorhanden war. Ihr wurde leicht schwarz vor Augen und sie krallte sich an der Felswand fest. Ihre Atemfrequenz stieg und sie hatte das Gefühl, dass ihr Kopf gleich platzen würde. Sie blieb stehen und konnte nicht weiter. Jehanne schloss die Augen und konzentrierte sich auf das, was sie umgab. Sie hatten Glück, das Wetter meinte es gut mit ihnen. Der Wind wehte, aber nicht so eisig wie am gestrigen Tag. Die Sonne stand strahlend am Himmel und versuchte, ihre Körper zu wärm... „Achtung, Steine!" Adriennes Warnruf brachte Jehanne in die Realität zurück. Die weiße Hexe war ungefähr zehn Ellen über ihr. Jehanne sah gerade noch rechtzeitig, dass der Fels sich unter Adriennes Fuß gelöst hatte und die Meisterin wegrutschte. Ohne zu überlegen sprang Jehanne beherzt zur Seite und ihre Hände versanken in den tiefen Schnee. Die kopfgroßen Steine schossen knapp an ihr vorbei. Darauf konnte sie aber nicht achten.

Denn ihre Hände griffen ins Leere und sie rutschte an der Felswand herunter. Ihre Fingerkuppen rissen auf, als sie über die scharfen Steinkanten rutschten und versuchten, verzweifelt einen Halt zu finden. Ihr Fuß fand einen stabilen Tritt und stoppte ihre Talfahrt. Sofort krallte sie sich mit ihren Händen fest an den Felsen und wagte nicht, sich zu bewegen.

„Jehanne, oh mein Gott. Bleib wo du bist, ich komme runter zu dir!" Sofort begann die weiße Hexe mit dem Abstieg und stand wenig später neben ihrer Schülerin. „Alles in Ordnung? Bist du verletzt?" Jehanne konnte nicht antworten, zu tief saß der Schrecken in ihren Gliedern. „Jehanne, Jehanne?" Adrienne bekam keine Antwort. Das Mädchen stand unter Schock. Aber was konnte sie tun? Adrienne begann leise und beruhigend zu singen. Die alte Sprache in ihren tiefen Tönen begann sofort Wirkung zu zeigen. Jehannes Atmung beruhigte sich wieder und der Körper entkrampfte.

Die Gedanken der Hexenschülerin gingen auf Reise. Sie lag auf einer wunderschönen Blumenwiese. Überall flogen Bienen und Schmetterlinge. Sie lauschte dem Vogelkonzert und schloss die Augen. Sie fühlte sich so frei, so leicht... „Jehanne, du musst jetzt wieder zu dir kommen." Jehanne öffnete die Augen. Sie lag auf keiner Blumenwiese, sondern hing mit Adrienne in schwindelerregender Höhe an einer schneebedeckten Felswand. Ihre Kopfschmerzen waren vergessen und auch ihre Fingerkuppen taten nicht mehr weh. „Können wir weiter, mein tapferes Mädchen?" Jehanne nickte und übernahm die Führung. Adriennes Schuhe hatten eine griffige Sohle und sie kletterte sicher weiter nach oben. Der Gesang ihrer Meisterin hatte seine Wirkung nicht verfehlt. Sie hatte keine Kopfschmerzen mehr und sie konnte die dünne Luft atmen, ohne dass sie dabei hecheln musste. Jehanne war dankbar und spurte den Weg. Adrienne folgte ihr und hielt sich immer versetzt zu ihrem Schützling auf, damit sie dem nächsten Steinschlag ausweichen konnte. Endlich erreichten sie den Gipfel. Jehanne kletterte auf die höchste Stelle und wartete, bis Adrienne neben ihr stand. Die Aussicht war überwältigend. Der Himmel war hellblau, das ins Dunkelblau überging, je näher man den Sternen kam und je weiter man wegschaute. Im Osten türmten sich gewaltige, schneebedeckte Berggipfel auf. Eine atemberaubende Landschaft, an der die beiden Frauen sich nicht sattsehen konnten. Der Wind wehte böig und spielte mit ihren langen Haaren. Adrienne deutete mit ihrem Zeigefinger nach Norden. „Das ist unser Weg. Da müssen wir her und du kannst am Horizont schon die Küste sehen. Das ist unser Ziel." Jehannes Blick folgte der Meisterin und was sie sah, ließ sie erschaudern. Sie mussten noch drei Berggipfel passieren, bis sie endlich ins Flachland kamen.

*

06. Oktober 1346
Aufstieg in die zweite Flanke
Frankreich

Der erste Gipfel lag hinter ihnen. Ihre Körper gewöhnten sich an die harte Arbeit in der dünnen Luft. Im Abstieg schoss Jehanne mit ihrem Artefakt eine Gemse, die ihnen zufällig über den Weg lief. Da sie die entladene Energie nicht kontrollieren konnte, zielte sie auf den Kopf, damit vom Rest noch was übrig wäre, wenn sie anfingen, das Tier auszuweiden. Die Hexenschülerin hatte gut gezielt, der Kopf wurde praktisch weggepustet und der Kadaver fiel in die Tiefe. Genau in die Richtung, in der die beiden Gefährtinnen absteigen mussten. Am frühen Nachmittag hatten sie das Tal zwischen den beiden Gipfeln erreicht. Adrienne ging zum Tierkadaver und legte es ausgestreckt zurecht. Sie zog ihren Dolch und hielt ihn Jehanne hin. „Du hast es erlegt und dir gebührt die Ehre des ersten Schnitts."

Das Mädchen nahm den Dolch und kniete sich neben das Tier. „Es tut mir leid, aber wir müssen etwas essen. Du bist nicht umsonst gestorben." Die Klinge fuhr in die Bauchdecke der Gemse und schnitt den gesamten Bauchraum auf. Gekonnt entfernte die Hexenschülerin die Innereien. Im Schnee bildete sich eine große Blutlache. Als sie das Tier ausgeweidet hatte, machte Adrienne sich daran, das Fell vom Fleisch zu lösen. Mit flinken Schnitten zog sie das Fell in einem Stück ab. Jehanne zog die Innenseite des Fells immer wieder durch den Schnee, bis diese einigermaßen sauber war. Die weiße Hexe keulte drei große Fleischstücke aus der Gemse. Sie knackte die drei längsten Rippen aus dem Kadaver und schaute zu Jehanne rüber. „Jehanne, siehst du dort drüben den großen, fast runden Stein?" Das Mädchen drehte sich um und suchte die Umgebung ab. „Ja, ich sehe den Stein. Was ist damit?"

„Feuer einen Energiestoß an die obere Kante und schau was passiert." Adrienne kniff ihr ein Auge zu und lächelte. Jehanne tat, wie ihr geheißen und zog ihr Artefakt. „Baculum magicum lucet, et omnes vias tuas industria ad metam sum intendebant!" Sie zielte auf das obere Ende des Steins und die Energiekugel sprengte die Kuppe weg. Der Stein, der stehenblieb, fing aber an zu glühen. Die Hitze breitete sich aus und strahlte eine enorme Wärme ab. „Was ist das denn?" Jehanne war verblüfft. Der Schnee um den Stein schmolz rasch und der Radius des schneefreien Bodens wurde immer größer. „Merke dir, meine tapfere Schülerin: Du musst deine Umgebung genau untersuchen und wissen, wie du sie zu deinem Vorteil nutzen kannst." Jehanne war beeindruckt und sah Adrienne dabei zu, wie sie die Fleischstücke mehrmals durchschnitt und auf die Rippenbogen spießte. „Ich habe gesehen, dass der Stein von einer dicken Kohleschicht durchzogen war. Die hast du jetzt entfacht." Mit kleineren Steinen baute sie sich eine Halterung, damit der Fleischspieß vor dem Felsen im optimalen Abstand positioniert werden konnte. Jetzt hieß es warten. Jehanne gefiel dieser Rastplatz sehr. Der Stein glimmte wie ein Lagerfeuer. Sie setzten sich nebeneinander auf das frisch abgezogene Fell und drehten die brutzelnden Fleischspieße zur Glut. Mittlerweile dämmerte es schon und die Gefährtinnen beschlossen, hier zu lagern. Der Himmel war wolkenlos und es wurde empfindlich kalt. Sie rückten näher an den Stein. Man konnte jetzt die ersten Sterne am Firmament sehen und Adrienne entschied, dass das Fleisch jetzt fertig war. Mit großem Appetit schnitten sich die beiden Frauen scheibchenweise das Fleisch vom Spieß. Sie kauten und schmatzten genüsslich vor sich hin. Alle Sorgen waren für einen Moment vergessen. Als sie satt waren, war noch über die Hälfte übrig. „Was hast du mit dem dritten Spieß vor?", fragte Jehanne ihre Meisterin. „Wenn es kalt ist, werde ich die Reste in kleine Streifen schneiden und Trockenfleisch daraus machen. So haben wir etwas zu essen, wenn wir Hunger bekommen." „Daran hatte ich auch schon gedacht, Adrienne." Jehanne nickte ihrer Meisterin zu und begann die Reste ihres Spießes in kleine Stücke zu schneiden. Adrienne zog ein großes Stofftuch unter ihrer Lederrüstung hervor und breitete es vor den beiden aus. Die Fleischstücke warfen sie in die Mitte des Tuchs und schon bald entstand ein großer Fleischberg. „Ich glaube, wenn wir das alles aufgegessen haben, dann werde ich nie wieder Fleisch essen können." Jehanne begann zu lachen und Adrienne stimmte mit ein. Es herrschte eine ungezwungene, lockere Atmosphäre und beide Frauen fühlten sich sichtlich wohl. In der Nähe des Steins richteten sie ihr Nachtlager ein und legten sich auf den Rücken. Der Wind wurde durch die große Felswand im Osten abgehalten und es war angenehm warm. Sie schauten in die Sterne und Jehanne sagte nach einer Weile: „Denkst du noch an Claire und Almaric?" Sie drehte ihren Kopf zu der ihr neben liegenden Meisterin. „Jeden Augenblick, Jehanne. Ich frage mich immer wieder, was ich hätte anders machen können. Vielleicht hätte ich doch beide retten können." Jehanne sah, wie eine Träne den Augenwinkel Adriennes verließ, sie aber weiter in die Sterne schaute. Jehanne rückte näher zu ihr und nahm ihre Hand. Ihren Kopf legte sie an Adriennes Schulter. Beide weinten leise und schauten in die Sterne. Jehanne sah eine große Sternschnuppe und wünschte sich ihre Gefährten wieder an ihrer Seite. Bald fielen ihnen die Augen zu.

Adrienne wurde wach, als die Sonne schon aufgegangen war. Sie reckte ihre müden Glieder und rieb sich mit beiden Händen den Schlaf aus den Augen. Leise stand sie auf und füllte ihren Trinkschlauch mit Schnee. Sie legte ihn vor den glühenden Stein, dessen Wärme mittlerweile deutlich nachließ.

Jehanne blinzelte und öffnete die Augen. Sie hatte gut geschlafen und gähnte. „Guten Morgen." „Guten Morgen, Jehanne. Wie hast du geschlafen?" „Sehr gut. Es war wirklich die ganze Nacht schön warm und ich habe tief und fest geschlafen." Die Hexenschülerin reckte sich. „Du musst deinen Trinkschlauch mit Schnee füllen, damit du nachher etwas zu trinken hast." Adrienne deute auf ihren Ziegenlederschlauch der neben dem glühenden Stein lag. „Ja, das mache ich sofort", erwiderte Jehanne.

Als ihre Vorbereitungen abgeschlossen waren und sie ein paar Stücke Trockenfleisch zu sich genommen hatten, brachen sie auf zum zweiten Gipfel. Da diese Höhe noch windgeschützt war, wurde der Schnee nicht verweht und lag knietief. Adrienne spurte den Weg und schon nach wenigen Ellen schwitzte sie. Es war sehr anstrengend und sie kamen nur langsam voran. Endlich hatten sie den Fuß der Südwand erreicht. Wie auch schon am vorherigen Tag kletterte Adrienne anfangs voraus und sorgte für einen sicheren Tritt, indem sie mit einem Stück Gemsenfell, dass sie sich um den Arm gewickelt hatte, den Schnee von der Felswand fegte. Sie kamen gut voran und waren mittags bereits auf dem Gipfel. Die Fernsicht war wunderbar und am Horizont konnte man bereits das Meer sehen. Der Wind tobte hier oben, machte das Klettern aber einfacher, da er den ganzen Schnee vom Fels wehte. Sie machten eine ausgiebige Rast und begannen dann mit dem Abstieg. Erst Adrienne und dann Jehanne, die ihr mit einigen Ellen Abstand folgte. Schneeverwehungen machten ihnen den Abstieg nicht leicht. Immer wieder mussten sie Ausweichrouten finden, da der Schnee zu tief wurde, und sie nicht wussten, was sich unter ihnen befand. Die Hälfte hatten sie geschafft. Vor ihnen lag ein sehr steiler Abschnitt, der sich auch nicht umgehen lassen konnte.

Die Stille wurde jäh durch ein plötzliches Donnern und Rumpeln unterbrochen. Erschrocken sahen sie auf die

Ostflanke. Dort hatte sich im oberen Abschnitt ein Schneebrett gelöst und donnerte als Lawine, immer größer werdend, auf sie zu. Die beiden Gefährtinnen standen am steilen Hang und konnten nicht rechtzeitig reagieren. Mit brutaler Gewalt wurden sie von der Lawine erfasst und mitgerissen. Es gab kein Unten und kein Oben. Schnee war in jeder Körperöffnung. Sie waren ein Spielball der unbändigen Kraft der Schneemassen. Mit ohrenbetäubendem Lärm donnerte die Lawine in die Tiefe. Dann war es still. Sehr still.

*
06. Oktober 1346
Im Bergwerk
Frankreich

Die drei Lorenwagen nahmen Fahrt auf. Claire Mercier und Almaric duckten sich so tief es ging. Claire bremste die Wagen ab, wenn sie zu schnell wurden. Sie sausten immer tiefer in den Berg und der Stollen verengte sich. Den Schienen folgend, fuhren sie Linkskurven, Rechtskurven und solche Kurven, aus denen der Wagen wegen der Geschwindigkeit fast aus den Schienen gesprungen wäre. Claire hatte mittlerweile ein Gefühl dafür entwickelt, wie schnell man die Kurven fahren konnte und wann sie bremsen musste. Durch den Fahrtwind wurde die Petroleumflamme nach hinten gedrückt und Claire konnte nicht genug sehen. Sie sah eine Weiche auf sich zukommen und zog so fest es ging die Bremse. Aber das Holz war alt und morsch. Krachend knackte der Bremshebel in zwei Teile und die Lore beschleunigte wieder und fuhr an der Weiche vorbei. „Almaric, die Bremse ist gebrochen. Kletter schnell in den

zweiten Wagen. So ein Mist!" Almaric kam aus seiner Deckung hervor und kletterte bei rasender Fahrt in die zweite
Lore. Er bekam Panik, da sich die Loren nicht mehr steuern
ließen. Unbeholfen plumpste er in das zweite Gefährt. Claire folgte ihm auf der Stelle. Sie wollte gerade damit beginn-
nen, den Zug abzubremsen, da wurden sie brutal gestoppt.
Mit einem Höllenlärm zerschellte die erste Lore an der
Felswand. Zusammen mit den zwei angehangenen Wagen
wurden die Reisenden durch die Luft katapultiert und zerschellten mit der Längsseite ebenfalls an der Felswand. Das
Metall krachte mit Urgewalt gegen den Stein. Teile brachen
und das Metall verbog sich. Der Lärm war einem Glocken-
geläut im Gotteshaus ähnlich, wenn man direkt unter der
Glocke stand. Claire und Almaric spürten den dumpfen
Aufprall und schlugen mit ihren Köpfen gegen die Wand
der Lore. Im hohen Bogen wurden sie aus dem Wagen katapultiert und landeten unsanft auf dem Boden. Nach einigen Minuten kam Claire wieder zu sich. Benommen tastete
sie ihre Stirn ab. Sie spürte, wie ihr Lebenssaft durch ihre
Finger ran. In ihrem Kopf pochte es und sie hatte ein
dumpfes Pfeifen im Ohr. Sie konnte sich einigermaßen bewegen und registrierte, dass die Petroleumlampe zwar ein
wenig ausgelaufen war, aber immer noch brannte.
„Almaric? ... Almaric, kannst du mich hören?" Benommen
stand Claire auf und stützte sich am aufgetürmten Metallberg vor ihr ab. Sie bekam keine Antwort. Ihr wurde
schwindelig und sie musste sich wieder setzen. Bunte Farb-
kreise drehten sich vor ihren Augen und sie musste zweimal tief durchatmen bis sie wieder verschwanden.
„Almaric?" Erneut versuchte Claire Mercier aufzustehen.
Diesmal gelang es ihr und sie konnte sich mit einer Hand
am Fels abstützen. Keine Antwort. In Claires Körper misch-

ten sich Schmerz und Angst. „Almaric, wo bist du? Gib mir ein Zeichen." Außer dem Pfeifen auf ihren Ohren war nichts zu hören. Langsam hinkte sie um den Metallberg herum. Die dritte Lore hatte nicht so viel abbekommen und war augenscheinlich noch intakt. Mit all ihren Kräften wuchtete sie die hochkant stehende Lore nach hinten, die mit einem scheppernden Geräusch auf die Längsseite am Boden krachte. Sie musste sich erneut abstützen und beugte ihren Oberkörper nach vorn. Tausend Farbkringel explodierten in ihrem Kopf. Schwer atmend ging sie auf die Knie. Sie hatte keine Kraft mehr stehen zu bleiben. Während sie sich mit beiden Händen an das Metall der ersten zwei Loren klammerte, spürte sie, wie das warme Blut an ihren Schläfen herunterlief. Sie konnte nicht klar sehen und formte ihre Augen zu engen Schlitzen. Was sie sah, zerstörte jede Hoffnung, den Jungen lebendig zu finden. Ihr Herz raste und sie bekam Schweißausbrüche. Übelkeit stieg in ihr auf und sie musste sich übergeben. Mit würgenden Geräuschen erbrach sie sich. Im Vierfüßlerstand schaute sie zu den zerschellten Wagen. Tränen rannen ihr über die Wangen. Die zwei ersten Wagen hatten sich ineinander verkeilt und waren zusammengepresst worden. Almarics lebloser Körper hing dazwischen. Sämtliche Knochen waren gebrochen und aus etlichen Wunden floss das Blut auf die Erde. „Almaric...!" Mit tränenerstickter Stimme rief Claire seinen Namen und kroch zu ihm. Sie richtete sich auf und streichelte über sein Haar. Der Kopf knickte nach hinten weg, sein Genick war gebrochen. Kraftlos ließ Claire sich auf den Boden sinken. Die bunten Kreise vor ihren Augen nahmen zu und ihr Kopf dröhnte, dann wurde sie bewusstlos.

Claire war es kalt. Instinktiv suchte sie die Decke, und wollte sie mit den Händen über ihre Schulter ziehen. Doch ihre Finger griffen ins Leere. Sie stöhnte auf und versuchte die Augen zu öffnen. Ein roter Film lag über ihren Pupillen und ließ das Gesehene in einem hellroten Ton vom Gehirn verarbeiten. Mit der linken Hand untersuchte sie ihre linke Schläfe. Sie ertastete eine große Platzwunde, die das Blut in die Augen hat laufen lassen. Mühsam wischte sie das angetrocknete Blut aus ihren Augen und konnte zumindest wieder klar sehen. Das Ganze kam ihr wie ein schlimmer Albtraum vor. Aber als sie Almaric zwischen den verkeilten Loren sah, wusste sie, dass es bittere Realität war. Sie holte tief Luft und versuchte aufzustehen. Der ganze Körper schmerzte und sie schnaufte laut, als sie sich an dem Metallwagen hochzog. Wieder wurde ihr schwindelig und Claire griff mit beiden Händen an die Lorenkante, um sich festzuhalten. So blieb sie regungslos einige Minuten stehen. Der Schwindel ging zurück und ihr schossen tausend Gedanken gleichzeitig durch den Kopf. Unmöglich, einen klaren Gedanken zu finden. Sie gab sich dem Gedankenstrom hin und einige Zeit später fasste sie einen Plan.

Claire ging zu Almaric, legte ihm eine Hand auf die Stirn und nahm Abschied, indem sie in einer fremder Sprache einen Hexensegen halb sprach und halb sang. Danach verneigte sie ihr Haupt vor dem Jungen. Claire Mercier öffnete den festen Verschluss der Petroleumlampe und goss die brennbare Flüssigkeit über ihren jungen, tapferen Begleiter. Die Hexe verschloss das Gefäß wieder und sank einige Ellen entfernt von Almaric auf die Knie. Ihr Oberkörper wog in kreisförmigen Bewegungen hin und her. Dabei stimmte sie ein Trauerlied an, und die tiefen, dunklen Töne hallten im Stollen wieder. Sie nahm die Petroleumlampe zur Hand und setzte den Leichnam in Brand. Sofort loderten die Flammen hell auf und Claires Gesang wurde lauter. Der Stollen füllte sich mit Rauch. Die Luft war kaum mehr atembar, aber Claire hielt durch. Erst als die Flammen keine neue Nahrung mehr fanden, stand sie auf, wischte ihre Tränen aus den Augen und ging zur dritten Lore. Der dichte Rauch hing schwer in der Luft und die weiße Hexe musste sich beeilen, hier wegzukommen. Die Lore lag umgekippt auf der Seite und war augenscheinlich noch intakt. Sie griff die Längskante und zog mit all ihrer Kraft, damit der Wagen wieder auf den vier Rädern stand. Ihre Adern am Hals traten hervor und sie zog mit Leibeskräften. Claire Mercier biss die Zähne zusammen und endlich erhob die Lore sich ein Stück vom Boden. Claire zog und schrie ihre Anstrengung hinaus, aber es reichte nicht. Krachend landete die Lore wieder auf der Seite. Die weiße Hexe war verzweifelt. Claire musste aufgrund des zugequalmten Ganges kräftig husten und lehnte sich mit dem Rücken an die Lore. Der Schweiß lief ihr über das Gesicht und ihre Atemfrequenz erhöhte sich. „So schaffe ich es nicht", dachte sie. Sie hielt Ausschau nach brauchbarem Werkzeug. Aber was sollte sie hier in einem verlassenen Stollen schon finden. Da fiel ihr ein Stapel Gleise weiter höher im Stollen in die Augen. Mit neuer Hoffnung löste sie sich von der Lore und ging einige Ellen aus dem Stollen raus. Zwölf Schienen lagen hier in drei Lagen. Jede Schiene war geschätzte vier Ellen lang. Sie stapelte alle Schienen ab und nahm als Erstes die Holzbalken mit zur Lore, auf die die drei Schienenlagen gebettet waren. Danach holte sie ein Stück Gleis und legte es vor dem Wagen ab. Sie richtete einen Holzbalken mittig vor der

Längsseite der Lore aus, um anschließend die Schiene über ihn zu legen und in einer Delle in der Mitte der Lore zu fixieren. Sie hebelte mit ihrer ganzen Körperkraft die Lore ein Stück in die Höhe. Mit ihrem rechten Fuß schob sie einen neuen Balken zur Mitte des Wagens. Dann ließ sie die Lore auf den zweiten Balken ab. Sie legte einen neuen Balken auf das dicke Kantholz vor sich und hebelte mit der Schiene erneut die Lore in die Höhe. Mit einem ausgesprochenen Wirbelzauber schaffte sie es im Bruchteil einer Sekunde, einen neuen Balken auf den ersten Balken unter die Lore zu legen, bevor die Lore wieder zurückfiel. Diese Prozedur wiederholte die weiße Hexe mit den letzten Balken und die Lore stand jetzt aufgebockt auf halber Höhe vor ihr. Jetzt sollte es klappen. Claire wechselte die Seite und ergriff die Lorenkante mit beiden Händen. Sie atmete tief durch und konzentrierte sich. Dann bündelte sie all ihre Kraft und mit einem Urschrei zog sie die Lore zu sich. Die Lore bewegte sich und glitt Stück für Stück in die Höhe. Dann endlich war der Schwerpunkt überwunden und der Wagen kippte zu ihrer Seite. Scheppernd landete sie auf ihren Rädern. Ein Glücksgefühl durchfuhr Claires Körper und nachdem sie sich ein wenig erholt hatte, rollte sie die Lore neben die Schienen. Mit ihrem selbstgebauten Hebelwerkzeug und ihrem Wirbelzauber stellte sie das Gefährt zurück auf die Schienen. Mit pumpenden Bewegungen des Bremshebels prüfte sie die Tauglichkeit der Bremsanlage. Dieser Bremshebel war bereits aus Metall. Offensichtlich hatten die Erbauer gleiche Erfahrungen gesammelt wie Claire und Almaric. Die weiße Hexe machte sich große Vorwürfe. Hätte sie die Wagen genauer untersucht, hätte man diesen Wagen nehmen können und Almaric wäre noch am Leben. Sie konnte es nicht mehr rückgängig machen, dementsprechend ging es ihr schlecht. Was sollte sie bloß Jehanne sagen? Aber soweit war es noch nicht und Claire musste jetzt an sich selber denken. Endlich konnte sie diesen schlimmen Ort verlassen.

Claire Mercier war bereit für den Aufbruch. Sie stellte die Petroleumlampe in den Wagen und schob ihn unter großer Anstrengung hinauf, bis über die Weiche. Sie aktivierte die Bremse und stellte die Weiche um. Mit beiden Armen zog sie den langen hölzernen Hebel und das Gelenkstück der Weiche kam in Bewegung. Als die Endposition erreicht war, ließ sie den Hebel los und kletterte in den Wagen. Die Petroleumlampe in der rechten Hand und den Bremshebel in der linken war sie bereit, die Fahrt fortzusetzen.

*

06. Oktober 1346
Im Gebirgsmassiv
Frankreich

Adrienne betrachtete den Sternenhimmel über sich. Fühlte sich so der Tod an? Es war alles so beruhigend still. Lebte sie noch oder war sie tot und dies hier war das Jenseits? Es war Vollmond und das Licht des Erdtrabanten erhellte ihre Umgebung. Was war passiert? Sie konnte sich nur noch an das unglaubliche Geräusch und an das Donnern der herannahenden Lawine erinnern und danach an nichts mehr. Sie bewegte ihre Hände und Beine und stellte dabei fest, dass diese unter Schnee lagen. Sie drückte ihre Extremitäten mit all ihrer Kraft nach oben und die harte Schneedecke brach auseinander. Sie schien unverletzt und richtete sich auf. Der hart gepresste Schneepanzer über ihr brach auseinander und Adrienne musste sich einen Moment lang sammeln. Es dauerte eine Weile, bis sie sich orientieren konnte. Rings um sie herum war Felsgestein, nur von oben schien das Mondlicht auf sie herab. Die weiße Hexe überlegte, was passiert sein könnte. Aber ja, sie wurde von der Lawine überrascht und mitgerissen. Sie konnte sich noch daran erinnern, wie sie in einem riesigen Schneeball keine Luft mehr bekam und zu ersticken drohte. Im rasenden Tempo ging es über die Steilflanke talwärts und dann brach sie ein. Die Lawine donnerte über einen eisbedeckten Höhlenzugang und die schweren Schneemassen brachen das Eis. Adrienne saß auf einem großen Schneeberg in einer Höhle. JEHANNE! Mein Gott, wo war Jehanne? Lebte sie noch? Sofort sprang Adrienne d´Heur auf und suchte die Umgebung mit ihren Augen nach ihrer Schülerin ab. Ohne Erfolg. Sie sackte auf die Knie und fing mit bloßen Händen an zu buddeln. Adrienne war angespannt. Sie musste das Mädchen lebendig finden. Das Buddeln von Hand ging viel zu langsam vonstatten und deshalb benutzte die weiße Hexe einen Wirbelzauber und pflügte sich durch die Schneemassen. Fast wollte sie schon aufgeben, da spürte sie Widerstand an ihren Händen, der kein Schnee sein konnte. Sie verdoppelte ihre Bemühungen und schon bald zog sie eine völlig steif gefrorene Jehanne de la Pérouse aus dem Schneegefängnis. Mit ihren mittlerweile steifen Händen entfernte sie den Schnee aus dem Mund ihrer Schülerin. Danach legte sie Jehanne bäuchlings über ihre Knie und klopfte mehrmals heftig auf ihren Rücken. Jehanne kam zu sich und spuckte Schnee aus. Ein Hustenanfall durchschüttelte ihren Körper. Sie fror fürchterlich und zitterte am ganzen Leib. Ihre Zähne schlugen laut gegeneinander. Adrienne stand auf und tastete die

Felswände ab. Dann ging sie schnellen Schrittes zu Jehanne und zog ihr das Artefakt aus dem Gürtel. Indem sie auf die Felswand zielte, aktivierte sie die Waffe und schoss eine Energiekugel dosiert auf eine bestimmte Stelle in der Wand. Die Energiestärke zu dosieren musste Jehanne noch üben, aber für Adrienne war es ein Leichtes. Die Plasmawolke entfachte die Kohleschicht im Gestein und begann sofort hellrot zu glühen. Danach griff sie ihrer Schülerin unter die Arme und schleifte sie näher an die Wärmequelle. Sie suchte sich einen schneefreien Platz und setze sich neben ihre tapfere Schülerin. Sie nahm sie in die Arme und wärmte sie zusätzlich. Adrienne d´Heur legte ihr Kinn auf Jehannes Kopf und begann summend ihren Körper hin und her zu bewegen. Jehannes Körper saugte die angebotene Wärme auf und schon bald war sie wieder ansprechbar. „Wie geht es dir?", fragte die besorgte Meisterin. „Ich lebe noch", erwiderte die Hexenschülerin stumpf. Sonst gab es keine Regung von ihr. Adrienne war erleichtert und schloss die Augen. Sie gab Jehanne einen Kuss auf die Stirn und hielt sie fest in ihren Armen. Irgendwann schliefen die beiden Frauen bei wohliger Wärme ein.

Am nächsten Morgen war es wunderbar warm in der Höhle und die Gefährtinnen stärkten sich mit ihrem aufbewahrten Trockenfleisch und schmolzen Schnee in ihren Trinkschläuchen. „Jehanne, ich habe entschieden, dass wir die Höhle weiter erkunden werden. Dort drüben führt ein Stollen tiefer in den Berg. Es ist sicherer, als die Steilwände hinabzusteigen. Die Lawinengefahr ist zu groß und wir sind ihnen hilflos ausgeliefert. Wir hatten Glück, riesiges Glück." Ihre Schülerin nickte abwesend zweimal mit dem Kopf, sagte aber kein Wort. „Alles in Ordnung bei dir?", fragte die Meisterin besorgt. „Ja, danke, mir geht es gut." Ohne die

Meisterin eines Blickes zu würdigen stand sie auf und machte sich abmarschbereit. Sie übernahm wieder ihr Artefakt und steckte es in ihren Gürtel.

Adrienne war über den Zustand ihrer Schülerin besorgt. So wortkarg hatte sie Jehanne noch nie erlebt. Aber was hatte sie nicht schon alles in letzter Zeit durchgemacht. In den letzten Wochen war sie dem Tod mehrmals nur knapp entkommen und dann verunglückten noch Claire und Almaric.

Kein Wunder das Jehanne so reagierte. Sie hatte ja auch noch keine Gelegenheit bekommen, den Tod ihrer Freunde zu betrauern. Adrienne entschied, das Mädchen erst einmal in Ruhe zu lassen.

„Komm", sagte sie „wir gehen los." Die weiße Hexe aktivierte ihre Lichtpeitsche, damit sie sahen, wohin sie traten. Jehanne folgte ihr. Die Höhle verengte sich zu einem fünf Ellen breiten Stollen. Adrienne musste bereits ihren Kopf einziehen, Jehanne konnte noch aufrecht stehen. Adrienne ging mit leichten Schritten voran und musterte den Stollen. Er war so gleichmäßig in seinen Ausmaßen. Das hier ist nicht natürlich entstanden. „Jehanne, es kann sein, dass wir hier nicht alleine im Berg sind. Sei bereit!" Sie schaute zu Jehanne, die nur nickte und eine Hand auf ihr Artefakt legte. Die Hexenmeisterin ging vorsichtig weiter. Die Dunkelheit des Ganges endete einige hundert Ellen später und der Stollen wurde durch brennende Petroleumlampen an den Wänden erhellt. Geräusche hektischer Betriebsamkeit drangen an die Ohren der zwei Gefährtinnen. Hier wurde gehämmert. Es mussten viele Hämmer sein. Große Hämmer, denn nach jedem Schlag erbebte die Erde. Vorsichtig schlich die Meisterin mit ihrer Schülerin im Schutz der seitlichen Stollenwand weiter. Adrienne deaktivierte ihre Lichtpeitsche, damit sie nicht entdeckt wurden. Der Stollen mündete in einer großen Höhle, in der mindestens zehn große Häuser Platz gefunden hätten. Die Augen der Hexenmeisterin verengten sich. Hunderte Smoraks waren damit beschäftigt, geschmolzenes Eisen zu Rüstungsteilen und Waffen zu verarbeiten. Aber sie sahen anders aus als im Sumpf. Sie waren etwas größer und schienen mehr Verstand zu haben. Ein großer Schmelzofen wurde mit der gewonnenen Kohle gefeuert. Der Behälter für das gewonnene Eisen war ein riesiger, ausgehöhlter Felsen, der auf einer massiven Eisenstange über der großen Feuerstelle hing. Mindestens dreißig Scheusale waren damit beschäftigt, Kohle unter dem Schmelztiegel zu schaufeln. Die beiden Gefährtinnen wurden gerade Zeuge, wie der Schwenkbehälter gekippt und das flüssige Metall in Formen gegossen wurde. Flüssige Schlacke spritzte glutrot zur Seite. Die Formen entsprachen der zweifachen Größe eines Goldbarrens. Nach dem Abstich trugen die Smoraks die glühenden, gegossenen Barren auf einer Trage zu einer riesigen Konstruktion aus Holz und Metall. Unter ihr standen fünf große Ambosse, die vierfach größer waren, als die bei einem einfachen Dorfschmied. Die Konstruktion bewegte über Holzzahnräder, Schwungscheiben und Hebel fünf große Hämmer. Diese wurden durch große Holzscheiben angetrieben, in denen rund herum, im gleichen Abstand, unzählige Eisenstangen steckten. Mindestens vierzig Smoraks drehten diese gigantische Antriebsscheibe und ließen die großen Hämmer auf das glühende Metall niedersausen. Den gefährlichsten Job hatten aber die Scheusale, die den glühenden Eisenklumpen unter die donnernden Hämmer legen, wenden und abtransportieren mussten. Immer wieder kam es zu Verletzungen, wenn der Hammer das glühend heiße

Metall verformte und die glühenden Schlackestücke wegspritzten. Adrienne beobachtete, wie ein Smorak das Eisen mit einer großen Zange drehte, es aber nicht rechtzeitig schaffte und der Hammer sein Werk vollendete. Flüssiges Metall spritzte durch die Luft und traf den Smorak direkt ins Gesicht. Er ließ die Zange augenblicklich fallen und schrie vor Schmerzen auf. Mit beiden Händen versuchte er das glühende Metall aus seinem Gesicht zu wischen. Aber es war bereits zu spät. In seinen Augenhöhlen brannte sich das heiße Eisen immer tiefer ins Gehirn ein und wo einst rote Augen saßen, erstarrte das flüssige Metall. Er sank auf die Knie und schrie seine großen Schmerzen hinaus. Adrienne beobachtete, wie eine Art Truppführer in einer Rüstung gekleidet auf ihn zuging, sein Schwert zog und ihn, ohne Hilfe anzubieten, mit einem Hieb köpfte. Die restlichen Smoraks beachteten diese Szene gar nicht sondern widmeten sich weiter der Metallverarbeitung. Die platt geschmiedeten Metallplatten wurden auf weitere kleine Ambosse verteilt, die ein kleineres Schmiedefeuer zur Verfügung hatten, um das Metall formbar zu machen. Auch hier war eine halbe Hundertschaft mit kleinen Hämmern um die Ambosse verteilt, die abwechselnd auf das glühende Eisen einschlugen. Es roch nach glühender Kohle, heißem Metall und dessen Verarbeitung. Man fertigte hier Rüstungsteile, Schilde und Schwerter. Es bestand kein Zweifel, für wen diese Ausrüstung bestimmt war. Hier war die Waffenschmiede der Höllenritter. Zwei Arbeiter zogen die Leiche aus dem Arbeitsbereich und wollten den Toten entsorgen. Der eine sammelte den abgetrennten Kopf ein und der andere zog den Torso an den Beinen in Richtung der zwei Frauen.

*

In kontrollierter Fahrt fuhr Claire tiefer in den Berg hinein. Die weiße Hexe hustete und atmete tief durch, da das Feuer und der Qualm am Unglücksort das Atmen fast unmöglich gemacht hatten. Dieser Stollen jedoch war noch intakt und man sah die Stellen, wo das eisenhaltige Gestein abgebaut wurde. Je weiter sie fuhr, desto größer wurde der Stollen. An einigen Stellen tropfte das Schmelzwasser aus dem Berg in den Stollen. Claire Mercier hörte an vielen Stellen, das monotone Plätschern der durchgesickerten Wassertropfen auf dem Boden. Der Tunnel nahm und nahm kein Ende. Im Vorbeifahren sah sie einige zurückgelassene Werkzeuge, Schaufeln und Hacken. Hoffentlich war das keine Sackgasse. Sie entlastete die Bremse und der Wagen nahm Fahrt auf. Der Fahrtwind ließ ihre Augen tränen, aber sie kam gut voran. Plötzlich hörte sie dumpfe Geräusche und sah Fackelschein am Ende des Tunnels. Vorsichtig bremste sie die Lore ab und löschte die Petroleumlampe. Die dumpfen Geräusche ließen den Erdboden erzittern. Immer und immer wieder donnerte es. Claire stieg aus ihrem Gefährt und schlich im Schatten der Stollenwand nach vorn.

Einen Moment war sie sprachlos. So etwas hatte sie noch nie in ihrem Leben gesehen. Sie musterte die große, durch Smoraks angetriebene Schmiede und den riesigen Schmelzofen. Aber mittlerweile hörte das Donnern der herabfallenden Hämmer auf, denn die Smoraks waren in Kampfhandlungen verwickelt. Ihr Herz machte einen Freudensprung, als sie Adrienne und Jehanne in der Mitte des Geschehens ausmachte. Wie kamen die denn hierher? Wie sind sie in diesen Stollen gelangt? Claire hoffte inständig, dass sie diese Fragen später noch stellen konnte. Die beiden waren arg in Bedrängnis, standen Rücken an Rücken und drehten sich im Kreis. Die Lichtpeitsche verschaffte ihnen Platz und Jehannes Energieladungen zerfetzten die Angreifer im Handumdrehen. Aber es waren zu viele. Ein Horn erklang und gerüstete Smoraks führten fünf Höhlentrolle in die Schmiede. Große Scheusale, mit braunem Fell, Lendenschurz, Stachelbandagen um die Handgelenke gewickelt und mit Morgensternen und Schwertern bewaffnet. Sie waren so groß, dass sie nicht aufrecht in einem Stollen gehen konnten. Sie fletschten hässliche gelbe Zähne und der Geifer tropfte auf den Boden. Claire musste eingreifen. Sie rannte zurück zur Lore, holte dreimal tief Luft und löste die Bremse. Jede Faser ihres Körpers war angespannt. Sie schob die Lore einige Ellen im vollen Lauf an und sprang in das Gefährt. Sie machte sich klein und aktivierte ihr Artefakt.

*

Adrienne und Jehanne drückten sich an die Wand in den Schatten, aber es nützte nichts. Der Smorak, der den Kopf trug, entdeckte sie als Erster, schlug Alarm und blies in sein Horn. Sofort schaute die Meute auf und zu ihnen herüber. Ihre rot glühenden Augen funkelten furchteinflößend und mit Hämmern, Zangen, Schwertern und Dolchen kamen sie angriffsbereit auf sie zu. „Bleib im Eingang des Stollens, da können sie immer nur zu dritt angreifen." Adrienne aktivierte ihre Artefakte und auch Jehanne stand kampfbereit neben ihrer Meisterin. So einfach wollten sie es den Bestien nicht machen. Die Smoraks kamen geschlossen auf sie zu und als sie nah genug waren, ließ sie die Lichtpeitsche kreisen. Der Lichtriemen umschloss die ersten fünf Körper, die in umittelbarer Nähe standen. Gellende Todesschreie hallten durch die Höhle und ihre Körper wurden von der weißen Magie durchzogen. Das Feuer brannte sich seinen Weg von innen nach außen und schon bald standen fünf lebendige Fackeln vor ihnen, die in Sekundenschnelle zu Asche verfielen. Drei Smoraks zwängten sich seitlich an ihren toten Kumpanen vorbei. Eine helle Energiekugel Jehannes durchschlug alle drei hintereinander laufenden Scheusale mittig durch den Bauch, und die weiße Magie verrichtete ihr Werk. Auch sie verbrannten zu einem Häufchen Asche. Die wilde Horde stoppte, denn keiner wollte der Nächste sein. Plötzlich ertönte ein Horn und die beiden Hexen sahen, wie fünf große Höhlentrolle von Smorakwärtern an Ketten hereingeführt wurden. Ihre muskelbepackten Arme schwangen wild Morgensterne und Schwerter. Einer brach aus der Formation aus, schwenkte mit bloßen Händen den Schmelztiegel und goss das heiße, glühende Metall auf den Boden. Er griff in die glühende Masse und verzog dabei keine Miene. Seine Hand fing sofort Feuer und die heiße Masse verbrannte ihn bis auf die Knochen. Er schöpfte eine große Hand voll flüssiges Eisen aus dem Behälter und schleuderte es auf die zwei mutigen Hexen. Adrienne und Jehanne hatten keine andere Möglichkeit, als aus dem Stollen zu treten, denn sonst hätte sie die glühende Masse getroffen. „Wir stellen uns Rücken an Rücken und drehen uns im Kreis!" Jehanne befolgte Adriennes Anweisung und stellte sich mit dem Rücken an ihre Gefährtin. Dann brach die Hölle los. Die Smoraks mit den Höhlentrollen kreisten sie ein und Adrienne und ihre Schülerin ließen ihre Waffen sprechen. Kreisend hielten sie die Angreifer auf Abstand. Das Horn ertönte erneut und die fünf Trolle wurden von den Ketten gelassen. „Ich versuche, diese Riesen auszuschalten, geh du zurück in den Stollen!" „Alles klar!" In Jehannes Stimme schwang Angst mit. Adrienne beobachtete, wie die Hexenschülerin sich den Weg zum Stollen frei schoss und startete ihren Wirbelzauber. Blitzschnell war sie beim ersten Troll angelangt und sprang vor ihm in die Höhe. Im Sprung holte sie weit aus und stieß das Schwert in das linke Auge der Bestie. Das Scheusal heulte auf und ging zu Boden. Adrienne konnte sehen, wie die weiße Magie versuchte, den Kampf zu gewinnen. Aber das Vieh verbrannte nicht. Reflexartig legte der Troll schützend eine Hand über das verwundete Auge und Adrienne musste aufpassen, dass sie nicht vom Morgenstern in der anderen Hand in Stücke gehauen wurde. Sie rollte sich ab und ließ direkt die Lichtpeitsche kreisen. Der Lichtriemen schlang sich um die Unterschenkel des zweiten Höhlentrolls und brannte sich ein Stück in das Fleisch ein. Mehr passierte nicht. Adrienne fluchte, denn jetzt kam sie in Bedrängnis.

Jehanne stellte sich breitbeinig in den Höhleneingang und feuerte Energieladungen aus ihrem Artefakt. Sie erledigte Dutzende grüne Scheusale, aber auch die begriffen, dass Jehanne immer erst einen langen Zauberspruch aufsagen musste, bis die Waffe reagierte. Sie warteten den nächsten Schuss ab und rannten alle gemeinsam auf sie zu. Die ersten zehn Viecher wurden pulverisiert, aber dann waren sie bei ihr und trieben sie tief in den Stollen zurück.

*

07. Oktober 1346
In der Waffenschmiede der Höllenritter
Frankreich

Adrienne wich aus und parierte mit ihrem magischen Dolch. Für ihre Größe waren die Höhlentrolle sehr schnell und geschickt im Umgang mit Waffen. Der einäugige Höhlentroll wuchtete die stachelbesetzte Eisenkugel seines Morgensterns genau auf die Stelle, wo bis vor einer Sekunde Adriennes Kopf noch war. Sie duckte sich weg und die tödliche Waffe rauschte an ihr vorbei. Der zweite Höhlentroll trat ihr von hinten ins Kreuz und sie wurde nach vorne auf das dritte Ungeheuer katapultiert. „Jetzt ist es aus", dachte sie, denn sie hatte keine Chance auszuweichen. Da hörte sie einen Schrei und ein rasant schnelles Gefährt prallte mit voller Wucht gegen das Ungetüm. Sie sah Claire, wie sie sich aus dem Wagen katapultierte und auf das Monster zusprang. „Dein Schwert!" Der Troll wurde von der Wucht des Wagens umgeworfen und landete einige Ellen weiter auf dem Boden und begrub zig Smoraks unter sich. Adrienne glaubte ihren Augen nicht zu trauen. Claire. Das war Claire vor ihr. Unendliche Glücksgefühle strömten durch ihren Körper und sie fasste neuen Mut. Schnell warf sie ihr das Schwert zu und Claire fing es im Sprung auf. Noch in der Luft holte sie weit aus und der magische Dolch trennte den Kopf vom Torso des Ungeheuers. Der dicke Schädel kullerte über den Boden in die glühende Metalllava. Er verbrannte auf der Stelle. Claire lebt! Mehr konnte Adrienne nicht denken, denn der einäugige Troll war bereits bei ihr und schwang erneut seine Waffe. Adrienne ergriff das Schwert eines getöteten Smoraks, rutschte mit einem Wirbelzauber durch seine Beine und trennte mit der Waffe seine Achillessehne am linken Bein. Der überraschte Gegner ging in die Knie. Adrienne sprang auf und wuchtete sich auf die Schultern des Höhlentrolls. In halbkreisförmiger Bewegung surrte das Schwert durch die Luft und schlug den Kopf vom Rumpf des Trolls. Dumpf knallte der leblose Körper auf den Felsboden. Adrienne und Claire standen in Kampfstellung je auf ihrem toten Gegner und schauten sich an. Claire war so dankbar, dass ihre beiden Gefährtinnen noch lebten und sie sie gefunden hatte. Sie nickten sich kurz zu, um erneut anzugreifen. Trolle und Smoraks waren verwirrt, dass sie jetzt die Gejagten waren. Diese Unsicherheit nutzten die weißen Hexen, nahmen Anlauf und sprachen erneut einen Wirbelzauber aus. Sie warfen sich auf den Boden und rutschten mit erhobenem Schwert durch die Beine der nächsten beiden Trolle. Die scharfen Klingen glitten durch die Eingeweide der Ungeheuer. Die Innereien verteilten sich als glibberige, stinkende Masse auf den Boden unter ihnen und mit großen Augen sahen die Höllenkreaturen, wie die zwei Kämpferinnen aufsprangen, ausholten und die Schwerter Richtung Hals führten. Sie sprangen auf die Kniekehlen und drückten sich nach oben ab. Die Schwerter zertrennten die Nervenstränge der Ungeheuer. Die weißen Hexen stießen fest zu und die Waffenspitzen schossen auf der anderen Seite wieder aus dem Hals. Gurgelnde Laute waren zu hören. Bevor die Trolle auf dem Boden landeten, sprangen sie ab. Sie stellten sich Rücken an Rücken und fixierten die mittlerweile verängstigten Smoraks. Adriennes Mundwinkel zuckten nach oben und sie lächelte die kleinen Bestien an. So schnell kann sich das Blatt wenden. Sie nutzte die Unschlüssigkeit ihrer Gegner und bereitete einen Ausfall vor. Die Lichtpeitsche fand Nahrung in der ersten Reihe der Smoraks. Von der rechten Flanke der Angreifer wurden die ersten sechs in der Mitte zerteilt und gingen sofort in Flammen auf.

Claire schöpfte Kraft daraus, dass sie Adrienne lebendig gefunden hatte und schoss auf die linke Seite der Angreifer zu. Mit dem magischen Dolch und ihrer Lichtpeitsche trennte sie Arme, Beine und Köpfe von den Körpern der Gegner. Sie war in ihrem Element und schrie ihre Anspannung nach draußen. Claire parierte und stieß zu. Sie kreiselte durch die Übermacht der Smoraks und hinterließ eine Spur des Todes.

Adrienne war auf der anderen Seite unterwegs. Drei Angreifer stießen ihre Schwertspitzen gleichzeitig in Richtung Adriennes Herz. Sie drehte sich weg und konnte zwei Schwertern ausweichen. Das dritte rutschte an dem Lederharnisch seitlich ab und fraß sich in das dicke Material. Schon war die weiße Hexe zur Stelle und stach dem Angreifer ihr Schwert quer durch den Hals. Stöhnend sackte dieser zu Boden. „Wirbel!", rief Adrienne ihrer Gefährtin zu. Sie verstanden sich blind. Mit ihren Wirbelzaubern mähten sie durch die Reihen der Angreifer. Diese waren chancenlos und sahen den nahenden Tod erst gar nicht, bevor ihr erbärmliches Leben beendet wurde. Die halbe Höhle stand in Flammen und die Feuerspur weitete sich blitzschnell aus. Endlich fanden die Peitschen und Schwerter keine Ziele mehr. Ein einzelner überlebender Smorak stand vor Angst gelähmt fünf Ellen vor ihnen. Er drehte sich um und rannte aus der Höhle. Adrienne packte ihr Schwert mit beiden Händen hoch über den Kopf und warf es mit voller Kraft in Richtung des Flüchtlings. Das Schwert rotierte einige Male in der Luft und traf den Smorak mitten ins Kreuz. Er wurde nach vorn katapultiert und fiel auf den Felsboden. Hart schlug sein Schädel auf das Gestein. Er rappelte sich auf und versuchte auf allen Vieren zu entkommen. Claire ging in ruhigen Schritten auf den flüchtenden Smorak zu. Nicht lange, da standen sie auf einer Höhe. Sie stellte sich vor ihn und ging in die Hocke.

„So schnell wird man vom Angreifer zum Gejagten." Sie verzog verächtlich den Mundwinkel. Emotionslos ließ sie den magischen Dolch in den Nacken des Smoraks gleiten. Ein lauter Schrei war das Letzte, was Claire hörte, bevor er zu Asche verbrannte.

Gezeichnet vom harten Kampf musste Adrienne schwer atmen. Sie hatten gewonnen. Sie spürte unendliche Erleichterung, als das letzte Höllengeschöpf in Flammen aufging. Claire lebte. Was für eine wunderbare Überraschung. Sie hätte nicht damit gerechnet, ihre Gefährtin noch einmal wiederzusehen. Claire war mittlerweile bei ihr und streckte die Arme aus. Überglücklich fielen sie sich in die Arme. Die Wiedersehensfreude war riesig und die Meisterin gab ihr einen dicken Kuss auf die Wange. „Ich freue mich so sehr, dass du wieder bei uns bist. Ich habe wirklich gedacht, dass ich dich nie wieder sehen werde." Die Meisterin war so überwältigt, dass sie Claire gar nicht mehr loslassen wollte. „Ja, das geht mir genauso. Als Almaric ..." Claire konnte ihren Satz nicht beenden. Adrienne stockte. „Was ist?", fragte Claire und machte sich kampfbereit gegen eventuell annähernde Feinde. „Jehanne ist verschwunden." „Ich habe gesehen, wie sie von den grünen Bestien zurück in den Stollen getrieben wurde", erinnerte sich Claire. „Verflucht! Wir müssen genau nachsehen. Der Gang ist sicher. Du kannst einen Wirbel dort anwenden." Ihre Gefährtin nickte, nahm eine brennende Petroleumlampe von der Wand und im Bruchteil einer Sekunde sausten sie durch den künstlich erschaffenen Gang. Auf der Mitte stoppten sie. Mittig auf dem Felsboden fanden sie eine große Lache frischen Blutes. Adrienne ging in die Knie, nahm etwas Blut auf ihren Zeigefinger und roch daran. Resigniert wandte sie sich an ihre kampferfahrene Gefährtin. „Es ist Menschenblut. Hier haben sie Jehanne gestellt." Mit sorgenvoller Miene sah Adrienne hoch zu Claire, die heftig schlucken musste und laut ausatmete. Resigniert stützte Claire sich an der Stollenwand ab und legte den Kopf auf ihren Unterarm. „Wohin führt dieser Stollen?", fragte sie die Meisterin. „Wir sind von einer Lawine erfasst worden und dann in diesen Stollen eingebrochen. Aktuell geht er noch einige hundert Ellen weiter in diese Richtung bis zu der Einbruchkante. Danach versperren die Schneemassen den Weg." Adrienne erinnerte sich an den Moment, wo sie im Schnee verschüttet aufwachte und den Sternenhimmel sah. „Dann müssen wir dem Stollen bis dahin folgen. Wir müssen Jehanne aus den Klauen dieser Höllenbrut befreien." Entschlossen schaute Claire in die Augen ihrer Gefährtin. Adrienne nickte stumm und im nächsten Augenblick liefen sie im wahnsinnigen Tempo des Wirbelzaubers bis zur Einbruchstelle. Adrienne zog ihre Waffen, aber die Smoraks waren nicht mehr zu sehen. „Hier ist Blut." Adrienne zerrieb den roten Schnee in ihrer Hand. „Wir müssen ihnen folgen und Jehanne da rausholen." Claire bestieg bereits den Schneeberg, auf dem unzählige Smoraks ihre Fußabdrücke hinterlassen hatten. Die Spur führte den Steilhang hinab. „Nein, warte!" Adrienne hielt ihre ehemalige Schülerin am Ärmel fest. „Was ist, Adrienne? Jehanne braucht uns!" Claire Mercier wurde ungeduldig. „Claire, es ist zu gefährlich, den Abstieg zu wagen. Die Felswand ist zu steil und in regelmäßigen Abständen lösen sich Lawinen, denen wir nicht entkommen können.

Auch wenn wir Wirbelzauber anwenden würden, müssten wir trittsicheren Untergrund unter den Füßen haben. Jehanne und ich sind nur durch Zufall entkommen. Der Stollen hat uns das Leben gerettet." „Meisterin, du selbst hast immer gesagt, dass Aufgeben keine Option ist." Claire wurde wütend und ballte eine Faust. „Wir geben auch nicht auf. Wir versuchen durch den Stollen den Fuß des Berges zu erreichen. Soweit ich sehen konnte, ging er nach dem Schmelzofen weiter in den Berg hinein. Claire, ich möchte wie du Jehanne so schnell wie möglich retten, aber wir müssen taktisch und vorsichtig agieren." Sie nahm Claire an die Hand. Die weiße Hexe stieg von der Schneerampe hinunter und Adrienne nahm sie in den Arm. Sie trösteten sich gegenseitig. Claire wusste innerlich, dass ihre Gefährtin Recht hatte. Sie kam sich so hilflos vor. Aber jetzt durften sie keine Zeit verschwenden. Sie löste sich aus der Umarmung „Ja, das wird sicherlich der bessere Weg sein. Na dann los!" Adrienne nickte ihr aufmunternd zu. Im Nu waren sie wieder in der Waffenschmiede der Höllenritter. Es roch nach verbranntem Fleisch und Innereien. Kleine Flammen züngelten noch hier und da aus den Aschehäufchen. Doch die beiden weißen Hexen hatten nur ein Auge für den Weg durch den Stollen, am Schmelzofen vorbei. Je tiefer sie in den Stollen eindrangen, desto besser wurde die Luft. Claire bemerkte die Veränderung als Erste. „Wir sind auf dem richtigen Weg. Spürst du auch die Luftveränderung?" „Ja", erwiderte Adrienne. Sie war froh, dass dieser Gang nicht als Sackgasse im Fels endete. Ein frischer Windzug erfasste ihre Haare und spielte mit ihnen. Nach dem üblen Gestank in der Höhle tat es gut, frische Luft atmen zu können. Mit Bedacht gingen sie weiter, immer auf der Hut, im nächsten Moment von Höllenkreaturen angegriffen zu werden. Sie kamen gut voran und nach etlichen Windungen sahen sie den Ausgang des Stollens. Ihre Augen mussten sich erst einmal an das helle Tageslicht gewöhnen, als sie ins Freie traten. Mit zusammen-gekniffenen Augen schauten sie sich um. Es war bereits mittags und ein paar Wolken bildeten einen schönen Kontrast zum blauen Himmel. Waren die Smoraks hierhergekommen? Claire suchte nach Spuren. Adrienne drehte sich nach hinten und musterte die Steilflanke. Keine Spuren. Und auch im Berg nichts von der Meute zu sehen. „Diese Smoraks sind anders als die im Sumpf. Sie sind größer, intelligenter und können auch tagsüber ihr Unwesen treiben." Adrienne klang besorgt. Claire nickte schwermütig.

Die Meisterin schaute wieder nach vorn und sah, dass der Tunnel direkt am Fuß des Berges mündete. Sie hatten eine Chance, denn jetzt war es nicht mehr weit zum Benediktinerkloster auf dem Mont Saint-Michel. „Keine Spuren von Jehanne oder den Höllenwesen. Sie haben sie nicht getötet, sonst hätten wir sie im Stollen gefunden. Sie werden sie als Opfergabe Xérias übergeben. Und der hält sich nicht weit von der Höllenpforte auf. Wir sollten direkt zum Kloster weitermarschieren. Was meinst du?" Adrienne sah Claire fragend an. „Ja, da ist was dran. Lass sie uns dort in Empfang nehmen und Jehanne befreien."

*

Kapitel 5

Das Benediktinerkloster

07. Oktober 1346
Das Benediktinerkloster
Mont Saint-Michel
Frankreich

Es dämmerte und die beiden Gefährtinnen beschlossen, trotz Dunkelheit weiterzugehen. Claire berichtete mit zusammengepressten Lippen, was Almaric und ihr im Stollen widerfahren war. Adrienne nickte zeitweise, unterbrach sie aber nicht. Als sie mit ihren Ausführungen fertig war, blieb Adrienne stehen und nahm sie fest in den Arm. „Oh verdammt, Claire, das tut mir so leid. Ich kann nur erahnen, wie es in deinem Inneren aussieht. Aber dich trifft keine Schuld. Vergiss das nicht. Der Bremshebel war morsch und es wäre mir genauso passiert." Bei Claire rissen alle Dämme und sie weinte hemmungslos. Es dauerte einige Minuten, bis sie sich wieder beruhigte. Adrienne hielt sie in ihren Armen und tröstete sie. „Geht es wieder?", fragte sie ihre ehemalige Schülerin. „Ja, es geht wieder, danke. Lass uns weiter gehen und dem ganzen Spuk ein Ende bereiten." Sie beeilten sich und mit einem Wirbelzauber standen sie etwas später vor der Landzunge, die zum Kloster führte. Sie hörten das Rauschen des Ozeans. Kleine Wellen bauten sich auf und liefen am Strand des Festlands aus. Der Mond schien hinter einigen Wolken hervor und man konnte schon das Kloster mit bloßen Augen sehen. Eine lange Holzbrücke führte vom Festland zum Klostergelände, denn die Landzunge stand teilweise unter Wasser. Die hölzerne Konstruktion machte einen stabilen Eindruck und die beiden weißen Hexen betraten vorsichtig die Brücke. Das Holz knarrte, war aber stabil. Mit dicken Stricken wurde ihr geometrischer Unterbau zusammengehalten. Breite, massive Pfosten wurden dafür in den schlickartigen Untergrund gerammt und mit dicken Balken verbunden. Eine Meisterleistung, für die sicherlich die Benediktiner verantwortlich waren. Leise huschten sie weiter und die Silhouette des Klosters baute sich vor ihnen auf. „Es brennt nirgendwo ein Licht", flüsterte Claire, die ihr Artefakt gezogen hatte, aber noch nicht aktivierte. „Und es riecht verbrannt", ergänzte Adrienne. Auch sie hielt ihre Waffen kampfbereit in den Händen. Beide hielten sie die Augen auf und suchten die Umgebung nach Feinden oder Freunden ab. Alles war ruhig. Claire umfasste ihr Artefakt fester, ihre Sinne arbeiteten auf Hochtouren. Die weißen Hexen hatten die lange Holzbrücke passiert und standen vor der imposanten Klosteranlage. Bis jetzt wurden sie noch nicht entdeckt. Kein Warnhorn ertönte und es war verdächtig still. Sie schaute auf das große Gemäuer vor ihnen. In der Schutzmauer, die das Kloster umgab, war ein großes Eingangsportal eingebaut worden. Es war als quadratischer Bergfried angelegt, der mittig einen riesigen Rundbogen als Eingang in das Benediktinerkloster aufwies. Ein großes schmiedeeisernes Gitter versperrte vor zwei massiven Holztoren den Weg hinein. Links und rechts wurde der Wehrturm von zwei Rundtürmen flankiert, die noch höher waren als der Bergfried selber. Ihre spitzen Dächer waren aus Holz und liefen mittig über dem Turm zusammen. Die Mauer rund um das Kloster war mindestens fünfzehn Ellen hoch. Für ein Kloster war das sehr ungewöhnlich. Die Schutzvorrichtungen waren für diese Gebäude gewöhnlich nicht derart ausgeprägt. Claires Puls beschleunigte sich. Sie schaute nach oben. Die Zinnen der Wehrmauer konnte man im Mondschein gut erkennen, aber so wie es aussah wurden keine Wachen postiert. Eine Falle? Sie mussten auf alles vorbereitet sein. Per Zeichensprache signalisierte sie der kampferprobten Adrienne d´Heur, dass sie links um das Kloster weitergehen sollte. Claire wollte eine geeignete Stelle finden, um die Mauer zu überwinden. Sie hörten die kleinen Wellen am Ufer auslaufen und das liebliche Lied des Windes. Eine wunderschöne Nacht zum Träumen, wenn die Höllenpforte geschlossen und Jehanne befreit wäre. Die beiden Gefährtinnen suchten auf der Ostseite der Wehranlage nach einer geeigneten Route für den Aufstieg. Claire blieb stehen und inspizierte die Mauer. An dieser Stelle war das Gestein griffig und bot genug Haltemöglichkeiten, um die Wehrmauer zu überwinden. Claire Mercier lauschte in den Wind, ob sie irgendwelche verräterischen Geräusche von der anderen Seite des Verteidigungswalls hören konnte. Kein Laut hallte herüber. Sie schaute zu ihrer Meisterin. Auch Adrienne war wegen dieser Umstände besorgt. „Man könnte uns so von der Mauer schießen, wenn wir auf normalen Weg versuchen, nach oben zu kommen." „Lass uns einen Wirbelzauber bis auf die Krone anwenden und uns dort Deckung suchen", flüsterte Adrienne leise. Claire nickte. Sie wusste, dass die Unterwelt vorbereitet war. Die weiße Hexe konzentrierte sich und war in Sekundenbruchteilen oben auf der Wehrmauer. Starker Brandgeruch lag in der Luft. Sie sah immer noch keine Wachen. Claire duckte sich und lief zu einem Wachturm an der Südseite der Anlage. Dort wartete sie auf Adrienne. Ihre Meisterin folgte umgehend und ging neben ihr in Deckung. Ihre Augen machten sich ein Bild von der Klosteranlage. Im Mondschein konnten sie vier Wachtürme auf der Seite des Eingangs sehen. Zwei direkt links und rechts neben dem Bergfried und je einen an den Enden der Mauer. Auf der gegenüberliegenden Seite standen drei Wachtürme, je einer in den Ecken und einer mittig hinter dem Hauptgebäude. Das Haupthaus hatte zwei

Stockwerke. Auf der linken Seite des Hauses war eine parkähnliche Anlage geschaffen worden. Bei genauem Hinsehen entpuppte sich diese Fläche als großer Friedhof der Mönche, die hier schon Jahrhunderte lebten. Der Vollmond beleuchtete die Holzkreuze, die sich im Kontrast sehr gut von dem Rest der Landschaft abhoben. Auf der anderen Seite des Haupthauses war der Klostergarten angelegt. An der kürzeren Westseite der Klosteranlage stand eine Kapelle, die einen Glockenturm besaß. Einige Ellen unter ihnen waren die Stallungen untergebracht. Claire stutzte, als sie zwei Brunnen auf dem Innenhof sah. Einer mittig auf dem Innenhof und einer direkt unter ihnen, neben den Stallungen. Der Wind wehte den Brandgeruch genau in ihre Richtung. Es roch nach verbranntem Fleisch. Adrienne zog scharf die Luft ein. „Claire, schau mal in den Innenhof." Claires Augen weiteten sich. Im ganzen Innenhof waren Scheiterhaufen aufgeschichtet worden. Sie sahen verbrannte Körper an ein Satanskreuz genagelt. „Diese Bastarde. Sie haben die Mönche bei lebendigem Leib verbrannt", flüsterte Claire ihrer Meisterin zu.

*

Adrienne schaute besorgt in den Innenhof. „Das ist eine Falle. Sie erwarten uns und werden uns angreifen." „Ja", sagte Claire. „Nur wo?" „Lass es uns herausfinden." Adrienne folgte den Treppenstufen im Wachturm nach unten zum Innenhof. Claire folgte ihr in einigem Abstand. Der Geruch des verbrannten Fleisches nahm ihnen fast den Atem. Sie schlichen zum Brunnen neben den Stallungen und passierten dabei einige Scheiterhaufen. Claire musste sich die

Hand vor den Mund halten, damit sie sich nicht erbrach. Die Augen der Mönche waren gar nicht mehr als solche auszumachen. Wo die Augen einst saßen, waren nur noch verbrannte, schwarze, aufgesprungene Krusten zu sehen. Haare und Lippen fehlten komplett. Und wo sich die Ohren mal befanden, waren nur noch zwei kleine schwarze Löcher im Schädel sichtbar. Die Kleidung der Toten hatte sich in ihr Fleisch eingebrannt und Claire musste tief Luft holen. An diese Gerüche und das schreckliche Aussehen konnte sie sich einfach nicht gewöhnen. Der Mondschein ließ das ganze Szenario noch gruseliger aussehen, als es eh schon war. Adrienne schien dies nichts auszumachen. Konzentriert schritt sie leise voran und hatte die Stallungen erreicht. Sie stellte sich mit dem Rücken an die Wand und schaute vorsichtig um die Ecke in die Boxen. Sie waren leer. Stroh und Heu wurde für das Entfachen der Scheiterhaufen verwendet, wovon verbrannte Strohreste auf dem Boden des Innenhofes zeugten. Die beiden Hexen passierten den Klostergarten und standen jetzt an der rechten Ecke des Haupthauses. „Wir schauen, ob ein Fenster an der Seitenwand offen ist, im Eingangsbereich haben wir keine Deckung." Adrienne schaute Claire in die Augen. Hoffentlich ging alles gut. Sie mussten unbedingt Jehanne befreien. Jehanne war die talentierteste Schülerin, die sie bis jetzt unterrichtet hatte. Obwohl sie erst elf Jahr alt war, hatte sie bereits großes Wissen über Tränke und Zaubersprüche. Sie lernte sehr schnell und hatte Mut. Wenn sie sich so weiter entwickelte, würde sie eines Tages die mächtigste Hexe auf dem Kontinent sein. Sie lachte gerne und hatte Sinn für Humor. Adrienne schossen viele glückliche Erinnerungen mit ihrer Schülerin durch den Kopf. Sie mussten sie finden.

Claire nickte und ging voran. Auf dieser Seite gab es im Erdgeschoss drei Fenster. Claire prüfte sie nacheinander, ob sie verschlossen waren. Was sie in den Räumen erwarten würde, war nicht zu erkennen. Auch hier brannte nirgends eine Öllampe oder Fackel. Beim zweiten Fenster hatte sie Glück. Es schwang nach innen auf. Die einfache Glasscheibe saß locker in dem schlichten Fensterrahmen aus Holz und klapperte ein wenig, als das Fenster nach innen aufgeschwungen wurde. Claire wartete einen Moment und lauschte. Nichts zu hören. Sie griff mit beiden Händen den unteren Holm vom Fensterrahmen und zog sich an der Außenwand hoch. Leise glitt sie durch das Fenster und prüfte mit gezogenem Artefakt den Raum. Keine Spur von etwaigen Angreifern. Sie gab Adrienne ein Zeichen, dass die Luft rein war und sie nachkommen konnte. Lautlos stieg die Meisterin durch das Fenster und zog ebenfalls ihre Artefakte. Sie standen in der Klosterküche. Eine große Feuerstelle war auf der gegenüberliegenden Seite eingerichtet und an einem quer durch den Raum gespannten Strick hingen Töpfe und Pfannen. Am Ende der Schnur hingen zwei große Schinkenkeulen. Auf einem Tisch lagen Möhren und Salat, die noch verwertet werden mussten. In einem Tonkrug daneben wurde Schmalz aufbewahrt. Sonst war außer dem normalen Küchenzubehör wie große Rührlöffel und Messer nichts in der Küche zu finden. Leise gingen sie zum Türrahmen und stellten sich links und rechts davon an die Wand und schauten in die weitere Räumlichkeit. Aufgrund der Lage des Raumes schaffte der Mond es nicht, den Raum zu erhellen. Beide Frauen schauten sich an und wussten, was zu tun war. Sie aktivierten ihre Lichtpeitschen und hielten sie mit ausgestreckten Armen nach vorn, als sie den Raum betraten. Es war der Speisesaal der Mönche.

Mehrere einfache Tische standen in dem Raum. An jedem Tisch waren sechs einfache Holzschemel positioniert. Auf jedem Platz stand eine Holzschüssel und ein Löffel. Einige Kerzenständer waren aufgestellt, um bei Dämmerung und Dunkelheit für genug Licht zu sorgen. Aber auch dieser Raum war leer. Wo würde Xérias sie angreifen? Die Anspannung stieg und Claire entdeckte eine Treppe, die in das obere Stockwerk führte. Sie gab Adrienne ein Zeichen und beide Hexen stiegen die Treppe hinauf. Der Boden bestand aus einfachen Holzdielen, die bei jedem Schritt leicht knarzten. Auch in dieser Etage brannte keine Kerze und so mussten Claire und Adrienne sich weiter mit ihren Artefakten behelfen. Sie waren im Schlafsaal der Mönche angekommen. Einfache Doppelstockbetten aus Holz standen in dem Raum mit Stroh als weiche Unterlage und darüber ein Laken gespannt. Claire zählte die Betten durch. Verglichen mit der Anzahl der Holzschüsseln unten im Speisesaal mussten woanders noch mehr Betten stehen. Auch dieser Raum war leer. Sie gingen wieder hinaus und über die Treppe eine Etage höher. Adriennes Puls beschleunigte sich und auch Claires Anspannung wuchs von Sekunde zu Sekunde. Sie hatte damit gerechnet, dass jeden Moment die Falle zuschlagen würde, aber es blieb ruhig. Die beiden Hexen hatten den zweiten Schlafsaal der Mönche betreten. Betten, Schemel und einige Kerzen. Sonst war dieser Raum auch leer. „Was für ein Leben" dachte Claire. „Nur Gott und sonst keine Annehmlichkeiten", das wäre nichts für sie. „Das Haus ist leer, Adrienne. Was machen wir jetzt?" Adrienne überlegte einen Moment lang und sagte: „Irgendwo müssen sie sein. Wir suchen als Erstes im Bergfried weiter und wenn wir dort nicht fündig werden, gehen wir rüber zur Kapelle. Ich bin mir sicher, dass sowohl Jehanne als auch die Höllenpforte hier auf dem Klostergelände sind. Lass uns zu allererst den Wachturm untersuchen", flüsterte sie und Claire nickte zustimmend. Beide deaktivierten ihre Waffen, um nicht gesehen zu werden. Wie eine Raubkatze schlichen sie die Treppen hinab zum Speisesaal. Dieser hatte eine massive Eingangstür. „Bereit?", flüsterte Adrienne ihrer Schülerin zu. „Ja!" Claire schluckte, als Adrienne die große Tür öffnete.

*

07. Oktober 1346
Das Benediktinerkloster
Der Bergfried
Frankreich

Sie huschten über den Innenhof, vorbei an den Scheiterhaufen, die ihnen Deckung gaben. Hinter dem großen Brunnen in der Mitte des Innenhofes duckten sie sich ab und schauten, ob sie entdeckt wurden. Aber alles blieb ruhig. Adrienne wünschte sich beinahe schon den Feindkontakt herbei. Ihre Nerven waren aufs Äußerste angespannt. Sie nickte mit ihrem Kopf in Richtung Bergfried und die zwei Gefährtinnen schlichen sich geduckt zum großen, quadratischen Wachturm. Anhand der Fensteröffnungen und Schießscharten konnte man davon ausgehen, dass es sich um das Erdgeschoss und zwei Stockwerke handelte. Darüber befand sich der überdachte Wachposten. Endlich waren sie an der schweren Eichentür angekommen. Claire zog sie vorsichtig auf und alle Muskeln in ihrem durchtrainierten Körper spannten sich an. Sie war auf alles gefasst. Aber auch dieser Raum war leer. Als beide eingetreten waren, schloss Adrienne die Tür hinter sich und aktivierte ihre

Lichtpeitsche. Im Schummerlicht des Artefakts konnten sie erkennen, dass sie in einer kleinen Waffenkammer standen. „Wenn sie angegriffen wurden, haben sie nicht auf Gott vertraut, sondern zu den Waffen gegriffen." Adrienne zeigte auf Speere und Schilde, die an der Wand in Ständern aufgestellt waren. Sonst war der Raum leer, bis auf eine steinerne Wendeltreppe, die nach oben führte. Claire ging voran und erreichte das erste Stockwerk und ein leiser Pfiff kam über ihre Lippen. Mittlerweile hatte auch sie ihr Artefakt aktiviert und staunte über das, was sie hier sah. „Adrienne, schau dir das einmal an. Das waren keine normalen Mönche." Adrienne stand jetzt neben ihr und sie hielt die Lichtpeitsche im ausgestreckten Arm vor sich. „Verdammt, was ist hier los?" Der Raum war über und über mit Waffen, Schilde und Rüstungen ausstaffiert. „Das waren keine normalen Mönche. Ein Geheimbund?" Claire kratzte sich den Kopf. „Mal sehen, was wir oben vorfinden", sagte Adrienne und ging schon die Treppe nach oben. Claire folgte ihr. Auch in diesem Raum hielten sich keine Menschen auf und er passte so gar nicht in eine Klosteranlage. Mittig im Raum stand ein langer, wuchtiger Tisch. Auf ihm war eine große Frankreichkarte ausgerollt. Daneben eine Karte Englands. Adrienne verstand sofort, was sie hier sah. „Schau an, das sind die aktuellen Truppenbewegungen und Aufenthalte der französischen Streitkräfte. Hier schau, unsere Schlacht in England." Sie zeigte auf eine Stelle auf der Karte, wo sie erfolgreich die Franzosen und die Höllenritter abgewehrt hatten. Diese Stelle war markiert und eine Zinnfigur hatte immer noch die englische Fahne in der Hand. Claire ging an einem Schriftrollenregal vorbei um den Tisch. „Sie waren über alles info..." Weiter kam Claire mit ihren Ausführungen nicht. Aus dem Schatten des Bücherregals löste sich eine

Gestalt und griff Claire mit einem Kampfschrei an. Eine Faust traf Claire am Kinn und sie taumelte nach hinten. Während Claire zurückwich, attackierte der Angreifer die weiße Hexe mit einer Serie von Fußtritten. Claire stolperte und fiel nach hinten. Der Angreifer hatte einen langen Speer mit einer Metallspitze. Claire konnte sich gerade noch zur Seite drehen und unter den Tisch kriechen, sonst hätte sie die Spitze des Speers mitten ins Herz getroffen. Adrienne war inzwischen hinter den Angreifer gelangt und holte mit der Lichtpeitsche aus. Sie ließ den Riemen nach vorne schnellen und rechnete mit dem Kampf der weißen Magie und dem Feuertod ihres Feindes. Sie zielte auf seine Waden. Der Riemen legte sich um das Standbein des Angreifers. Aber eine magische Reaktion blieb aus. Adrienne zog den Riemen ruckartig nach hinten und brachte den Angreifer zu Fall. Krachend landete dieser auf dem Bauch. Claire nutzte die Chance und warf sich in Sekundenbruchteilen auf seinen Rücken. Sie ergriff seinen fallengelassenen Speer und drückte ihn in sein Genick. „Sag mir einen Grund, warum ich dich nicht töten sollte?"

„Wer seid ihr, verdammt? Ihr seid keine von ihnen!" Der Angreifer konnte nur mit Mühe sprechen, da Claire die Blutzufuhr am Hals abdrückte. „Von wem?", knurrte Claire. „Wer bist du?" Sie drückte etwas fester den Speer in seinen Nacken. „Ich heiße Bartholome Otris und bin der letzte Überlebende in diesem Kloster." Adrienne stand jetzt direkt vor den beiden und schaute Claire an. Konnten sie ihm trauen? „Was machst du hier oben am Strategietisch?", fragte Adrienne, die jederzeit bereit war, mit ihrem magischen Dolch zuzustechen. „Ich musste mich, arrgh... bitte nicht so fest drücken, sonst werde ich bewusstlos." Claire gab ein wenig nach. „Ich musste mich verstecken. Vor einigen Tagen stand ein in Not geratener Mann vor unserem Tor und bat um Hilfe. Wir gewährten ihm Einlass und gaben ihm zu trinken und zu essen. Er machte einen verwirrten Eindruck. Aber das war nur vorgetäuscht, arggh… Kann ich mich umdrehen?" Claire und Adrienne schauten sich an und die Meisterin nickte, hatte aber immer noch den Dolch im Anschlag. Claire stand auf und Bartholome drehte sich auf den Rücken. Claires Speerspitze berührte seinen Kehlkopf. Wenn er sie hintergehen wollte, würde sein Schicksal sofort besiegelt sein. „Wer bist du, Bartholome Otris, und was hat es mit dem Fremden auf sich?" Adrienne ging vor ihm in die Knie und schaute ihm forschend in die Augen. Erst jetzt sahen die weißen Hexen, dass sein Kopf kahlgeschoren und das Gesicht mit unheimlichen Symbolen und Bildern tätowiert war. Sein Körper wurde durch einen schwarzen Lederpanzer geschützt. Adrienne platzierte ihre Dolchspitze mittig auf das linke Auge des mysteriösen Fremden. „Ich gebe dir den guten Rat, uns zu überzeugen, denn sonst wirst du das Tageslicht nicht mehr erblicken. Also?" Die Hexenmeisterin drehte den Dolch vor seinem Auge. „Es war alles Trug und Täuschung. Der Fremde hatte genau dies bezweckt, damit er in die Klosteranlage gelangen konnte." „Um was zu tun? Was ist das hier für ein Orden mit so vielen Waffen und einer solch imposanten Wehranlage? Und du, Bartholome Otris, siehst auch nicht gerade wie ein Benediktiner aus." Sie zeigte mit der Dolchspitze auf seine zahlreichen Tätowierungen im Gesicht. Bartholome stöhnte, als Claire seinen Kehlkopf mit der Speerspitze leicht eindrückte. „Als unsere Spione am königlichen Hof erfuhren, dass unser König in den Krieg ziehen wollte, um die ganze Welt zu erobern, wurden wir misstrauisch. Man kann ein Land erobern, aber sofort von der ganzen Welt zu sprechen, ließ uns zweifeln. Wir stellten mehr Spione ab und erfuhren, dass er sich dafür mit der Hölle verbündete." Er legte eine Pause ein und schaute die Hexen abwechselnd an, um zu sehen, ob sie ihm glaubten. „Fahre fort, Bartholome Otris", sagte Adrienne. „Die Benediktiner gründeten daraufhin einen Geheimorden. Dieser Geheimorden hatte das Ziel, den König zu stoppen und die Höllenwesen zu eliminieren. Diese Klosteranlage wurde als Ausbildungsstätte ausgewählt, weil sie die idealen Bedingungen bot. Sie war weit abseits des nächsten Dorfes und nur von einer Seite zugänglich. Aber es war zu spät. Wir fanden keine wirksamen Waffen gegen die Höllenkreaturen und wurden vernichtend geschlagen. Der Rest des Geheimbundes konnte sich hierher in Sicherheit bringen. Wir arbeiteten an neuen Strategien, um den König zu stoppen. Bis der Fremde kam. Wie gesagt, wir hielten ihn für bedürftig, doch es war eine List. Des Nachts meuchelte er die Wachen auf der Seite des Eingangstores und öffnete die Pforten. Skelettierte Ritter mit Höllenrössern überrannten uns. Wir hatten keine Chance. Ich konnte mich noch rechtzeitig verstecken, aber meine Brüder wurden gezwungen, ihre Scheiterhaufen selbst aufzuschichten. Kurz vor ihrer Hinrichtung sagte der Verräter noch etwas über eine Tür zwischen den Welten, und dass sie hier gut versteckt sei. Dank uns und unserer hervorragenden Arbeit an den Klostermauern. Dann wurde das Feuer entfacht." Die beiden Hexen sahen, wie sich die Bilder vor Bartholomes Augen abspielten. Er schluckte und eine Träne rann ihm aus seinem Augenwinkel. Claire entfernte den Speer von seiner Kehle und musste das Gehörte erst einmal sacken lassen. Adrienne ging es ähnlich und stand auf. „Das tut uns leid, Bartholome Otris. Auch wir bekämpfen die Ausgeburten der Hölle schon eine Zeit lang und mussten auch große Opfer bringen. Wir müssen diese Tür der Welten finden und für immer schließen. Aber unsere größte Sorge ist, dass unsere Gefährtin von den Höllenwesen verschleppt wurde. Wir denken, hierher. Haben aber noch keine Anhaltspunkte gefunden. Hast du etwas gesehen?" Bartholome schaute auf und in Adrienne und Claire machte sich Hoffnung breit.

„Ja, habe ich. Vor einigen Stunden lieferten zirka fünfzig Smoraks, so heißen die kleinen grünen Ungeheuer, ein Mädchen hier ab. Der Mistkerl nahm sie in Empfang." Adrienne war schlagartig hellwach. „Hatte sie schulterlange, braune Haare? Stupsnase und Sommersprossen?" „Braune, schulterlange Haare, ja. Den Rest konnte ich nicht sehen. Aber sie trug eine Kette mit einem grünen Stein um den Hals. Das konnte ich erkennen." Der Glücksstein, den ich ihr geschenkt hatte, dachte Adrienne. Sie zog den Mönch mit beiden Händen vom Boden auf seine Füße. „Wo ist sie?" Ihre Stimme machte klar, dass sie nicht spaßte. „Er hat sie in die Kapelle geführt. Die Smoraks sind dann abgezogen." „Hat 'er' auch einen Namen?", wollte Claire wissen. Bartholome schaute sie an. „Ja, hat er. Der Verräter heißt Godric Liovin, warum?"

*

07. Oktober 1346
Das Benediktinerkloster
Die Kapelle
Frankreich

„Godric Liovin also." Claire konnte sich noch sehr genau an die letzte Begegnung mit dem englischen Befehlshaber erinnern. Er saß halb tot zusammengesackt mit einem Pfeil in der Brust auf dem Wehrgang des englischen Verteidigungswalls. Als die Schlacht gewonnen war, war er verschwunden. Niemand hatte ihn gesehen. Er musste Xérias in die Hände gefallen sein, was sonst würde eine solch schreckliche Tat wie die der Auslöschung des Ordens rechtfertigen? „Claire, wir müssen in die Kapelle. Dort wird Jehanne gefangen gehalten." Adrienne drängte zum Aufbruch. „Ich komme mit und führe euch. Ich kenne alle Geheimnisse dieses Gemäuers." Sie eilten in die Wachstube, und als alle drei versammelt waren, öffnete Claire die Tür zum Innenhof. Sie erstarrten. In der Zwischenzeit hatte sich der Innenhof gefüllt. Höllenritter mit scharfen Klingen saßen auf ihren schwarzen Rössern, deren rote Augen hell aufglühten. Sie wurden erwartet. Schnell schloss Claire die Tür und stellte sich mit dem Rücken dagegen. „Sie haben uns umzingelt. Irgendwann müssen wir hier heraus. Wir könnten uns teleportieren, aber wissen nicht, wo wir landen. Keine gute Idee. Hat jemand einen besseren Vorschlag?"

Bartholome Otris ergriff das Wort. „Ich habe eine Idee. Als diese Klosteranlage gebaut wurde, wurden Geheimgänge angelegt. Du kannst jedes Gebäude unterirdisch erreichen, ohne dass der Feind davon erfährt. So gelangen wir zur Kapelle, ohne angegriffen zu werden." „Dann los. Sie werden sicherlich noch eine Zeit warten, aber dann stürmen sie und dann möchte ich hier weg sein." Adrienne hatte beschlossen, Bartholome zu trauen. Dieser ging in den Wachraum und mit Claires Unterstützung schoben sie den massiven Tisch zur Seite. Mit einem Dolch hebelte er einige Dielenbretter hoch. „Hier ist der Einstieg ins Tunnelsystem."

„Geh du voran, du kennst dich aus", sagte Adrienne. Der Benediktiner entfachte eine kleine Öllampe, nahm ein

Schwert aus dem Waffenständer und stieg in den Gang hinab. Claire schaute zu Adrienne, nickte ihr zu und folgte dem Kampfmönch. Adrienne stieg als Letzte hinab und versuchte, die Dielenbretter wieder ordentlich über den Eingang zu legen. Der Gang war nicht sehr hoch und die Hexen mussten sich ducken, um nicht mit dem Kopf gegen das Gestein zu schlagen. Sie folgten dem Mönch, bis dieser stehenblieb und das Licht löschte. Vor ihnen sahen sie einen runden, gemauerten Stollen, der noch einige Ellen in die Tiefe führte. Das musste der Brunnen in der Mitte der Klosteranlage sein, denn das Mondlicht schien hinein und leuchtete den Schauplatz gut aus. „Seht", flüsterte Bartholome. „Wir haben insgesamt vier Gänge, die hier zusammentreffen. Aus einem kommen wir, ein anderer führt in den Speisesaal und ein weiterer zur Kapelle." „Und der vierte Gang?", fragte Claire leise. Es ist ein Fluchtweg nach draußen", antwortete Bartholome Otris. „Ich zähle fünf Gänge", sagte Adrienne leise in Richtung des Mönchs. „Das kann nicht sein." Bartholome zählte mit dem Finger nach und staunte. „Den fünften Gang kenne ich nicht. Wenn wir uns jetzt links halten, kommen wir in der Kapelle raus." „Und da wollen wir hin. Wir müssen leise sein, da über uns die Höllenkreaturen auf uns warten." Claire zeigte nach oben. Vereinzelt hörten sie ein tiefes Wiehern der Streitrösser. „Haltet euch gut fest. Es sind Trittstufen auf unserer Höhe eingelassen worden. So kommen wir zu jedem Gang. Er kletterte in den Brunnenschacht und näherte sich der Öffnung des Ganges zur Kapelle. Adrienne folgte als Nächste und kurz bevor sie den Gang erreichte, lösten sich kleine Steine aus der Mauer und fielen auf den Steinboden des Brunnens. Blitzschnell kroch sie zu Bartholome in den Gang und verhielt sich ruhig. Keine Sekunde zu früh. Über ihnen schauten drei Höllenritter mit ihren behelmten Totenköpfen hinunter in den Schacht und suchten nach der Ursache des Geräusches. Claire zog ihren Kopf zurück und hielt den Atem an. Da die Höllenritter nicht sprachen, wusste sie nicht, ob sie immer noch beobachtet wurden. Nach einer Zeit wagte sie es und schaute vorsichtig nach oben. Der Brunnenrand schimmerte im Mondlicht und von den Höllenrittern war nichts mehr zu sehen. Leise stieg sie in den Brunnenschacht und ein wenig später stand sie neben ihren Begleitern. Alle drei atmeten tief durch. Das war noch einmal gut gegangen. Bartholome zündete erneut die Öllampe an und ging voraus. Die beiden Hexen folgten ihm. „Hier, halt einmal die Lampe." Bartholome Otris übergab die Öllampe an die hinter ihm gehende Adrienne. „Was machst du?", fragte sie erstaunt. „Ich schiebe den Steinquader zur Seite. Auf der anderen Seite der Mauer ist die Kapelle." Er lehnte sich mit beiden Händen an die Mauer und drückte mit seiner ganzen Kraft dagegen. Ein großer Steinquader geriet in Bewegung und schwang nach innen auf. Der Mönch nahm die Lampe wieder an sich und ging in den Raum. Dort entzündete er eine zweite Öllampe, die an der Wand hing. Als die Hexen eintraten, staunten sie nicht schlecht. Sie standen in der Schatzkammer des Benediktinerordens. Das Gold und Silber wurde in hölzernen Schatztruhen gehortet, die überliefen. Wertvolle, diamantbesetzte Reliquien und goldene Pokale wurden auf rotem Samt ausgestellt. „Ich dachte immer, ihr Mönche lehnt den Reichtum ab. Aber das ist wohl nicht so wie es aussieht." „Urteile nicht so schnell über uns, Schwester. Dieser Schatz wird dazu benutzt, um Soldaten anzuwerben, sie auszubilden und um Waffen zu kaufen. Um das Böse aufzuhalten! Mit diesem Gold haben wir den Überlebenden in den überfallenen Dörfern geholfen, damit sie wieder ein Dach über den Kopf hatten und Vieh kaufen konnten. Wir selber brauchen kein Gold und kein Silber." Die beiden Hexen waren beeindruckt von den Ausführungen des Benediktinermönchs.

Claire legte einen aufgenommenen, diamantbesetzten Pokal wieder auf seinen Platz. „Es ist keine andere Tür im Raum. Wo geht es zur Kapelle?" Claire suchte eine zweite Tür in den Wänden. „Über uns." Bartholome stieg auf eine goldene Fußbank und drückte gegen die Decke. Er konnte eine große Steinplatte anheben und schaute durch den schmalen Spalt in die Kapelle. „Die Kapelle ist leer. Keine Höllenwesen zu sehen." Ohne eine Antwort abzuwarten, schob er die große Steinplatte zur Seite und stemmte sich aus der Luke nach oben. Er half den beiden weißen Hexen, in die Kapelle zu gelangen. Bartholome verschloss den Geheimgang und währenddessen schauten sich Adrienne und Claire mit gezogenen Waffen in der Kapelle um.

Diese Räumlichkeit wurde von den Höllenwesen noch nicht entweiht. Auf einem Tisch brannten bestimmt dreißig weiße Kerzen. Einige standen auf einem Ständer und die meisten einfach auf dem Tisch. Das Mondlicht schien durch die großen Buntglasfenster. Motive aus der Bibel waren dort abgebildet. Das große, schwere Holzkreuz stand aufrecht hinter dem Altar, der ebenfalls mit brennenden Kerzen auf beiden Seiten ausgestattet war. Große Kerzenständer verliehen ihm ein beeindruckendes Aussehen. Claire schaute überrascht zum Mönch. „Wo betet ihr denn? Ich sehe gar keine Bänke oder Schemel." „Wir knien auf dem Steinfußboden. Wir ertragen die Schmerzen und sehen sie als eine Art Buße."

Weiter kam der Benediktiner nicht, denn jetzt überschlugen sich die Ereignisse. Der Boden wackelte, die Steinplatten setzten sich in Bewegung. Mit reflexartigen Sprüngen zu Bartholome auf die Geheimluke brachten sich die Gefährtinnen in Sicherheit. Die massiven Steinplatten wurden zur Seite geschoben. In der ganzen Kapelle öffnete sich der Boden und heraus sprangen schwer bewaffnete Smoraks. Der Fußboden sah aus, als wäre er wie ein Garten einmal umgepflügt worden. Vor ihnen standen mindestens zwanzig bis an die Zähne bewaffnete Höllenkreaturen und fixierten die drei Eindringlinge mit ihren böse rot funkelnden Augen. Sie fletschten ihre spitzen Zähne und in der hinteren Reihe wurde das Horn zum Angriff geblasen. „Adrienne stellte sich vor den Kampfmönch. „Hier, nimm mein Schwert." Sie aktivierte ihre Waffen und der Dolch leuchtete weiß auf und verlängerte sich zum Schwert. „Was... was ist das?", fragte Bartholome ungläubig. „Deine einzige Chance, hier lebend rauszukommen", gab Adrienne knapp zurück. Die Smoraks stürmten nach vorne und schwangen ihre Morgensterne und Schwerter. Die weißen Hexen und der Mönch stellten sich im Kreis, Rücken an Rücken auf. Die ersten Smoraks waren in Reichweite der Lichtpeitschen angelangt. Die Lichtriemen surrten durch die Luft und der Kampf war eröffnet.

*

Die ersten zwei Smoraks wollten gerade ausholen und mit ihren Waffen zustoßen, da wurden ihre Körper auf Schulterhöhe vom Riemen der Lichtpeitsche zerteilt. Die weiße Magie war entfacht und brannte sich in die Körper ein. Der Kampfmönch ließ den Gegner sehr nah heran kommen und wich mit einer Körperdrehung dem herannahenden Morgenstern aus. Kraftvoll sprang er mit beiden Beinen vom Boden ab und schraubte sich in die Luft. Aus der Drehung heraus ließ er sein Schwert antworten. Er zerteilte den Schädels des Smoraks vor sich und den hinter ihm gleich mit. Schreie lagen in der Luft, als das magische Feuer seine Arbeit aufnahm und die Kreaturen unschädlich machte. Es roch nach verbranntem Fleisch. Ungläubig sah der Mönch auf seine magische Waffe. „Was ist...!" Er bewegte sich wie eine Raubkatze und hatte keine großen Probleme mit den ungelenken Gegnern vor sich. Jetzt konnte er Rache für den grausamen Tod seiner Brüder nehmen. Mit dieser Waffe war er endlich erfolgreich.

Claire und Adrienne verteidigten ihre Position und die Reihe der Angreifer lichtete sich. Da flogen die Flügeltüren des Eingangs auf und brennende Ölfässer wurden hineingeworfen. Als sie auf dem Boden zerschellten, breitete sich das Öl sofort aus und ging in Flammen auf. „Sie wollen, dass wir rauskommen", schrie der Mönche entsetzt.

Immer mehr Ölfässer explodierten und es wurde unerträglich heiß. Die restlichen Smoraks standen bereits in Flammen und liefen nach draußen auf den Innenhof um ihr Leben. Bartholome hielt seine Hand schützend vor die Stirn, damit er genug sehen konnte.

„Folgt mir!" Adrienne lief in Richtung der großen Buntglasfenster. Im Vorbeirennen schnappte sie sich vor dem Altar einen großen Kerzenständer und warf ihn mit voller Wucht in das große Kirchenfenster. Die Flammenwand rückte immer näher. Das Glas klirrte und fiel in sich zusammen. Keine Sekunde zu früh, denn Adrienne katapultierte sich schon aus dem Fenster nach draußen. Ihre beiden Gefährten folgten ihr. Die kleine Kapelle brannte jetzt lichterloh. Sie sprangen auf ihre Beine und sondierten die Umgebung. Um sie herum waren Gräber angelegt. Die Holzkreuze zeugten von vielen Schicksalen, die ihr Leben dem Orden untergeordnet hatten. Sie standen auf dem Klosterfriedhof. Doch die Flucht aus der Kirche blieb nicht unentdeckt. Ein Horn ertönte und es erklangen Pferdegewieher und Hufgeräusche. Die Höllenritter hatten sie entdeckt. „Du kämpfst gut, Bartholome Otris." Claire schlug ihm auf die Schulter. „Wir teilen uns auf und manövrieren uns an den Scheiterhaufen vorbei. Dort sind sie nicht so wendig und das ist unsere Chance." Claire war wie im Rausch und schon stürmte sie auf die linke Seite des Innenhofes. Bartholome war sehr beeindruckt von dieser Frau und nickte anerkennend. Er schaute rüber zu Adrienne. „Na dann los!" Der Kampfmönch lief auf die rechte Seite des Innenhofes. „Bleibt für mich die Mitte." Adrienne stürmte den angaloppierenden Höllenrittern schreiend entgegen.

*

07. Oktober 1346
Das Benediktinerkloster
Der Innenhof
Frankreich

Endlich konnte Bartholome Otris beweisen, dass er einer der besten Kämpfer des Ordens war. Er rannte den sich nähernden Höllenrittern entgegen. Immer dicht an der Seitenwand der Kapelle entlang. Der Totenkopfreiter holte schon mit seinem Schwert weit aus, da beschleunigte der Mönch und kurz bevor er mit dem Schlachtross zusammenstieß, sprang er seitlich an die Kapellenwand, lief zwei Schritte im vollem Tempo auf ihr und drückte sich dann wieder von der Wand ab. Er landete hinter dem Höllenritter auf dem Schlachtross. Sofort drückte er seine Schenkel in die Seiten des Pferdes, damit er nicht herunterfiel. Seine magische Klinge durchbohrte den Höllenritter und die Klinge kam durch die linke Brust wieder zum Vorschein. Der Teufelsdiener wurde von innen aufgefressen und die Flammen züngelten eine Sekunde später aus seinem Körper. Bartholome Otris fegte ihn mit einer Hand vom Pferd und rückte nach vorne auf den Sattel. Das Schlachtross merkte, dass ein Reiterwechsel stattgefunden hatte und stieg. Der Mönch klammerte sich mit den Beinen fest in die Flanken des Pferdes und kippte mit seinem Oberkörper nach hinten auf den Rücken seines Reittiers. Die rostige Klinge des zweiten Angreifers zischte nur wenig über seine schwarze Lederpanzerung hinweg, und hätte er seinen Kopf nicht zur Seite gedreht, wäre seine Nase abgetrennt worden.

Indem sein Schlachtross wieder auf die Vorderhufe zurückfiel, richtete er seinen wie eine Bogensehne gespannten Oberkörper blitzschnell auf und schlug dem Angreifer den Schädel vom Torso. Der kopflose Reiter galoppierte brennend weiter an ihm vorbei. Der Kampfmönch zog fest an den Zügeln und wendete sein Pferd in Richtung Scheiterhaufen.

*

Claire war schon als Kind ein kleiner Wirbelwind und ihr Temperament hatte sie schon oft in Schwierigkeiten gebracht. Trotz der gelernten Disziplin brach es immer noch manchmal aus ihr heraus. Ungeachtet der Gefahren rannte sie auf die herannahenden Angreifer zu. Im Lauf holte sie mit der Lichtpeitsche aus und erwischte die Vorderhufe des nahenden Schlachtrosses. Aus vollem Galopp brach es auf die Vorderläufe ein und überschlug sich. Flammen schossen empor und der Reiter flog im hohen Bogen durch die Luft. Krachend landete er auf den Boden. Claire rollte sich ab und eine Morgensternkugel flog knapp an ihrem Kopf vorbei. Sofort sprang sie auf und rannte dem zweiten Angreifer hinterher. Noch bevor der Höllenritter wenden konnte, wickelte sich der Lichtriemen um seinen Hals und Claire zog mit aller Kraft die Peitsche zurück. Butterweich durchschnitt der Lichtriemen den Hals und die letzte Aktion des Untoten war es, vom Pferd zu kippen, um zu verbrennen. Claire schaute zum ersten Angreifer. Dieser hatte sich aufgerappelt und stürmte auf sie zu. Ein neuer Gegner ritt von der anderen Seite auf sie zu. Claire Mercier liebte diese Momente. Es ging um alles, der kleinste Fehler kann das Leben kosten. Sie wurde zu einer Kampfmaschine. Mit verengten Augen und hoch konzentriert wartete sie darauf, dass sie exakt zwischen den beiden Angreifern stand. Mit einem Kampfschrei sprang sie in die Höhe, um am höchsten Punkt ihre Beine zu beiden Seiten ausfahren zu können. Wie ein Schlag mit der Keule erwischte es den Fußsoldaten am Kopf und er wurde nach hinten katapultiert. Das andere Bein traf den Reiter in die Seite und schmiss ihn vom Pferd. Claire landete und schickte den Lichtriemen auf Reise. Er zerteilte das Schlachtross und verbrannte es auf der Stelle. Die zwei Ritter hatten sich aufgemacht, um Claire von zwei Seiten anzugreifen. Claire war bereit, entsprechend zu antworten. Plötzlich duckte der Höllenritter sich ab und nahm in Sekundenschnelle eine Handvoll Dreck vom Boden und schleuderte ihn Claire ins Gesicht. Claire konnte nichts mehr sehen und war blind.

*

Adriennes Ziel war der Brunnen in der Mitte des Innenhofes. Aber bis dahin war es noch ein weiter Weg. Sie hatte nur ihre Lichtpeitsche zur Verfügung. Die musste reichen. Sie rannte auf die ihr entgegenkommenden Angreifer zu. Ihre langen Haare wehten im Wind. Jede Faser ihres durchtrainierten Körpers war angespannt. Einige Ellen vor dem Zusammenprall ließ sie sich auf den Boden fallen und holte mit der Lichtpeitsche kreisförmig aus. Der Riemen erfasste die Hufe von den Pferden, die links und rechts an ihr vorbei galoppieren wollten. Auch sie knickten mit ihren Vorderläufen ein und warfen ihre Reiter ab. Noch bevor die Angreifer auf dem Boden ausrollten, war die weiße Hexe schon wieder auf ihren Beinen. Sie nutzte den Moment aus, als beide Reiter ihren Oberkörper aufrichten wollten. Weiter kamen sie nicht, denn Adrienne enthauptete sie noch auf dem Boden. Mittlerweile brannte es an vielen Stellen im Innenhof. Adrienne schaute, ob sie Claire sehen konnte. Sie sah Claire kämpfen und wie ihr Dreck ins Gesicht geschmissen wurde. Die Meisterin zögerte nicht lange und wandte einen Wirbelzauber an. Aber noch bevor sie eintraf, wurde Claire von einer Morgensternkugel in den Bauch getroffen und fiel nach hinten auf den Boden. Adrienne war mittlerweile zwischen Claire und den Angreifern angekommen. Gerade als der Höllenritter zum zweiten Schlag ausholen wollte, wurde er mit einer Serie von Fußtritten ins Gesicht von Adrienne auf Abstand gebracht. In schneller Folge kickte sie den Totenkopfritter von Claire weg, drehte sich um und schlug mit ihrem Artefakt zu. Der andere Angreifer hatte Claire erreicht und wollte sein Schwert in das Herz der weißen Hexe rammen. Doch der Lichtriemen wickelte sich um sein Handgelenk und trennte die Hand mit samt Waffe von der Höllenkreatur ab. Sofort verbrannte dieser zu Asche. Adrienne sah, dass Claire wieder aufgesprungen war und weiter kämpfen konnte. So konnte sie sich den ersten Höllenritter weiter zur Brust nehmen. Dieser hatte sich gefangen und startete einen Angriff. Adrienne wich aus und das rostige Schwert stach ins Leere. Mit einer weiteren Körperdrehung stand sie nun hinter ihm und die Lichtpeitsche zerteilte den Körper der Länge nach in zwei Hälften.

*

Bartholome Otris wirbelte durch die Reihen der Höllenritter. Mittlerweile war er vom Pferd abgesprungen und nutzte die Scheiterhaufen als Deckung. Die Schlachtrösser konnten nicht so schnell wenden wie der Benediktiner von Scheiterhaufen zu Scheiterhaufen sprang und seine tödliche Klinge wirbeln ließ. Die Höllenritter behinderten sich dadurch gegenseitig. Seine tote Bruderschaft gab ihm Deckung. Auch er kämpfte jetzt wie im Rausch. Mit weit aufgerissenen Augen nahm er einem Höllenritter nach dem anderen sein untotes Leben. Rache! Rache für die Verbrechen an der Menschheit, Rache für die Verbrechen an seiner Bruderschaft! Er war wütend. Mit gezielten Tritten kickte er die Höllenritter von den Pferden. Er sprang von den Scheiterhaufen hinunter und setzte dem untoten Leben mit der magischen Klinge ein Ende. Dann rannte er zum nächsten

Scheiterhaufen. Den scharfen Metallspitzen der Hufe und den Reißzähnen der Schlachtrösser entkam er manchmal nur mit äußerster Geschicklichkeit. Er durchtrennte die Fesseln der Höllengeschöpfe, die neben ihm im Staub zu Boden gingen und verendeten. Aber so langsam ließ seine Kraft nach und es waren noch einige Feinde übrig. Plötzlich spürte er einen Luftzug und staunte nicht schlecht, als zwei Feuerschneisen im Innenhof des Klosters geschlagen wurden und es überall gleichzeitig anfing zu brennen.

Der Benediktiner weitete die Augen „Was zum Teufel ist hier los...?" Da standen auch schon die weißen Hexen neben ihm, heftig pumpend. Er schaute in die Runde. Alle Angreifer waren besiegt worden. „Wie habt ihr das gemacht? Seid ihr Magier oder so etwas?" Ungläubig sah er die beiden Frauen an, die sich wieder ein wenig erholt hatten.

„Wir sind weißmagische Hexen. Ich heiße Adrienne d´Heur und das ist Claire Mercier." Die Meisterin rang sich ein Lächeln ab. Bartholome kam aus dem Staunen nicht heraus. „Beeindruckend", sagte er. „Euer Kampfstil ist sehr beeindruckend." Er verneigte seinen Kopf vor den Kämpferinnen. „Du kämpfst aber auch meisterlich", erwiderte Claire und Bartholome nickte ihr anerkennend zu.

Der Mönch und die Hexen waren schwer vom Kampf gezeichnet. Sie hatten einige blutende Schnitte im Gesicht und an den Armen. Ihre Lederrüstungen waren ramponiert, aber hatten ihren Zweck erfüllt. Das Adrenalin beherrschte immer noch ihre Körper und die Augen waren weit geöffnet. Adrienne schaute den Benediktiner an. „Wir haben überall nachgesehen. Nirgends war die Höllenpforte zu finden. Hast du eine Ahnung, wo sie versteckt sein könnte?" „Auf dem normalen Klostergelände ist sie nicht. Das wäre mir aufgefallen. Aber es gibt diesen einen, neuen unterirdischen Gang vom Brunnen aus. Das wäre die letzte Möglichkeit, die Höllenpforte und eure Gefährtin zu finden." „Beeilen wir uns." Adrienne hatte den Brunnenrand erreicht und machte sich bereit für den Abstieg. „Ich bin mir sicher, dass dort auch Jehanne hingebracht wurde."

*

Nacheinander kletterten sie die Brunnenwand hinab. Der raue Stein gab genug Halt, um unverletzt den Stollen zu erreichen. Bartholome hatte eine Pechfackel vom Innenhof mitgenommen, die er jetzt anzündete. Der Gang führte geradeaus und man musste seinen Kopf einziehen. Die Bearbeitungsspuren am Gestein und der Erde waren noch gut zu sehen. Dieser Gang existierte noch nicht lange. Sie kamen am Ende des Tunnels an. Der Stollen endete und keine Tür war zu sehen. „Verflucht, was ist das? Ich war davon überzeugt, dass hier die Tür der Welten zu finden ist." Bartholome ärgerte sich sehr und spuckte aus. „Tut mir leid. Lasst uns zurückgehen und in Ruhe nachdenken."

„Warte", erwiderte Adrienne und hielt den Mann am Ärmel fest. „Claire, spürst du das auch?" Claire Mercier nickte. „Was spürt ihr?", fragte der Mönch, dessen Neugierde erweckt wurde. „Das Böse! Wir spüren schwarze Magie, direkt an diesem Ort." Claire brachte es auf den Punkt. Adrienne schritt nach vorn und untersuchte das Stollenende. Ihre Hände glitten über das Gestein und tasteten es ab. Dann trat sie einen Schritt zurück. Sie erhob die Arme auf Schulterhöhe, schloss die Augen und begann dann magische Formeln zu flüstern. Erst passierte nichts, doch dann verschwamm die Stollenwand und eine grüne Plasmawolke tat sich auf, die so groß war wie die Wand vor ihnen. Das Plasma wich zur Seite und eine schwere Eichentür mit großen, eisernen Beschlägen wurde sichtbar. „Dachte ich es mir doch. Die Tür wurde magisch versiegelt. Hier sind wir richtig." Adrienne und Claire aktivierten ihre Waffen. Die Meisterin gab dem Mönch den aktivierten Dolch in die Hand. „Bartholome, bleib hinter uns."

Die beiden Hexen schauten sich an. „Bereit?", fragte Adrienne und hielt den schweren Eisenbügel der Tür fest, um sie auf Kommando aufzustoßen. Ihre beiden Gefährten nickten und Adrienne drückte die Tür nach innen auf.

*

Die zwei Hexen und der Benediktiner traten über die Türschwelle und fanden sich in einer komplett anderen Welt wieder. Es gab keine Begrenzungen, nur leerer, schwarzer Raum. Sie schwebten und wussten schon bald nicht mehr, wo unten und oben war. Gab es das überhaupt? Grüne Plasmawolken umgaben sie und sie sahen vor sich einen großen Strudel, in den die grünen Nebelwolken hineingezogen wurden. Helle Blitze schossen durch Wolken und entluden sich. Hier kamen Raum und Zeit zusammen und verschmolzen. „Wir müssen zusammenbleiben", rief Claire ihren Gefährten zu. „Lasst uns an den Händen festhalten", rief Adrienne. Sie musste laut rufen, da der Strudel sehr laut rotierte und es donnerte, wenn die Blitze ihre Ladung abgaben. Die beiden Hexen fassten sich an die Hand, nur der Benediktiner reagierte nicht. Unfähig etwas zu machen, schwebte er mit weit aufgerissenen Augen an ihnen vorbei. Adrienne konnte ihn beten hören. „Er hat einen Schock und ist bewegungsunfähig", rief Claire in das Getöse und schwang die Lichtpeitsche. Der Riemen wickelte sich um das Fußgelenk des Kampfmönchs und die weiße Hexe zog den Benediktiner zu ihnen zurück. „Bartholome, hörst du mich?" Adrienne rüttelte ihn an den Armen und schaute dabei in seinen Augen. Er war stocksteif vor Angst und seine Augen waren weit aufgerissen. „Wir werden alle sterben. Das hier ist die Hölle!" Bartholome fing wieder an zu beten und beachtete die Hexen gar nicht. Blitzschnell war Adriennes linke Hand zur Stelle und ohrfeigte ihn kräftig links und rechts. „Benediktiner, reiß dich zusammen. Wir sind noch nicht in der Hölle. Wir sollen es nur denken." Wieder rüttelte sie ihn und die Ohrfeigen zeigten Wirkung. Er registrierte die Worte der Meisterin und beruhigte sich ein wenig. Die Hexen atmeten auf. Links neben ihnen donnerte es laut und ein greller Blitz versenkte Claire die Haare. „Adrienne, was können wir tun?" „Vertrau mir Claire." Adrienne schloss die Augen und konzentrierte sich. Ihre Gefährten konnten hören, wie sie immer wieder die gleichen Zauberformeln sprach und dies immer lauter. Ihr Körper wurde langsam von einer weißen Aura umhüllt, die immer kräftiger und undurchsichtiger wurde. Plötzlich schossen Adriennes Arme nach vorne und sie fing an zu schreien. Dies waren keine menschlichen Laute. Hier wurde die Urkraft herbei beschworen. Aus Adriennes Händen zuckten weiße Blitze und auf ein Mal schoss ein gebündelter Strahl weiße Energie aus ihren Fingerspitzen in den Strudel. Die Plasmawolken um den Strudel blitzten in allen Farben auf und es wurde unvorstellbar laut. Ein Sturm zog auf und die Blitze in den Plasmawolken wurden entfesselt. Bartholome beobachtete, wie die weiße Aura Stück für Stück in Adriennes Körper verschwand und als Energiestrahl aus ihren Händen schoss. Adrienne hatte Schmerzen. Claire sah das verzerrte Gesicht ihrer Meisterin und machte sich Sorgen. Lange könnte sie das nicht mehr durchhalten. Der Strudel fing an, sich schneller zu drehen und die Blitze in ihm zuckten ohne Unterlass. Die weiße Magie wurde in ihrer reinsten Form entfesselt und wütete in dem vom Bösen geschaffenen Strudel, der immer kleiner wurde. Es wurde leiser und die Blitze in den Plasmawolken zuckten nur noch gelegentlich. Der Energiestrahl schluckte nach und nach den kompletten Strudel. Sein Auge wurde immer kleiner und die Plasmawolken drehten sich immer schneller, bis der Strudel nur noch eine Größe von einem Kinderkopf hatte. Es blitzte kurz auf und er war verschwunden. Sofort riss eine Kraft die drei Gefährten nach unten. Sie landeten hart auf einem Steinboden. Alle drei schrien vor Überraschung und Schmerz bei der Landung laut auf.

„Willkommen im Vorhof zur Hölle!" Vor ihnen stand Godric Liovin und fixierte sie mit seinen rot glühenden Augen.

*

07. Oktober 1346
Das Benediktinerkloster
Die Höllenpforte
Frankreich

Die beiden weißen Hexen und der Benediktiner sprangen sofort auf und waren kampfbereit. Der Raum war so groß wie eine Kapelle. An den Wänden hingen brennende Öllampen. Ein großer Raum, ohne Fenster, nur aus blankem Stein. Am Ende des Raumes war ein großes Loch im Boden, um den grüne Plasmawolken rotierten. „Die Höllenpforte, wir haben sie gefunden", schoss es Adrienne durch den Kopf. Sie spürte die Präsenz des Bösen und schaute sich weiter um. Godric stand zwischen zwei großen Steintischen. Ihr Herz machte einen Freudensprung. Auf einem Tisch lag Jehanne! Sie lebte noch, war aber nicht bei Bewusstsein. Jehanne hatte schwarzmagische Symbole überall auf den Körper gemalt bekommen. Wahrscheinlich Godrics Werk. Und auf dem anderen Tisch lag ein vier Ellen großes Wesen. Muskelbepackt und grünliches Fell. Zwei große schwarze Hörner wuchsen aus der Stirn und der Mund war gespickt mit scharfen Reißzähnen. Kein Zweifel, das musste Xérias sein. Gekleidet war er mit einem ledernen Lendenschurz und starken, dunklen Armmanschetten aus Leder. Anstatt Füße konnte Adrienne zwei Hufe sehen. Aber irgendetwas stimmte nicht mit ihm.

„Godric Liovin, was macht ihr hier?", knurrte Claire ihrem Gegenüber ins Gesicht. Mit tiefer Stimme antwortete der ehemalige Befehlshaber der königlichen Armee Englands: „Ich bin der Seelenführer in die Hölle. Wie es scheint, habt ihr unsere Illusion durchschaut, obwohl ich zugeben muss, dass sie wirklich gut war." Er spielte mit seinem Dolch in den Händen. „Zum letzten Mal, Godric Liovin, was macht ihr hier?" Claire schwang den Peitschenarm zurück, bereit zuzuschlagen. „Ihr müsstet euch fragen, was ihr hier macht. Aber ich kann es euch ruhig erzählen. Ihr werdet sowieso alle sterben. Als die Franzosen unsere Festung angriffen, wurde ich schwer verwundet und lag im Sterben. Xérias, der gehörnte Dämon hat mich gerettet." Godric lächelte und zeigte auf den liegenden Körper des Höllenfürsten. „Sein Körper war alt und schwach und brauchte eine Erneuerung. Nachdem ihr die erste Höllenpforte im Sumpf vernichtet hattet, war Xérias auf der Suche nach einem sicheren Ort für das neue Höllenportal. Wir stießen auf diese Anlage und die Mönche haben mir mein Schauspiel abgenommen. Ich hatte leichtes Spiel." Er lachte gehässig. „Ich wurde übergangsweise ausgewählt und nun bin ich hier."

„Die mit Ketten gesicherte Tür, dahinter war die Höllenpforte versteckt?" Adrienne ging vor Staunen einen Schritt zurück. Seine Stimme wurde gefährlich leise und seine roten Augen blitzten auf. „Ja genau. Ihr seid uns zu oft in die Quere gekommen und habt unsere Verbündeten abgeschlachtet. Doch damit ist jetzt Schluss. Vor euch steht der König der Unterwelt, Höllenfürst an der Seite Satans. Ich bin Xérias, und es wird mir eine Freude sein, euch zu vernichten!"

*

Ohne Vorwarnung griff Xérias im Körper Godrics an. Auch sein Körper wurde durch ein dickes Lederwams geschützt. Er trug hohe Kampfstiefel und hatte auffällige Manschetten um die Unterarme geschnallt. Seine Faust traf Bartholome wie aus dem Nichts. Sie wurde so schnell geführt, dass auch der kampferprobte Benediktinermönch keine Chance hatte, auszuweichen. Hart krachten die Fingerknöchel des Dämons an sein Kinn. Bartholome wurde nach hinten geschleudert und brach bewusstlos zusammen.

„Da hätte ich ein bisschen mehr erwartet." Zähnefletschend schaute Xérias die Hexen an. „Ihr seid so gut wie tot!" Aus dem Stand sprang er auf Jehannes Tisch und wuchtete sich auf Adrienne. Seine Hände verwandelten sich zu großen Klauen mit langen, scharfen Krallen. Adrienne spürte einen stechenden Schmerz in der Schulter, als sie sich instinktiv wegdrehte. Die Krallen schlitzten das Schulterende ihrer Rüstung auf und fuhren in ihr Fleisch. Godric kam neben ihr zum Stehen und Adrienne holte mit der Lichtpeitsche aus. Der Riemen wickelte sich um die große, schwarzrot funkelnde Ledermanschette und die Wirkung der weißen Magie wurde neutralisiert. Keine Schreie, kein Feuer. Claire hatte inzwischen den magischen Dolch vom Mönch aufgehoben und schoss am Benediktiner vorbei. Sie holte weit aus und wollte den Höllenfürsten köpfen. Doch der reagierte blitzschnell und konterte mit seinem freien Arm. Die Klinge schlug hart in Xérias Unterarmmanschette ein. Aber auch hier gab es nicht die übliche Reaktion, die Claire erwartete. Der Dämon nutzte die Sekunde der Verunsicherung und schleuderte Adrienne über den Lichtriemen auf ihre Gefährtin. Hart gingen sie zu Boden. Der Dämon war sich seiner Sache sehr sicher und lachte. „ Es wird mir eine Freude sein, euch zu töten. Ich werde es genießen. Ihr habt keine Chance!" „Diese Resistenz gegenüber der weißen Magie wird in den Ledermanschetten gebündelt", flüsterte die Meisterin ihrer ehemaligen Schülerin zu. „Die eigentliche Kraft wird von der Höllenpforte ausgestrahlt, das spüre ich. Wir müssen sie schließen. Kannst du ihn eine Weile beschäftigen?" „Ja, aber beeil dich. Das wird nicht leicht werden." Claire sprang auf und verwickelte Xérias in einen ungleichen Kampf.

Adrienne stand nun mit blutender Schulter vor dem großen schwarzen Strudel im Boden. Die Plasmawolken leuchteten giftig grün und rotierten um den Rand der Höllenpforte. Die Meisterin ging auf die Knie und beschwörte die weiße Magie. Ihre strahlende Aura wurde immer größer und stärker.

*

Claire musste all ihr Geschick einsetzen, um die Angriffe des Höllenfürsten abzuwehren. Ihre Attacken waren wirkungslos. Jeder Schlag, ob mit Lichtpeitsche oder mit dem magischen Dolch, wehrte der Dämon mit seinen Manschetten ab. Gerade hatte sie zu einem Schwerthieb angesetzt, als sein Stiefel sie in den Magen traf. Claire wurde gegen den Tisch des Dämonen geschleudert und die Steinkante krachte in ihren Rücken. Sie ging zu Boden und konnte nicht mehr atmen. Xérias holte mit seiner Pranke aus und wollte Claires Schädel zerschmettern. Doch mitten in der Bewegung stoppte er und drehte sich zur Höllenpforte. Er knurrte und sah, wie Adrienne mit Hilfe des Energiestrahls aus ihren Händen die Höllenpforte Stück für Stück verkleinerte. Sie schrie ihre Schmerzen nach draußen. Der Dämon bemerkte, dass er plötzlich schwächer wurde. Seine Kraft schwand und er musste etwas unternehmen. Xérias ließ von Claire ab und stürmte auf Adrienne zu. Mit weit ausholender Klaue flog er auf sie zu. Mit letzter Kraft beschwörte

Claire einen Wirbelzauber und wuchtete sich gegen den im Sprung befindlichen Dämon. Beide fielen hart auf den Boden. Die Höllenpforte war bereits über die Hälfte geschlossen und es konnte nicht mehr lange dauern, bis Xérias in der Falle saß.

Die Hexe war als Erste auf den Beinen und hieb mit dem magischen Dolch auf die Wade der Höllenkreatur. Diesmal war Claire schneller und er konnte nicht parieren. Der Dolch schnitt sich in das weiche Fleisch und die weiße Magie begann damit, sich durch den Körper zu fressen.

Er schrie fürchterlich, aber es war noch nicht vorbei. Godrics Körper verbrannte und aus seinem Mund schoss ein großer Schwarm Fliegen in Richtung Decke des Raumes. Claire hatte so etwas noch nie gesehen und konnte es gar nicht glauben. Der Schwarm änderte plötzlich blitzschnell seine Richtung und flog auf die Steintische zu. Im Sturzflug flogen sie direkt in den offenen Mund von Jehanne. Claires Augen weiteten sich! „Oh mein Gott, nein! Nein, das darf nicht sein!" Durch Jehannes Körper ging ein Ruck. Sie richtete sich auf und schaute ihrer Gefährtin direkt in die Augen. Claire wich einige Schritte zurück. Jehannes glutrote Augen waren auf sie gerichtet und sie lächelte. „Vorsicht, Claire Mercier. Du willst dem Körper des Kindes doch kein Leid antun." Jehanne sprang vom Tisch, und lief auf die sich schließende Höllenpforte zu. Sie trat Adrienne brutal in den Rücken, so dass diese zur Seite fiel und der Energiestrahl unterbrochen wurde. Ein letztes Mal drehte sie sich noch zu Claire und sagte: „Wir sehen uns schon bald wieder!" Jehanne nahm Anlauf und sprang durch die Höllenpforte, die sich kurz danach schloss. Dann wurde es ruhig im Raum.

*

Epilog

27. Oktober 1346

In der Höhle Adriennes

Frankreich

Fast drei Wochen waren seit dem Kampf mit Xérias ins Land gegangen. Nachdem sie den Raum der Höllenpforte verlassen hatten, blieben sie noch zwei Tage im Kloster und halfen Bartholome bei den Aufräumarbeiten. Es wurde nicht viel gesprochen. Den gehörnten Dämonenkörper hatten sie verbrannt. Wenigstens etwas. Ja, sie hatten gesiegt. Die Höllenpforte war für immer verschlossen und mit drei Bannflüchen belegt worden, aber zu welch einem Preis. Xérias hatte Besitz von Jehannes Körper ergriffen und es gab keine Möglichkeit, dies rückgängig zu machen.

Die beiden Hexen trauerten und waren untröstlich. Am dritten Tag verabschiedeten sie sich von ihrem neuen Freund. Bartholome wollte mit Hilfe des Schatzes einen neuen Benediktinerorden aufbauen und weiterhin das Böse bekämpfen. Claire und Adrienne wünschten ihm viel Glück. Der Abschied fiel schwer, denn in dem Benediktiner hatten sie einen neuen Freund gefunden, der wusste, was es heißt, gegen das Böse zu kämpfen.

Direkt nachdem der Dämon in die Unterwelt zurückgekehrt war, endete auch der Fluch von König Philipps VI. Der französische König konnte sich nicht an seine Gräueltaten erinnern, die er unter dem Einfluss des Bösen begangen hatte. Die Gefangenen wurden mit sofortiger Wirkung begnadigt und Philipp wurde ein frommer Mann.

Claire und Adrienne teleportierten sich nach Hause. Abends saßen sie am Holztisch in der Höhle Adriennes und tranken Met aus Tonkrügen. Adriennes Wunde an der

Schulter heilte gut und die Meisterin fuhr mit ihrer Hand durch das dichte Fell von Magnus. Der Kater schnurrte. Der Kraftaufwand für die Schließung der Höllenpforte war riesig und hatte alles von der weißen Hexe verlangt. Seitdem hatte sie vereinzelte graue Strähnen in ihrem Haar.

„Jehanne war von Anfang an dazu auserkoren, die neue sterbliche Hülle für Xérias zu sein. Wenn er Zugriff auf ihre Fähigkeiten erlangt, kann ihn wohl keiner mehr stoppen."

Adrienne nahm einen großen Schluck Met. „Wann werden wir sie wohl wiedersehen?" Traurig schaute Adrienne Claire auf der gegenüberliegenden Seite des Tisches in die Augen. „Ich kann es dir nicht sagen, Meisterin. Ich stelle mir eher die Frage: Was machen wir, wenn wir sie wiedersehen?" „Wir werden sie retten!" Adrienne setzte den Tonkrug an die Lippen und leerte ihn in einem Zug.

Ende

Nachwort

Ich kann es selber kaum glauben. Das Buch ist fertig. Unzählige Stunden des Schreibens liegen hinter mir. Wie viel Schokolade ich auf zehn Seiten Schreiben verbrauche, kann ich nicht sagen. Aber als Berufsautor wäre ich schon kugelrund.

Eine wirklich schöne Reise in die Fantasiewelt von Claire Mercier ist nun beendet und es war spannend zu sehen, wie sich der Schreibstil im Laufe der Zeit veränderte. Ständig wurde der Wortschatz erweitert und das Schreiben ging immer leichter von der Hand.

Danken möchte ich meiner Familie, die mir immer den nötigen Freiraum für solche Projekte gibt. Meiner Frau Kerstin, die auch Korrektur gelesen hat, obwohl es nicht ihr Genre ist.

Ein ganz besonderer Dank gilt Manuela Misczyk. Ohne sie wäre das Buch nicht so geworden, wie es jetzt ist. Geduldig las sie die täglichen Fortschritte und machte mich auf Logikfehler aufmerksam. Zusammen sinnierten wir bei Kaffee und Kuchen, wie die Story sich entwickeln könnte. Ich werde nie ihre Reaktion auf Almarics Tod vergessen. Entsetzen pur. Da habe ich gemerkt, wie fesselnd eine Story sein kann und wie sehr der Leser mitleidet. Auch sie musste über zweihundert Seiten Korrektur lesen, bevor ich das Buch veröffentlicht habe. Vielen lieben Dank. Unsere Zusammenarbeit hat mir sehr viel Spaß gemacht und vielleicht erlebt Claire Mercier noch mehr Abenteuer.

Axel Brauckmann

Wie hat dir das Buch gefallen? Über ein feedback würde ich mich sehr freuen.

Kontakt: axel.brauckmann@gmx.de